Complex

MARELLE BOERSMA

Complex

DE CRIME COMPAGNIE
CRÈME DE LA CRIME

Tweede druk, 2019

Foto omslag: © Andre Aleshyn
Omslagontwerp: Studio 100%, www.studio100procent.nl
Michiel Niesen: ZetProducties, Haarlem

ISBN 978 94 6109 189 5
NUR 332

Meer informatie over De Crime Compagnie op www.crimecompagnie.nl

Voor mijn moeder
Moeder ben je voor altijd

Proloog

Nog een laatste rondje, nam ze zich voor, dan was het wel weer genoeg voor vandaag. Ze sloeg de hoek om en jogde in een rustig tempo verder. Om de dag een klein uurtje joggen had haar conditie het laatste jaar enorm verbeterd. Ze merkte het niet alleen tijdens haar gewone leven, maar zeker ook als ze naar het buitenland moest voor een fotoshoot. Dat was heel vermoeiend. Niet alleen door de reis, maar ook omdat ze daar lange dagen moest maken. Een goede conditie was dan echt een vereiste. Als model moest ze er zelfs na uren poseren nog fit uitzien.

Ze liep langs de provinciale weg, het begon al iets te schemeren. Gelukkig had ze haar veiligheidsvestje aangetrokken. In de verte zag ze een aantal auto's aan komen rijden. De koplampen volgden elkaar op in een golvende rij, als een lange slinger kerstverlichting.

In een stevige cadans liep ze door, haar armen ontspannen naast haar lichaam zwaaiend. Ze was bijna bij haar afslag. Dan kon ze van de drukke weg af en was ze in tien minuten thuis. Douchen en lui opkrullen in de hoek van de bank voor de televisie. Haar benen bewogen automatisch. In het ritme van haar stappen liet ze haar gedachten gaan. Morgen de modeshow. Ze mocht de nieuwe wintercollectie showen, een groots spektakel met de nodige pers. Ze wist dat de media-aandacht vooral gericht was op de ontwerper van de kledinglijn, maar desondanks genoot ze van de glamour die om de show heen hing.

De eerste auto was nu vlakbij. De man achter het stuur zat ongegeneerd met zijn gsm in zijn hand te bellen. Het stoorde haar. Net zo link als tijdens het rijden een cd verwisselen. Ze ging voor alle zekerheid op het uiterste randje van de weg lopen en hield de auto goed in de gaten. In een flits was hij voorbij. Het geluid van de banden op het droge asfalt sneed langs in een hoge toon. Geluid en lampen zwollen aan toen de volgende auto naderde. Een jong stel, stug vooruit starend, alsof ze elkaar nu al niets meer te vertellen hadden.

Er zat enige ruimte tot de volgende auto. Ze hoopte dan net de afslag gehad te hebben. Ze ging iets harder lopen. Haar ogen bleven gericht op de voorruit van de auto. Het was net alsof je bij mensen naar binnen gluurde als het schemerig werd en de lampen in huis aan gingen. Soort *Big Brother*-gevoel.

De koplampen bleven haar aandacht trekken. Ze dwaalden af van de rechte lijn die ze zouden moeten volgen en kwamen recht op haar af. De man achter het stuur keek opzij naar zijn vrouw. Kijk uit, wilde ze roepen. Ze schoot van de weg af de berm in, de auto alle ruimte gevend. Op dat moment keek de man weer voor zich. Maar in plaats van dat hij reageerde en bijstuurde, staarde hij haar met grote schrikogen aan. Gooi je stuur om! Ze greep met haar handen in de lucht alsof ze het stuur te pakken had en zette zich schrap. De man zat als verstijfd naast zijn gillende vrouw.

Op dat moment sloten de twee koplampen haar in. Gedachten schoten door haar hoofd met de snelheid van de op haar af razende auto. Ze sprong opzij, maar haar reactie kwam te laat. De bumper raakte haar heup. De pijn sneed door haar lijf terwijl ze door de lucht zeilde. Haar rug knakte toen ze op het oneffen talud viel en doorrolde. Ze voelde haar hoofd meerdere malen tegen de grond stoten voordat ze bewusteloos raakte.

* * *

Er was een hoop lawaai om haar heen. Ze opende haar ogen en zag alleen maar flikkerende lichten. Zelfs met haar ogen dicht bleef alles ronddraaien. In haar onderlichaam zat een stekende pijn. Ze kreunde zacht.

'Blijft u maar stil liggen, mevrouw.'

De mannenstem klonk rustig. Ze voelde hoe ze werd opgetild en op een brancard werd gelegd. Banden werden om haar lichaam geslagen en aangesjord. Ze sloeg haar ogen op en zag het gezicht van een ambulancebroeder. Blauwe ogen in een jong gezicht.

'Wat is er gebeurd?'

Het gezicht verdween en het hoofd van een politieman hing nu boven haar.

'U hebt een ongeluk gehad.' De klep van zijn pet schermde het licht af, waardoor ze zijn ogen niet kon zien. Irritant, dacht ze verdwaasd. Ze wilde met haar hand over haar voorhoofd strijken om het gevoel te verdrijven. Maar haar armen waren strak tegen haar lichaam aan gebonden. Ze lag vast. Het voelde afschuwelijk machteloos. Waarom hadden ze haar vastgebonden?

'U bent gewond. De verplegers hebben u op een brancard gelegd. Ze nemen u even mee naar het ziekenhuis voor controle.' De agent keek opzij en knikte naar de ambulancebroeder, die de brancard op zijn wieltjes tilde.

'Maar waarom reageerde hij niet?' riep ze tegen de agent. Ze was nog helemaal verbouwereerd dat de man zijn auto niet bijgestuurd had. Hij had haar makkelijk kunnen ontwijken. Ze zag zijn grote schrikogen weer voor zich, boven zijn knuisten die zich om het stuur heen knelden.

'Hij?' De agent keek haar vragend aan.

'Ja, de man achter het stuur. Hij moet me gezien hebben.'

'U bent in de war, mevrouw. De bestuurder was een vrouw.'

1

Complete chaos. Verkeer aan alle kanten. Ben had juist voor de rust van een fietsriksja gekozen omdat hij veel foto's wilde nemen. Maar nu zag hij alleen maar bussen, auto's en brommers, en de tuktuks, die als lastige vliegen overal tussendoor zoemden.

Ben duwde zijn bril hoger op zijn neus. Zijn kuitlange broek plakte aan zijn bezwete benen. Aan de vochtige hitte in Zuid-India zou hij nooit wennen. Het kleine afdakje van de fietsriksja was nauwelijks groot genoeg om de felle zon tegen te houden. Maar híj had tenminste nog een afdakje; de riksjarijder zat vol in de brandende zon, met slechts een doek om zijn hoofd gewonden als bescherming.

Langs de weg stond een groot bord waarvoor een stellage van aan elkaar gebonden bamboepalen gebouwd was. De simpele steiger was bedoeld voor de twee mannen die een gigantische reclameposter op het bord schilderden. Wat een tijdrovend werk, dacht Ben. Maar tijd hadden ze hier genoeg. In India schilderden ze dus reclameborden... Het was een vrouw, met een witte lach, donkere ogen en gekleed in een kleurige sari. Sieraden verfraaiden haar lichaam op meerdere plaatsen. Haar armen waren bijna af, waardoor het leek alsof ze blij was dat ze er eindelijk was. Terwijl de ene man haar linkerhand schilderde, blikte de ander naar Ben en toonde zijn eigen stralende lach.

Ben lachte terug, knipte een paar foto's en borg zijn toestel weer weg om het zo veel mogelijk tegen het stof te beschermen.

Weer schoof de riksja een klein stukje verder tussen de stinkende bussen, de prachtig beschilderde vrachtauto's en de brommers waarop hele families vervoerd werden. Een zigzagkoers tussen de krioelende voertuigen.

Op dat moment ontstond er iets meer ruimte. Ze reden een grote rotonde op met in het midden een koepelvormig prieel waarop een agent zijn best deed om het verkeer in goede banen te leiden.

Eindelijk wat snelheid. Ben bleef zich verbazen over de georganiseerde chaos. Hij had afgeleerd om mee te kijken met de chauffeur. Het had toch geen zin; achter in de riksja was nu eenmaal geen rempedaal.

Opeens klonk een luid getoeter. Zwaar en aanhoudend. Ben keek opzij en zag een enorm gevaarte opduiken. Met grote snelheid kwam de vrachtwagen op hen af. Bens hartslag schoot omhoog. Dit ging mis. Ze zouden vermorzeld worden onder de gigant. De riksjarijder gooide zijn stuur om en in een flits zag Ben zijn ogen, groot en angstig. De claxon bleef aanhouden en piepende remmen klonken erdoorheen. Ben zag de felgele voorkant met de radiatorgrill in een rotvaart dichterbij komen. Twee versierde uitsteeksels als horens van een stier voor zich uit gestoken. De letters 'Tata' vielen hem zelfs op het laatste moment nog op. Zijn rechtervoet duwde machteloos op de metalen ondergrond.

Toen kwam de klap. Krakend vermorzelde het stevige monster de voorkant van de riksja. Ben werd uit het zitgedeelte gelanceerd, schoot tussen de metalen stangen door en flitste rakelings langs de zijkant van de vrachtwagen. Met een flinke klap smakte hij op het asfalt, in een reflex zijn fototas met zijn lichaam beschermend. Zijn hoofd klapte op de grond en zijn schouder schuurde over de straat toen hij een stukje doorschoof. Piepende remmen, gegil van een vrouw, schreeuwende toeters. Een kakofonie van geluiden drong tot hem door, terwijl hij versuft van de klap bleef liggen.

Mensen drongen om hem heen. Iedereen bemoeide zich met hem. Hun vragen buitelden door zijn verdoofde hoofd.

Hij duwde zich enigszins op en zocht zijn bril. Iemand reikte hem aan. Gelukkig was hij nog heel, er zat alleen een diepe kras op een van de glazen.

Wat een dreun, dacht hij daas. Hij bewoog voorzichtig zijn armen en benen, terwijl hij helpende handen afweerde. Alles functioneerde nog. Wel zeurde er een schrijnende pijn in zijn schouder en hij zag een grote schaafwond op zijn been. Vuil vermengde zich met het opwellende bloed.

Door een stel stevige handen werd hij op de been geholpen. Geen duizelingen, geen vreemde pijnscheuten. Hooguit wat lastige pijn in zijn schouder en een bonkend hoofd. Het viel mee. Een warme douche en een stel pleisters, dan kon hij er wel weer tegen.

Waar was de riksjabestuurder? Hij had net voordat hij zelf weggeschoten werd, de man zijn armen afwerend omhoog zien steken.

Nog verdwaasd keek hij om zich heen. Wat een ravage! Een volledig geplet fietsgedeelte, een verwrongen riksjabakje en een vrachtwagen die er als een overwinnaar bovenop stond. Aan de andere kant van de vrachtwagen had zich een menigte verzameld. Ben hinkte ernaartoe. Niemand leek wat te doen, merkte hij verbaasd op, behalve meewarig kijken. Een bundeltje hanen, hun poten zorgvuldig bij elkaar gebonden, lag vergeten aan de kant van de weg. Het verkeer drong toeterend langs de groeiende groep mensen.

Toen pas merkte Ben dat hij zijn fototas al die tijd omklemd had gehouden. Een gewoontereactie. Hij hing hem aan zijn goede schouder en drong tussen de mensen door naar voren, waar hij bij de riksjarijder knielde. De man hield zijn schouder vast. Bloed drong door de vuile stof van zijn hemd, die de scheefgezakte schouder nog net in bedwang kon houden. Toen pas zag hij het been van de man. Hij voelde zich misselijk worden en was bang dat zijn maag zich ter plekke om zou draaien. Hij slikte een paar keer, maar zijn maag bleef opspelen. Het been was één grote bloederige wond. Een gespleten bot stak hard en bleek uit het vlees. Het vuil van de stoffige straat zat diep in de wond en alle druk bewegende omstanders maakten het er niet beter op. Het gezicht van het slachtoffer was vertrokken van pijn. Hij zag bleek onder zijn donkergetinte huid.

Ben wist niet wat hij moest doen. Hij moest helpen, maar hoe?

Zou iemand al een dokter hebben gewaarschuwd of een ziekenwagen? Waren hier wel ziekenwagens? Of zouden omstanders hem gewoon inladen en naar een ziekenhuis brengen?

Ben ging staan. Een duizeling overviel hem. Hij greep naar zijn voorhoofd en wankelde. De man naast hem pakte hem bij zijn schouders. De stekende pijn bracht hem direct weer bij.

'Gaat het, *Sir*?'

'Ja, maar deze man moet geholpen worden,' antwoordde Ben.

'*Mister Doctor* is onderweg,' was het simpele antwoord.

Gelukkig, dacht Ben. Er was een dokter gewaarschuwd. Hij wist dat de meeste mensen in India niet verzekerd waren. Deze man behoorde tot de laagste kaste van de samenleving, iemand die hard moest werken voor weinig geld. Onmogelijk om medische hulp te kunnen betalen. Een ongeluk als dit betekende de bedelstaf.

'*Mister Doctor*!' schreeuwde iemand.

Als een ingestudeerde beweging draaiden alle donkere hoofden zich in dezelfde richting. Een wit busje stopte en een blanke man stapte uit. Ben keek verbaasd toe hoe de menigte uiteen week om een lange westerling langs te laten. Hij stak met kop en schouders boven iedereen uit. Zijn hoofd, met een lichtblonde paardenstaart, hield hij wat gebogen, alsof hij zijn zeker twee meter lange gestalte wilde verbergen. Hij zag Ben staan en kwam naar hem toe.

'*Are you injured*?' vroeg de man met een duidelijk Nederlands accent.

Wat een geluk, dacht Ben. Hij beantwoordde de vraag in het Nederlands en zag een scheve glimlach over het gezicht van de ander trekken.

'Een landgenoot. Wat een toeval.' De grijsblauwe ogen keken hem onderzoekend aan van onder een stel witte wenkbrauwen. 'Ik ben Mark Visser, aangenaam.'

Ben schudde de uitgestoken hand en verbeet de pijn die dat in zijn schouder veroorzaakte.

'Daar zal ik zo naar kijken,' zei Mark.

'Dit is de *driver* van de riksja waarin ik zat. Hij is er niet best aan toe, vrees ik.'

De man keek angstig omhoog.

'Excuseer,' zei Mark en hij boog zich over de riksjarijder. Hij onderzocht hem snel en gaf hem daarna een injectie.

Ben keek om zich heen en zag dat de menigte zich als een bloem om hen heen gesloten had. Zij bevonden zich in het hart van alle belangstelling, met de brutaal toeterende voertuigen eromheen.

'Ik breng u naar het *hospital*,' hoorde hij Mark in het Engels tegen de man zeggen. Een man naast hem vertaalde.

Ben zag dat het slachtoffer wantrouwig omhoogkeek en een hand vragend opstak.

'Het kost u niets. Ik zal voor u zorgen,' zei Mark. De vertaling kwam bijna simultaan.

Een teken van Mark was voldoende om een aantal mannen in beweging te krijgen. Ze tilden het slachtoffer op. Van een stabiliserende nekkraag of een spalk voor zijn been was geen sprake. Sterke, donkere handen schoven onder zijn oksels en knieën en binnen een paar seconden lag de man achter in het busje. Zijn gebroken been werd opgetild en een vuile lap werd eronder geschoven. Aan de spieren rond de kaken van de riksjarijder was te zien dat hij helse pijnen moest lijden, er kwam echter geen geluid over zijn lippen.

'Bent u helemaal in orde?' vroeg Mark, die nu met samengeknepen ogen Ben aankeek.

'Ja, ik denk het wel,' zei Ben aarzelend. 'Hoorde ik u zeggen dat de behandeling gratis is?'

'Dat klopt. Ik run een *hospital*. Mensen die de kosten niet kunnen betalen, behandel ik gratis. Ik kan ze niet aan hun lot overlaten.'

'Geweldig. Maar hoe bekostigt u dat?'

Mark stak zijn hand uit. 'Maakt u zich daar maar geen zorgen om.' Toen hij terugliep naar het busje, draaide hij zich nog om. 'En ontsmet die wonden. Infecties zijn hier gevaarlijker dan het verkeer!' Daarna stapte hij in het busje en verdween in de verkeerschaos.

* * *

De chauffeur zette het busje voor de ingang van het *hospital* en schreeuwde een bevel. Jonge mannen kwamen in looppas aan. Mark liep naar binnen op zoek naar Ravi, zijn beheerder annex hoofdverpleger. Hij was een beter opgeleide Indiase man, iets gezet en goed verzorgd.

'Ravi, we hebben een nieuwe patiënt.'

'*Okay, Sir.*'

'Een verkeersslachtoffer met een complexe beenfractuur en een ontzette schouder.'

'Ik ga met u mee.'

Mark liep voor Ravi uit naar de behandelkamer. Het vuile lijf van de riksjarijder lag al uitgestrekt op een bed met witte lakens. Toen deze hem binnen zag komen, wilde hij zich overeind hijsen. Mark glimlachte, de onderdanigheid van de laagste kaste was onvoorstelbaar.

Blijf liggen, gebaarde hij.

De man begon te ratelen. Mark zuchtte en wachtte op de vertaling van Ravi.

'Hij wil dat u het been amputeert,' zei die onaangedaan.

'Amputeren? Ik denk dat ik het been nog wel kan redden. Met speciale schroeven valt veel te bereiken.'

De vertaling volgde. De ogen van de man drukten vertwijfeling uit.

'*Sir*, hij zegt dat zijn been nooit meer sterk genoeg zal zijn om te kunnen fietsen. Bovendien...' Ravi aarzelde. 'Bovendien geeft hij aan dat hij als bedelaar meer geld kan verdienen.'

Het bleef even stil. Mark wist van dit soort praktijken. Er waren zelfs artsen die zich grof lieten betalen om een gezond been te amputeren, zelfs bij kinderen. Verminkte kinderen brachten nog meer geld binnen bij het bedelen. Veel meer dan hun ouders ooit met hun simpele werkzaamheden konden verdienen. Mark zag dat de man zijn handen voor zijn gezicht tegen elkaar drukte. Zijn ogen smeekten. Mark draaide zich van hem af. Kon hij dat voor zichzelf verantwoorden? Maar nog belangrijker, kon hij de man dan nog wel gebruiken?

* * *

Ben liet het lauwe water uit de douche op zijn lijf kletteren. Hij spoelde de wond op zijn been grondig schoon, wat een schrijnende pijn opleverde. Aan zijn schouder was nauwelijks iets te zien. Die zou wel blauw worden en een aantal dagen goede spierpijn opleveren. Nadat hij zich had afgedroogd ging hij met een flesje jodium de wond te lijf.

Met een handdoek om zijn heupen geknoopt ging hij voor het raam van zijn hotelkamer staan en keek naar de weg beneden hem. Twee tuktuks stonden bij de ingang van het hotel, wachtend op klandizie.

Hij was nog steeds tevreden over de beslissing die hij een aantal jaren geleden had genomen om zijn vaste baan als fotograaf bij het tijdschrift *Ogen-blik* op te geven. Hij hield van zijn vrije leven als freelancer. Binnen zitten, vastigheid, routinewerkzaamheden en een leven zonder avontuur waren niets voor hem. Nadat hij ontslag had genomen, had hij zijn huur opgezegd en was hij naar het buitenland vertrokken. Een voordeel van vrijgezel zijn. En nu, een paar jaar later, had hij al heel wat gezien van de wereld. Onlangs was hij in India beland. Een prachtig land. Hij voelde zich hier volkomen op zijn gemak. Lekker pittig eten en bier in grote flessen, waar makkelijk aan te komen was. Wat wilde je nog meer?

Op dit moment was hij bezig om foto's te verzamelen voor een boek over het leven van de Indiase bevolking. De titel stond al vast: *The Colors of Rural India*. Geen boek over de tegenstelling tussen arm en rijk, dat was al zo vaak vastgelegd. Hij wilde laten zien wat een kleurrijk land India was en de schoonheid van de bevolking benadrukken. Indiërs waren mooie mensen. Niet alleen uiterlijk, met hun kleurige sari's en gekrulde snorren, maar ook innerlijk. Hun dagelijkse leven was zijn aandachtspunt.

Zijn oud-collega en journaliste Fenna Faassen zou teksten bij de foto's schrijven. Met haar had hij een dusdanige verstandhouding dat hij nauwelijks uit hoefde te leggen wat hij met een foto bedoelde. Ze schreef zoals hij fotografeerde. Een unieke combinatie.

Hij liet zich op bed vallen en staarde naar het bijna witte plafond. Direct na het ongeluk was er een idee in zijn hoofd opgekomen en dat liet hem niet meer los. Hij wist dat hij er iets mee moest doen.

2

Fenna schoof haar bril iets verder op haar neus en droogde haar handen af. De afwas was gedaan, de koffie pruttelde, nog even haar haren doen en dan was ze klaar. Ze liep naar de wastafel en knipte het licht aan. De badkamer was klein en uiterst efficiënt ingericht, een soort doorloopkast met wastafel en douche. Noodzakelijk met de beperkte ruimte op de woonboot.

Ze schoof het douchegordijn dicht. Altijd hetzelfde. Tara gooide na het douchen het gordijn open, maar zou het heus niet dichtschuiven. Er kwam alweer zwarte schimmelaanslag aan de onderkant. Ze zou het gordijn binnenkort weer een keer schoon moeten maken.

Ze keek in de spiegel en pakte de pot gel. De plakkerige massa verdeelde ze over haar vingers. Daarna masseerde ze de gel in haar korte, grijsblonde pieken. Asblond, zei ze zelf altijd.

Ze spoelde de resten gel van haar handen en keek kritisch naar haar gezicht. Kraaienpoten, oogleden die wat zwaar werden en een paar pigmentvlekken op haar linkerwang. Ach, het kon er wel mee door. Ze was met haar zesenveertig jaar natuurlijk niet meer een van de jongsten. En alles werd wat minder bij het ouder worden. Ze streek over haar buik, die verborgen zat onder een wijde blouse. Alleen dat niet, dacht ze cynisch.

Het melodietje van haar deurbel klonk door de woonkamer. Ha, daar was Marjet. Die kwam op maandag altijd even een kop koffie drinken voor ze samen naar hun kooravond vertrokken.

Marjet en zij waren al vriendinnen sinds de middelbare school. Na school was Marjet al vroeg getrouwd met klasgenoot Peter, met wie ze sinds haar veertiende verkering had. Ze was in het begin veel gepest op school en had zich als een wanhopige tiener aan de zelfbewuste Peter vastgeklemd. Haar bijnaam 'Miss Piggy' was niet uit te bannen geweest. Marjet verfoeide haar neus, die een vreemde knik had, een soort versterkte wipneus, waardoor je recht in haar neusgaten kon kijken. Als dat alles was geweest, had het nog wel een grappig gezicht kunnen zijn, maar de punt van haar neus was zo groot dat de bijnaam goed gekozen leek. Zelfs na al die jaren had ze er nog steeds problemen mee. Het was een gespreksonderwerp dat steeds weer door haar aangesneden werd.

Marjet was geen vervolgopleiding gaan doen, maar was huisvrouw geworden. Alle dagen gevuld met boodschappen doen, de kinderen opvoeden en natuurlijk het huishouden.

Ze was een gouden mens. Ze stond altijd voor iedereen klaar en samen konden ze om niets de grootste lol hebben. Maar ze was ook iemand die geobsedeerd bleef door haar uiterlijk. Niet alleen haar lelijke neus, maar ook de bouw van haar lichaam speelde haar parten. De beruchte peervorm. Ze had erg brede heupen onder haar smalle bovenlichaam en kleine borsten, waardoor kleren passen een ramp was. Een minderwaardigheidscomplex was het resultaat. Ze vond zichzelf niet de moeite waard en haar lichaamstaal sprak dan ook boekdelen. De gebogen houding met opgetrokken schouders was kenmerkend.

Fenna was direct na school een journalistenopleiding gaan doen maar had altijd contact gehouden. Na Fenna's scheiding had Marjet haar enorm gesteund. Niet alleen geestelijk, maar ook praktisch. Als ze omhoogzat met opvang voor haar kinderen kon ze altijd bij Marjet terecht. Ze kwamen geregeld bij elkaar over de vloer en zongen samen in een koor. De maandagavond was sindsdien heilig.

Ongeduldig begon het deuntje van haar bel opnieuw. Marjet maakte er meestal een sport van zo vaak mogelijk op de knop te drukken.

'Ja, ja, ik kom al,' mopperde Fenna gemaakt tegen haar vriendin.

Marjet stapte van de loopplank de woonboot op en liep door naar de woonkamer. Fenna sloot snel de voordeur achter haar. Er waaide een gemene wind.

‘Wat een weer, hè? Hier is het gelukkig lekker warm.’

‘Ja, plof neer, de koffie is klaar.’

‘Lekker, ik ben er wel aan toe.’ De zucht was overduidelijk. Marjets steile haar viel sluik langs haar smalle gezicht. Haar bruine ogen keken serieus. Geen enkele vrolijkheid te bespeuren.

‘Hier, vertel maar eens wat er aan de hand is,’ zei Fenna, terwijl ze de mokken op de grenen salontafel zette.

Marjet nam de mok tussen haar handen, alsof ze warmte zocht. ‘Ik vraag me steeds meer af wat ik aan Peter heb. Hij zegt nooit wat hij vindt. Of hij zegt maar wat om van mijn vragen af te zijn.’ Ze nam een slok.

Fenna wist dat het huwelijk tussen Marjet en Peter niet het meest ideale was, maar op een of andere manier leken ze elkaar ook niet te kunnen missen. Net alsof ze zich neergelegd hadden bij het langs elkaar heen leven. Fenna zweeg, ze wist dat de rest van het verhaal vanzelf zou volgen.

‘Ik was bezig om mijn ogen een beetje bij te werken voor vanavond. Maar mijn neus kwam me mijn keel uit. Altijd die vreemde gok in mijn gezicht. Wat heeft het dan voor zin om mijn ogen op te maken? Toen ik daar wat van zei, was zijn enige antwoord dat ik me niet zo druk moest maken. “Je bent toch gezond, zeur dan niet over die neus van je. Hij hoort bij je.” Dat zei hij. Daarna liep hij de kamer uit.’

Fenna zag het tafereel zo voor zich. Rustige Peter, die op een beheerste manier uit zijn slof schoot.

‘Op zich heeft hij gelijk. Jouw neus is een onderdeel van je.’

‘Ik voel me echt mismaakt, Fenna,’ zei Marjet met een wanhopige blik in haar ogen. ‘Die neus is zo erg. Is het je weleens opgevallen dat ik nooit zo ga zitten dat mensen me en profil zien? Die neus is wanstaltig, veel te dik en met neusgaten als een varken. Ik heb die neus nooit kunnen aanvaarden, niet toen ik jong was, maar nu nog steeds niet. Hij hoort juist niet bij me.’

Fenna viel stil. De term ‘die neus’ viel haar op. Marjet praatte over haar neus alsof hij niet van haar was. Zo fel was ze nog nooit uitgevallen. Hoewel ze het al zo vaak over haar uiterlijk hadden gehad.

'Je moet proberen je neus te accepteren, anders verziek je je leven. Dat is het allemaal toch niet waard?'

'Ik zal hem nooit accepteren.' Het klonk laag en vastbesloten.

'Dan moet je er wat aan laten doen.'

Marjet draaide haar gezicht met een ruk om. 'Naar een plastisch chirurg?'

'Ga gewoon eens praten,' opperde Fenna voorzichtig.

'Begin je daar nu weer over? De stap is zo groot.'

'Lees je de bladen niet? Iedereen doet het.'

Fenna zag dat Marjet fantaseerde dat ze al geopereerd was en zichzelf in de spiegel bekeek.

'Ja, waarom eigenlijk niet? Die dokters kunnen tegenwoordig zo veel. Misschien is zo'n operatie wel een fluitje van een cent.'

'Nou, dat fluitje zal wel wat meer kosten ben ik bang.'

'Hmpf.' Een spottend lachje volgde. 'Dan zal het wel moeilijk worden. Met maar één salaris hebben we nauwelijks geld kunnen sparen.'

'Als je een medische indicatie hebt, wordt misschien alles wel vergoed. Afhankelijk van je verzekering, maar dat kun je navragen,' zei Fenna. 'Denk er eerst maar eens rustig over na.'

Fenna liep naar de keuken om opnieuw in te schenken. Ze dacht terug aan de mail die ze net gekregen had. 'Zal ik je eens wat leuks vertellen?' Ze wachtte tot ze terug was in de kamer. 'Ik ga binnenkort naar India.'

'Heb je het voor elkaar?'

Fenna genoot van de opgewonden blik op Marjets gezicht.

'Ja, ik kreeg vandaag een mail van Ben, je weet wel, die fotograaf met wie ik samen dat boek ga maken. Hij heeft eindelijk de subsidie rond.'

'Gefeliciteerd. Ik ben jaloers op je.'

'Ik moet het nog wel op de redactie aankaarten. Maar het zal wel niet zo'n probleem zijn. Ben heeft namelijk ook een prachtonderwerp gevonden voor een artikel. Hier, lees dit maar.' Fenna pakte de geprinte mail.

> Hoi Fenna,
> Mooi item voor artikel: Weldoener in India. Nederlander is hospital gestart voor armlastige mensen die de noodzakelijke medische zorg niet kunnen betalen. Kosteloze opname na ongeluk. Kom snel over, zodat we samen bezoek kunnen brengen. Levert vast mooi artikel op voor *Ogen-blik*. Hier kan Harry niet omheen! Daarna samen verder aan ons project. Ik heb een paar echt mooie foto's gemaakt!
> Geef me z.s.m. door wanneer je vlucht arriveert.
> Ben

'Wauw, weldoener. Dat klinkt goed.' Marjet gaf het papier terug.

'Ja, ik denk dus wel dat ik dit voor elkaar krijg. En misschien zelfs wel zonder dat het me vrije dagen kost. Dat zou helemaal fantastisch zijn.'

'Dat doen ze nooit,' zei Marjet stellig.

'Waarom niet? De reis- en verblijfkosten worden van de subsidie betaald en dat is de grootste hap. Wat zijn dan een paar dagen, waarin ik overigens gewoon voor het blad werk? Tenminste, de meeste tijd,' voegde ze eraan toe.

Fenna dacht aan Ben. Ze mocht hem graag. Ze kende hem al zo lang en had al vaak met hem samengewerkt. Het was fijn geweest om te lezen dat hij zo lekker enthousiast was over zijn foto's. Echt tevreden over zijn werk had ze hem zelden meegemaakt. Er was altijd wel iets wat eraan mankeerde. Een perfectionist, dat was Ben ten voeten uit.

Sinds hij besloten had freelancer te worden en te gaan reizen, zag ze hem veel minder. Zijn reislust leverde overigens geweldige foto's op. En als hij in Nederland was, belde hij om iets af te spreken. Ben leefde voor zijn werk, wat betekende dat zijn familie en vrienden hem niet veel zagen. Zijn lievelingsbroer Joep, die Fenna ook een keer ontmoet had, was de enige met wie hij trouw contact hield.

Ben werd nog vaak benaderd om foto's te leveren aan het tijdschrift *Ogen-blik*. De naam van het blad was goed gekozen en gelinkt aan de groene ogen van Harry, de hoofdredacteur. Ze keek naar de stapel tijdschriften met het groene oog als logo. Het oog keek met een kritische blik van de cover af de wereld in.

'Hé, volgens mij zit je al in India,' onderbrak Marjet haar gedachten. 'Hoe lang wil je gaan?'

Fenna duwde haar bril omhoog en streek met haar hand door haar korte haar. De pieken, die door de ingebrachte gel hard aanvoelden, veerden direct weer in hun oorspronkelijke positie terug.

'Zeker een week, maar ik wacht eerst de reactie van Harry af. Bovendien moet ik dan iets regelen zodat Tara niet alleen thuis is.' Dat zou wel weer de nodige discussie opleveren met haar dochter.

'Tara? Die kan toch best een weekje alleen blijven? Ze is toch al zestien?'

'Pas zestien, zul je bedoelen, en sinds de jongens de deur uit zijn, is ze niet de makkelijkste. Ik vind haar te jong om een hele week alleen te blijven.'

3

Mark was in zijn werkkamer van het *hospital*. Hij zat naast de hondenmand en kroelde met zijn vingers zijn lievelingen achter de oren. De hondjes genoten. Hij was blij dat hij zijn huisdieren mee had kunnen nemen naar India. Dixie en Rody zorgden voor gezelligheid. Als hij tegen ze praatte, keken ze hem aan met hun trouwe hondenogen alsof ze al zijn sores begrepen.

Hij ververste het water in hun drinkbak en dacht terug aan de operatie. De amputatie was zonder problemen verlopen en de man lag bij te komen in de ziekenzaal. De wond moest nu genezen. Zijn dankbaarheid was bijna beschamend. Wat was Mark zwak geweest. Hij had met de amputatie ingestemd omdat hij wist dat de man gelijk had: het been zou nooit zijn oude kracht terugkrijgen. Nu kon de man meer geld verdienen met bedelen. Dit was Nederland niet. Bovendien kon Mark de man op deze manier net zo goed gebruiken; wondgenezing op een been is niet anders dan op een stomp.

Mark liep naar het raam, dat uitkeek op zee. Hier was het allemaal om begonnen, dacht hij, terwijl hij naar het schuimende water keek dat ver onder zijn raam op de rotsen sloeg. De zee, zijn grote liefde, was de goede richting naar een succesvol Complex. De zee leverde componenten voor het medicijn dat hij ontwikkelde.

Hij liet zijn gedachten teruggaan. Hij had een lange weg moeten doorlopen om tot dit succes te komen. Jarenlang zwoegen in een oud laboratorium in Nederland, ellenlange metingen uitvoerend. Ideeën genoeg, maar helaas geen mogelijkheden. Wat een moeite om een proefdierexperiment op te zetten. Hij moest zijn ingrediënten testen op ratten voordat er een klinische *trial* mocht komen. Daar begonnen de problemen. Dikke stapels formulieren invullen, informatie geven over de effecten op de dieren; alles wilden ze weten voordat de proefopzet in een commissie besproken werd. Ratten hadden een betere cao dan hijzelf, had hij vaak gedacht. En toen hij de uitslagen van het experiment na een jaar eindelijk ter publicatie indiende, kwamen er alleen maar vragen over wat het middel bij mensen zou doen. Geen stap verder. Machteloos kwaad was hij geworden. Wat een verspilde energie.

In die tijd besloot hij dat hij weg moest uit Nederland en hij had een reis naar India geboekt. Hij was diep onder de indruk van de bevolking. Van de vriendelijkheid en hulpvaardigheid, maar ook van de vechtlust. Ze leefden soms in diepe armoede. En verdienden geld om hun honger te stillen, niet om een nieuwe auto of televisie te kunnen kopen.

Toen hij op een dag op straat een ernstig ongeluk meemaakte, wist hij dat het slachtoffer een groot probleem had. Door de ernstige verwondingen was de toekomst in één klap onzeker. Voldoende te eten? Een gezin onderhouden? Slechts tien procent van de bevolking was verzekerd tegen ziektekosten.

Pas later, op een terrasje, een versgebakken omeletje voor zich, kreeg hij een waanzinnig idee. Hij zag het toekomstbeeld van de arme Indiër met zijn eigen toekomst samensmelten. Hij wist wat hem te doen stond. En een jaar later was hij terug in India met een aantal contracten op zak waardoor zijn ideeën ook financieel haalbaar waren.

Natuurlijk kreeg hij hulp. Als Ravi er niet was geweest… Ravi was onmisbaar gebleken. Die man had zo veel contacten. Alles draaide hier om contacten. Ravi had voor hem onderhandeld en gezorgd dat hij personeel kreeg. Natuurlijk was hijzelf degene die de orders gaf, maar soms kreeg hij weleens het gevoel dat Ravi degene was die echt aan de touwtjes trok.

En dat bleek niet alleen bij het opzetten van het *hospital*, maar ook bij het inrichten van een laboratorium. Ravi was gediplomeerd verpleger, maar daarnaast ook nog een handig zakenman. Een nuttige combinatie.

Hij draaide zich om en keek trots zijn kamer rond. Nu had hij zijn *hospital*. Eindelijk had hij de mogelijkheid om zichzelf te ontwikkelen en bovendien hielp hij de bevolking. Vooral de mensen die geen geld hadden en die anders in goedkope ziekenhuizen terecht zouden komen, met een slechtere hygiëne en minder expertise. Daarbij konden patiënten in zijn *hospital* rekenen op zeer uitgekiende medicatie. Daar zorgde hij hoogstpersoonlijk voor.

* * *

Mark liep door de gang naar het laboratorium. Toen hij de ruimte binnenkwam, begroetten de vrouwen die in het lab bezig waren hem door hun handen voor hun gezicht naar elkaar te brengen.

'*Namaste, Mister Doctor*.'

Hij werd gerespecteerd. Het had even geduurd voordat het wantrouwen van de plaatselijke bevolking verdwenen was. Maar hij had laten zien dat hij was gekomen om te helpen. En natuurlijk ook om zichzelf van een goede toekomst te voorzien, maar dat hoefden ze niet te weten.

De medicatie die hij gebruikte was innovatief. Zijn behandelmethodes waren modern. In het begin was er weleens iets misgegaan, maar dat kon de beste arts overkomen.

Hij had moeten zoeken naar de juiste samenstelling en dosering van de medicatie. Dat kostte tijd, dat kostte dus ook mensenlevens. Maar nu volgden steeds meer successen. De riksjarijder had geluk.

Mark liep door het lab naar de kleine ruimte erachter, waar een vrouw bezig was om gekartelde bladeren te vermalen. Ernaast lag een hoop bruine vruchten, ze leken op langwerpige olijven. Allemaal afkomstig van de neemboom. De bevolking van India noemde deze boom hun 'dorpsapotheek'. De naam was dan ook niet voor niets afkomstig uit het Sanskriet en betekende 'heilbrenger' of 'genezer van ziekten'. Mark had een heilig respect gekregen voor het gebruik van medicinale planten in India, maar had zijn wetenschappelijke kennis aangewend om een daaruit voortvloeiend medicijn te maken.

Hij liep naar een hoopje stengels van de guduchi, een lange, met roomwitte bast bedekte klimplant. De harsachtige parfum dwarrelde door de chemische lucht van organische oplosmiddelen. Een vreemde combinatie, vond Mark, maar wel heel effectief. De weerstandversterkende kracht van de guduchi, gecombineerd met stoffen uit de gedroogde haritakivrucht die de darmflora gezond hielden, als laatste samengevoegd met de belangrijkste component: de bladeren van de neemboom, die het herstellende vermogen van de huid van binnenuit kon ondersteunen. Het Complex: wondheling in zijn sterkste vorm.

'Is die portie haritaki al binnengebracht?'

'Ja, vanmorgen,' antwoordde een andere vrouw die op het lab aan het werk was. Ze wreef rode zaden fijn in een vijzel die in de loop van de tijd rood uitgeslagen was. De fijngeperste drab werd in een schaal verzameld die in de zon stond op te warmen.

'Is de incubatietijd al voldoende?' vroeg Mark.

'*Yes, Mister Doctor*.'

'Ga dan eerst maar de olie persen. Daarna kan een nieuwe portie bladeren gemalen worden. Ik heb van elk meerdere porties nodig.'

De vrouw liet haar vijzel direct in de steek en pakte de ronde schaal met rode drab van de vensterbank. Mark ging op een stoel zitten en keek toe hoe de vrouw de schaal voor zich op een tafel zette. Ze duwde haar handen tegen elkaar voor haar gezicht in een sereen gebaar. Daarna pakte ze de doek die opgevouwen op de tafel lag, vouwde hem open en drapeerde hem over een tweede kom.

Het was een ritueel dat Mark graag gadesloeg. Het geloof speelt in India een zeer belangrijke rol, en als zijn medicinale olie op deze manier tot stand kwam, kon hij ervan uitgaan dat er alles aan gedaan was om een goede werking te bewerkstelligen. De goden moesten gunstig gestemd zijn.

Toen de vrouw de drab door de doek perste, droop er een rode, olieachtige vloeistof tussen haar vingers door. Een olie vol waardevolle medicinale stoffen. Maar pas als het gemengd werd met de andere substituenten werd het goud waard.

4

Fenna zat op haar favoriete plekje: aan haar bureau voor het grote raam. Ze had een tijdlang zeer geconcentreerd zitten schrijven. Het ging goed, de inspiratie was er. Naast haar lag een opengevouwen wikkel met een dikke plak pure chocola, ook favoriet. Goed voor de bezieling. Ze zoog de bittere smaak naar binnen en keek weg over het water en de landerijen erachter. Haar woonboot lag op een mooie locatie, jammer alleen van het dikke plezierjacht recht tegenover haar. Dat beperkte haar uitzicht.

Twee meerkoeten joegen met een onnavolgbare energie achter elkaar aan. Telkens vlogen ze op, waarbij ze een aanloop over het water namen. Dan zweefden ze even, trokken hun poten recht achteruit en landden met een onbenullige klap op hun borst in het water. Daarna schoten ze weer op elkaar af, snelheid makend op hun kleine pootjes. Krengen waren het, dacht Fenna, glimlachend om hun agressieve capriolen.

Fenna typte een kort antwoord naar Ben, waarin ze hem bedankte voor zijn idee. Ze zou het straks in de redactievergadering aankaarten. Verder nog een mail naar haar dochter dat ze wat later zouden eten, want ze moest na de vergadering eerst nog boodschappen doen. En ze wilde nog even langs bij haar moeder, die in een aanleunwoning bij een verzorgingstehuis woonde. Overleggen met haar dochter ging steeds vaker via mail en msn, dat las Tara in elk geval. Briefjes op de keukentafel werkten niet meer.

Ze keek op haar horloge en schrok. Opschieten! Te laat komen was funest. Terwijl haar computer aan het afsluiten was, pakte ze haar tas, trok een zwart lijntje om haar ogen en greep haar instapschoenen. Met een laatste stuk chocola in haar mond snelde ze naar buiten. In een recordtijd zat ze in haar gifgroene Smart en reed van het erf af in de richting van Leiden.

* * *

'Voor welke rubriek is dat dan bedoeld?' bromde Harry kortaf. De hoofdredacteur zat aan het hoofd van de grote overlegtafel en streek door zijn wilde baard, die rossig afstak tegen zijn lichte huid. Harry was een echte bourgondiër, die naast de eeuwige kroketten bij de lunch het liefst een biertje of twee zou legen. Zijn blonde, springerige krullen pasten bij zijn karakter. Een en al jachtige activiteit.

'Ik kan het voor de rubriek "Buitenlands Nieuws" schrijven, maar ook voor "Human Interest". Mensen lezen graag over een weldoener in India die het hart op de juiste plek heeft.'

Het gemopper van Harry klonk bekend. Fenna gaf een knipoog aan haar collega Barbara tegenover haar. Die werkte sinds een paar maanden bij het tijdschrift en coördineerde de reisspecial.

Het antwoord kwam toch nog onverwacht. 'Goed, een week, niet langer.'

Een juichend gevoel drong zich aan Fenna op. Het begin was er, nu doorstoten.

'Misschien is het een idee dat ik meteen meer informatie probeer te krijgen voor dat wellnessartikel dat gepland staat voor het volgende nummer. Ik kan dat mooi combineren met de oosterse ayurvedatherapie. Als er één land is dat speciale kruiden heeft, is het India wel. Ik wil daar een kritisch artikel over maken en kan dan aan Ben vragen een mooie foto te leveren. Dat kost me niet meer dan een dag of twee.' Fenna hield haar adem in. Dat artikel over Indiase kruidenmiddelen had ze al voor een deel op papier staan. Dit was een prachtige kans om het met plaatselijke info aan te vullen.

'Verdomme, ben je nooit tevreden? Ik geef je een week en je vraagt om meer?' Harry's ogen twinkelden echter. Fenna had de uitbarsting verwacht.

'Harry,' onderbrak Barbara. 'Misschien kan Fenna informatie aanleveren voor de reisspecial. Vooral de minder toeristische plekken in India kunnen de aandacht trekken. Iedereen schrijft over de al bekende plaatsen, Madurai, Kovalam. Maar foto's van nog onbekende idyllische plekken zijn waardevol. Die heeft niemand.'

De toverformule, dacht Fenna en ze glimlachte dankbaar naar haar. Het bleef even stil. Ze wachtte gespannen af.

'Goed, India, weldoener, reisspecial en ayurveda,' vatte Harry samen. 'Wanneer vertrek je?'

Dat was Harry ten voeten uit, dacht Fenna, terwijl ze een triomfantelijke glimlach onderdrukte.

5

Mark zat met Dixie op schoot aan zijn bureau toen hij een klop op de deur hoorde. Ravi kwam binnen. Zijn donkere ogen straalden.

'Heb je nieuws, Ravi?'

'*Yes, Mister Doctor*. Ik heb goed nieuws. De wonden van de laatste groep patiënten genezen fantastisch.'

'Dat klinkt goed. Heb je details?' Mark gebaarde naar een stoel.

'Een groep van negen patiënten is met de nieuwste combinatie van het Complex behandeld. Hun wonden genezen op een manier die ik nog niet eerder heb gezien. Niemand heeft een infectie gekregen.'

'Geen enkele infectie? Dat is zeker goed nieuws.' Zou hij eindelijk de optimale samenstelling gevonden hebben? Na al die teleurstellende resultaten van de afgelopen maanden? Hij had dat al veel eerder verwacht, maar de wonden van zijn proefpersonen gaven aan dat de praktijk hardnekkiger was. Elke keer ontstonden er etterende wonden. Mede door de slechte hygiëne in India. Dat was de uitdaging geweest. Als zijn Complex hier in India werkte, dan zou het in Nederland een perfect middel zijn om de wondheling te verbeteren. Nu hoefde hij nog maar één ding te testen en dan was het klaar. Dan zou zijn roem gaan stijgen en het geld binnenstromen. 'Geen enkele infectie,' herhaalde hij. 'En ook een snellere heling?'

Ravi's hoofd schommelde op een manier die alleen Indiërs beheersen.

'Hoe is het met die twee jonge knullen die we een paar weken geleden opgenomen hebben? Je weet wel, die door een bus geschept waren met hun brommer?'

Ravi's uitdrukking veranderde. 'Een van hen is vannacht bezweken. Hij had een hardnekkige koorts die hem fataal is geworden. De ander is er niet veel beter aan toe.'

'Dan klopt mijn theorie. Die samenstelling was niet goed,' concludeerde Mark. Hij was lang bezig geweest om de zuiveringsstappen van de componenten te optimaliseren. Bovendien was de concentratie een heikel punt. Hij wist vanuit zijn vakgebied dat een hogere dosering niet automatisch een betere werking betekende. Voor elke stof was er een optimum. Waar dat lag moest onderzocht worden. Nu wist hij het. Daar waren de jongens het slachtoffer van geworden. Hij had op dat moment hoge verwachtingen gehad van de combinatie die hij bij de jongens had getest en hij had ze een goede kans gegeven. Als hij ze niet meegenomen had naar het *hospital* waren ze vast slechter af geweest, dacht hij.

'Ik zal de familie van die jongen op de hoogte brengen,' zei Ravi.

'Hmm, de familie. Ja, dat is goed. Dan is dat ook afgerond.'

Er volgde geen reactie. Ravi zat tegenover hem en bleef hem aankijken. Mark had geen idee wat er in het hoofd van zijn assistent omging.

'Ik moet nog een allerlaatste test doen. Dan weet ik zeker dat ik de beste combinatie heb. Ik zal de capsules direct gaan maken. Er zijn alleen nog wat isolatiestappen nodig. Zodra ze klaar zijn, laat ik ze brengen. Ook zal ik zorgen voor nieuwe verbandgaasjes.' Mark zette Dixie op de grond. Het dier liep direct naar het mandje waarin het andere hondje languit lag te slapen.

'Een laatste experiment? Er zijn maar weinig nieuwe patiënten. Slechts twee vrouwen en die man met het geamputeerde been.'

'Dan hebben we dus meer personen nodig. Ga maar op zoek. Ik accepteer in dit stadium van het onderzoek ook minder ernstig gewonde slachtoffers.' Hij kon bij een operatie wel wat extra littekens maken, zodat hij zeker wist of zijn middel een opzienbarend effect kon hebben. 'Breid het gebied uit en zoek naar geschikte slachtoffers. Er gebeuren toch genoeg ongelukken?'

'*Okay, Mister Doctor*.'

'Het is belangrijk, Ravi. Er moeten voldoende proefpersonen binnengebracht worden. Dit is een cruciaal moment in ons onderzoek. We zitten zo dicht bij een ultieme oplossing.'

Mark bedacht dat hij alles goed moest documenteren, zodat hij later een sluitend artikel kon schrijven. 'Ravi, geef me die laatste resultaten nog even door op papier, dan kan ik ze in mijn documenten verwerken.'

'*No problem, Mister Doctor*.'

'Oké, dankjewel.'

Mark zag dat Ravi aarzelde.

'Nog iets, Ravi?'

'*Mister Doctor*. Die andere jongen die door de bus is geschept... De koorts wil niet zakken. Als we niets doen zal hij ook sterven. Mag ik hem dat nieuwste middel geven? Misschien dat hij dan...'

'O, natuurlijk. Zijn experiment is nu toch afgesloten. Doe het maar zo snel mogelijk, dan kan hij misschien nog wel gered worden.' Hij voelde een blos van schaamte opkomen. Stom dat hij daar zelf niet aan had gedacht.

6

Mark bestudeerde de verschillende onderdelen van zijn ontwikkelde Complex. Met een kliniek in Nederland had hij een contract afgesloten. Hij kreeg subsidie om de ontwikkeling van dit revolutionaire geneesmiddel mogelijk te maken. En de kliniek kon dan onder eigen naam het Complex op de Nederlandse markt brengen. Hij was bijna zo ver dat hij het Complex op kon sturen.

De afgelopen uren had hij hard gewerkt aan een verbetering van de isolatiestappen en daarna had hij nieuwe verbandgaasjes gemaakt. Dit zou de optimale samenstelling moeten zijn.

Hij legde een aantal verbandgaasjes voor zich op de labtafel. Ze bevatten collageen uit een spons uit zee, *Acanthella cavernosa*, hij kon de melodische naam intussen wel dromen. Een glanzend oranje spons. Wat een ontdekking was dat geweest. Collageen, simpeler kon niet. Het zat al in de menselijke huid, direct onder de beschermende oppervlaktelaag. Dus wat lag er meer voor de hand dan de wonden te behandelen met deze stof? Hij had dragermateriaal ontwikkeld waaraan het collageen was toegevoegd. En natuurlijk was dat niet alles, want dit kon iedereen.

Hij pakte een potje met zalf en draaide het om en om in zijn hand. De zalf met antibiotische werking, verkregen uit een andere spons. *Lammellodysidea herbacea* was grijs en onooglijk. En na de oogst uit zee volledig levenloos, maar toch vol biologische activiteit. De grijze kleur was eigenlijk zo misleidend. Felle kleuren vielen op in de natuur en waarschuwden voor gevaar. Maar deze simpele spons verborg zijn chemische oorlogvoering onder een grijs uniform, net als echte soldaten. Hij bevatte een volledig nieuw antibioticum waartegen nog geen enkele resistentie opgebouwd was.

De zalf verbeterde het transport van het collageen door de huid, wat natuurlijk een voorwaarde was voor goede wondheling. Een fantastische ontwikkeling, een combinatietechniek die de cosmetische wereld versteld zou doen staan.

En als laatste onderdeel van het Complex gaf hij zijn patiënten een capsule met een kruidenmengsel. De vrouwen in zijn laboratorium isoleerden stoffen uit drie verschillende planten, die elk op een specifieke manier het lichaam ondersteunden. Hij had de kruidenpil de naam Neem-Complex gegeven, genoemd naar het belangrijkste onderdeel van het kruidenmengsel.

Met die drie onderdelen van zijn Complex had hij een geneesmiddel ontwikkeld dat de wondheling op een spectaculaire manier verbeterde. Of het als geneesmiddel op de Nederlandse markt kon komen wist hij niet. Waarschijnlijk zouden er dan nog meer wetenschappelijke experimenten uitgevoerd moeten worden. Maar met zijn frustrerende ervaringen op dat gebied liet hij dat aan zijn subsidieverstrekker over. Gezondheidsbevorderend was al prachtig. Met die claim mocht de kliniek het in elk geval gebruiken.

* * *

Toen Mark bij zijn kamer kwam, zag hij Muthumari staan, zijn jonge hulp. Hij haalde als chauffeur patiënten op, hij maakte de zalen schoon en hield soms de wacht bij de ingang. Hij werkte hard en deed dat met een aanstekelijk enthousiasme. Mark had direct een lange broek en shirt laten maken zodat de jonge man geen *longhi*, een omslagdoek voor Hindoestaanse mannen, zou dragen in het *hospital*.

Muthumari stond strak rechtop te wachten alsof hij de bewaker van Marks werkkamer was.

'Wilde je me spreken?' Mark wist dat deze onderdanige Indiër hem nooit rechtstreeks aan zou spreken.

'Er is een westerling langs geweest. Een man uit Nederland, die u ontmoet had bij een ongeluk.'

'Wat wilde hij?'

‘Hij vroeg naar een patiënt.’

‘Wat heb je gezegd?’

‘Ik heb geen informatie gegeven. Maar hij wilde u toch graag spreken. Over een artikel voor een tijdschrift in Nederland. Hij wilde alvast wat foto’s maken.’

Marks eerste reactie was dat niemand het *hospital* vanbinnen mocht zien. Het leek voor buitenstaanders op een echt behandelcentrum, en dat wilde hij heel graag zo houden. Als ze verder gingen spitten, kwamen ze natuurlijk al snel achter de ware aard ervan. Toen bedacht hij dat het wel erg verdacht over moest komen als hij van het *hospital* een gesloten fort zou maken. Hij besloot dat hij de man gewoon moest ontvangen en te woord staan, in een volledige gastvrijheid, zoals mensen in India dat zouden doen. Bovendien kon hij dan precies de informatie geven die hij kwijt wilde.

‘Nodig de man uit voor een lunch. Ik zal hem te woord staan.’

De handen van Muthumari sloten zich voor zijn gezicht en hij maakte een kleine buiging. Mark wist dat hij zich niet hoefde af te vragen hoe Muthumari de man kon bereiken. De Indiase bevolking had een aparte manier om toeristen te adopteren. Als ze eenmaal iemand onder hun hoede hadden, konden ze geld aan hem verdienen, dus lieten ze hem niet meer gaan. Een goede relatie met de toerist betekende geld in het laatje en dus eten. En Muthumari was slim genoeg om zich deze westerling niet meer af te laten pakken.

7

Gek genoeg gaf de ziekenhuislucht Fenna een vertrouwd gevoel. Ze wist dat dat nog steeds een gevolg was van haar jeugd, waarin ze soms met haar vader, die arts was, mee mocht naar het ziekenhuis waar hij zijn praktijk had. Vooral de kerstvieringen waren altijd speciaal. De artsen namen dan hun gezin mee en zaten samen met de patiënten in de recreatiezaal, waar een prachtig opgetuigde kerstboom stond. Onder die boom lagen elk jaar weer pakjes. De stemmen van de verpleegsters, die zacht en hoog de sfeerliederen zongen, waren door de fantastische akoestiek in de kale gangen vol van gevoel en warmte. De gezichten van de genietende patiënten en vooral de lieve ontvangst van de hoofdzuster zou ze nooit meer vergeten. Die positieve sfeer associeerde ze nog steeds met de lucht die in elk ziekenhuis hing. Ze was echter realistisch genoeg om te weten dat de aandacht voor patiënten nu minder was dan in de goede oude tijd. Deels onmogelijk gemaakt door de bezuinigingen, bedacht ze, terwijl ze achter haar vriendin Marjet aanliep.

Fenna snoof de lucht diep in. Wat was er veel veranderd. Haar vader was een paar jaar geleden overleden en haar moeder woonde in een aanleunwoning van een verzorgingstehuis, waar de verzorgsters hun best deden maar bij lange na niet de aandacht konden geven die vroeger zo normaal was. Haar moeder had niet veel contact met de andere bewoners en was soms eenzaam. Daarom probeerde Fenna haar zo vaak mogelijk te bezoeken.

'Marjet, wacht even. Heb je haast of zo?' Ze moest haar best doen om haar vriendin bij te houden, die met grote passen door de hal van het ziekenhuis liep.

Marjet draaide zich om. Haar sluike haar omlijstte haar gespannen gezicht.

'Sorry. Nee, ik heb geen haast. Eerlijk gezegd zie ik zelfs een beetje op tegen dit consult. Het lijkt net alsof deze arts een uitspraak gaat doen die de rest van mijn leven zal bepalen. Alsof ik in de beklaagdenbank zit.' Haar stem klonk steeds zachter.

'Kom op, ben je gek.' Fenna stak haar arm door die van haar vriendin. 'Er zijn meer artsen die hetzelfde specialisme hebben. Dus als je het niet eens bent met deze man, gaan we naar de volgende.'

De gespannen uitdrukking verdween van Marjets gezicht.

Even later zaten ze in de wachtkamer. Het was niet druk en Fenna vroeg zich af of dat positief of negatief was. In ieder geval zou Marjet snel aan de beurt zijn en dat was bij specialisten niet altijd het geval.

'Heb je voor jezelf op een rijtje wat je wilt vragen?'

Marjet knikte en wees op haar aantekeningenboekje. 'Mijn neus is eigenlijk het ergst,' zei ze. 'Ik hoop dat zo'n afwijkende neus wel een medische indicatie is, anders moeten we alle kosten zelf ophoesten. En dat kunnen we niet.'

'Wat zei Peter eigenlijk van deze afspraak?' Fenna had geaarzeld om de vraag te stellen. Maar Peters mening was voor Marjet belangrijk.

'Hij zei alleen maar dat hij het een erg goed idee vond.'

'Het is ook een goed idee. En fijn dat je alles zo snel kon regelen.'

'Het ergste was om de verwijzing te halen bij de huisarts. Die man was moeilijk te overtuigen. Nu ik zelf een oplossing voor mijn probleem zie, wil ik ook dat ze zo snel mogelijk aan de slag gaat. Dat is mijn doel. Gelukkig had ik voor deze afspraak een keer mazzel. Toen ik belde, bleek er net iemand uitgevallen te zijn.'

'Hoe heet deze plastisch chirurg?'

'Dokter Cohen.'

'Klinkt Joods.'

'Is dat positief?'

'Geen idee. Maar dat weet je snel genoeg. Jij bent altijd goed in staat mensen snel in te schatten. Dat is een van jouw sterke eigenschappen.'

'Mevrouw Houtman?'

'Shit, dat ben ik,' schrok Marjet.

'Zet 'm op, meid,' zei Fenna. Ze keek haar vriendin na, die door de deur van de poli verdween.

* * *

Een kwartiertje later ging de deur weer open. Marjet kwam naar buiten en een man gekleed in een wit dokterspak schudde haar hand. Dokter Cohen was een indrukwekkende man met donker haar dat hier en daar grijs werd. De Joodse neus was opvallend. Hij keek de wachtkamer rond en zijn blik bleef even op haar rusten. Fenna zag een stel blauwe ogen, die haar kritisch opnamen. Ze knipperde met haar ogen en sloeg ze toen neer.

Toen ze weer opkeek stond Marjet al naast haar, dokter Cohen trok zich terug in de catacomben van de spreekkamers en behandelruimtes. Gek, zo'n korte flits en toch maakte de man een enorme indruk op haar.

'Kom, we gaan,' was het enige wat Marjet zei.

Fenna stond direct op. Ze was nieuwsgierig naar de uitslag maar bedwong zich. Ze zwegen totdat ze in de grote ontvangsthal waren gekomen.

'Koffie?' vroeg Fenna.

Een kort knikje was het antwoord. Het zat niet goed, begreep Fenna. Als de arts haar had willen helpen had haar gezicht moeten stralen van geluk.

Even later zaten ze tegenover elkaar met een grote kop cappuccino voor zich.

'Vertel het maar,' moedigde Fenna haar vriendin aan.

'Nop.'

'Nop? Bedoel je dat dokter Cohen je niet wilde helpen?'

'Ach, willen. Dat is denk ik niet het goede woord. Hij was erg vriendelijk. Maar tegelijk ook erg duidelijk. Natuurlijk begreep hij mijn probleem, tenminste dat zei hij. Maar er was geen medische indicatie om mijn neus te corrigeren. Ik heb geen gezondheidsprobleem dat met plastische chirurgie opgelost kan worden. Hij gaf aan dat het volgens zijn inschatting meer ging om psychische hinder.' Ze zweeg en Fenna zag dat ze iets wegslikte. 'Hij raadde me aan om eerst een gesprek te hebben met de psychiater uit hun team. Daarna wil hij me in het team bespreken.'

Fenna kon zich deze werkwijze wel voorstellen. Toch had ze het idee dat Marjet een medische indicatie verdiende. Maar dat kwam vast doordat ze al eindeloos met Marjet over haar probleem met haar uiterlijk gepraat had.

'Je zegt niets?'

'Ik weet niet zo goed wat ik moet zeggen. Ik denk dat deze dokter niet in de gaten heeft wat jouw uiterlijk voor invloed heeft op je functioneren.'

'Nee, dat denk ik ook. Daarom moet ik naar een psychiater.' Ze sprak het woord uit alsof het iets smerigs was.

'En nu? Ga je die afspraak maken?' Toen ze de vraag had gesteld wist ze eigenlijk het antwoord al.

'Naar een psychiater? Ik ben niet gek!' Het klonk verontwaardigd. 'Ik ben misschien niet mooi, maar ik ben ook niet gek. Ik ga níét naar een psychiater.'

'Dan zoeken we een andere oplossing,' zei Fenna. 'Ik ga eerst naar India, maar als ik terugkom gaan we actie ondernemen. Er zijn ook nog privéklinieken.'

8

Fenna had in het vliegtuig naar India nauwelijks kunnen slapen vanwege een snurkende buurman. De oordoppen die ze al snel in haar oren had gekneed konden het geluid niet helemaal verdringen. Haar hoofd liet haar nu de gevolgen van de lange doorwaakte reis voelen.

De hotelkamer was prima. Er was geen airconditioning, maar de ventilator zorgde voor enige verkoeling. Het ontbijt was simpel maar goed, de oploskoffie pittig en sterk. De witte geroosterde boterhammen bedekte Fenna met mierzoete jam, felgekleurd als Indiase sari's. Verder genoot ze van het verse fruit, de grote stukken banaan, ananas en heerlijk zoete papaja.

Ze liep naar de badkamer en spoelde wat water over haar gezicht. Lekker fris, hoewel de kwaliteit van het water dusdanig was dat zelfs tandenpoetsen een risico meebracht. Ze keek ernaar uit om Ben weer te zien.

In haar schoudertas stopte ze een pakje biscuits en een grote fles mineraalwater en even later liep ze door de hal van haar hotel naar buiten. Daar viel de klamme warmte over haar heen. En al na korte tijd kroop het transpiratievocht uit elke porie tevoorschijn. Ze vertraagde haar tempo.

Ze liep langs een rij hoge gebouwen op zoek naar de aanlegplek van de ferry. Volgens de man achter de balie van het hotel de snelste manier om op de afgesproken plek te komen. Eenmaal op de ferry genoot ze met volle teugen. Het idee dat dit werktijd was, terwijl het aanvoelde als vakantie, gaf een extra kick. In smalle, wankele bootjes haalden vissers hun netten binnen en verderop lagen verschillende eilanden, waar grote kokospalmen hun kruinen in de lucht staken.

Aangekomen bij het schiereiland waar ze Ben zou ontmoeten,

zag ze kleine kraampjes met kleding en visstalletjes waar reclameborden bij stonden: *you buy, we cook!* Verser kon niet, bedacht ze.

'*Where are you from*?'

Fenna keek om en zag de lachende ogen van een man die zijn armen vol had met kunstig gemaakte poppen.

'Fenna!' Achter de Indiase poppenverkoper dook een oer-Hollands gezicht op. Ze voelde zich opgelucht. Was ze dan toch enigszins gespannen geweest of ze Ben wel zou kunnen vinden?

'Ha Ben. Fijn je te zien.' Zijn haar leek dunner geworden, maar zijn buik niet. De bruine ogen keken haar door zijn dikke brillenglazen vrolijk en als altijd onderzoekend aan.

'Fijn dat je er bent. Goede reis gehad? Kon je het vinden?' De vragen schoten op haar af en de Indiase man probeerde ertussendoor ook nog zijn poppen te slijten. Gelukkig zag de man op dat moment andere toeristen en dus mogelijke klanten.

'Kom, laten we even gaan zitten.' Ben troonde haar mee naar een mooi terras dat uitkeek op het water. 'Wat wil je drinken?'

'Doe maar gewoon wat fris.'

'Een Fanta en een *Special Tea, please*.' De ober glimlachte en liep weg.

'*Special Tea*? Wat voor soort thee is dat?'

'Wacht maar af. Ik denk niets voor jou op dit tijdstip van de dag. Heb je de mooie Chinese visnetten al bewonderd?'

'Je bedoelt die grote stellages met die vierkante netten?'

'Ja, of ze origineel Chinees zijn weet ik niet. Maar blikvangers zijn het wel.'

'Ik dacht dat ze liever vis wilden vangen,' zei Fenna lachend.

Ze bekeek haar collega iets beter. Ben zag er ontspannen uit. Het vrije fotografenleven deed hem kennelijk goed. Toen zag ze dat hij een schaafwond aan de zijkant van zijn gezicht had. En ook zijn arm was behoorlijk geschaafd.

'Jeetje, ben je gevallen?'

'Ongelukje gehad. Maar maak je geen zorgen. Het gaat wel weer.

Een paar dagen spierpijn en jeukende korsten, maar dat is een goed teken. Het vervelendste is de kras op mijn bril, daar kijk ik de hele dag tegenaan. Ik moet er nog achteraan om een nieuw glas te bestellen. Maar hierdoor heb ik die weldoener ontmoet. Dus een geluk bij een ongeluk.'

Fenna wilde wat vragen, maar de ober kwam ertussendoor.

'*Special Tea for you, Sir?*'

Ben knikte. De man zette een beker en een wit theepotje gehuld in een echte theemuts voor hem op het tafeltje. Daarna kreeg Fenna haar Fanta.

'Kijk, dit is nou de specialiteit van dit restaurant.' Ben schonk zijn beker vol en nam een grote slok. Een witte schuimsnor bleef achter op zijn mond.

'Bier?'

'Jep. Een vergunning om bier te schenken is te duur voor veel restaurants. En je kunt hieraan zien dat Indiase mensen creatief zijn. Bier in een theepot, koel gehouden door een theemuts. Natuurlijk drinkt een glas lekkerder, maar dan valt het natuurlijk op.' Ben nam opnieuw een grote slok.

'Slim,' vond Fenna. 'Maar vertel eens over die weldoener die je ontmoet hebt?'

'Oké,' zei Ben, terwijl hij zijn mond afveegde. 'Die weldoener is een Nederlander die een stukje verderop aan de kust een soort ziekenhuis opgezet heeft. Hij behandelt daar de plaatselijke bevolking zonder er een cent voor te vragen.'

'Was je zo ernstig gewond dat je naar een ziekenhuis moest?' schrok Fenna.

'Nee, maar de chauffeur van de riksja waarin ik zat was wel zwaargewond. Die heeft de arts meegenomen naar dat *hospital*. Hij schijnt vooral de arme mensen te behandelen en er niets voor te vragen. Ik vond dat zo'n mooi initiatief dat ik dacht dat daar wel een artikel in zou zitten voor *Ogen-blik*.'

'Harry was op zijn manier wel enthousiast,' zei Fenna.

Ze zag dat Ben in de lach schoot. 'Roodbaard en enthousiast.

Een wonderlijke combinatie.' Ben gebruikte de bijnaam die hij ooit aan Harry had gegeven.

'Nou ja, ik kreeg mooi voor elkaar dat ik naar India kon komen. Natuurlijk staat daar wel een aantal artikelen tegenover, maar dat moet lukken. Bovendien kun jij er foto's bij maken, dat levert jou weer geld op.' Fenna wist dat Ben als freelancer altijd wel extra opdrachten kon gebruiken. 'Maar even terugkomend op dat ziekenhuis. Het lijkt allemaal wel heel nobel, maar hoe financiert hij dat project?'

'Geen idee.' Ben nam weer een grote slok.

'Daar moeten we dan dus achter zien te komen,' zei Fenna. 'Wat voor man is het?'

'Tja, ik heb hem maar kort gesproken. Hij weerde alle vragen af. Maar ik heb voor vandaag een afspraak geregeld. Ga maar gewoon mee, dan kun je meteen kennismaken.'

9

De nieuwe capsules en gaasjes waren klaar. Mark had flink doorgewerkt. Ook had hij de samenstelling van de zalf verbeterd. Hij had de vrouw die de isolatietechnieken uitvoerde flink achter de vodden gezeten en ze had zonder klagen uren doorgewerkt. Hard werken, dat konden ze hier in India wel, dacht Mark tevreden.

Een klop op de deur.

'Een nieuwe patiënte,' meldde Ravi.

'Mooi. Wat een timing! Wat heeft ze?'

'Het valt mee. Ze gleed in een bocht van de brommer af. Ze heeft vooral schaafwonden maar klaagt ook over een pijnlijke schouder. En omdat u zei dat er meer...'

'Prima, Ravi. Ik zal haar zelf behandelen. Zorg dat ze over een uurtje op de operatietafel ligt.'

'Operatietafel? Ze heeft schaafwonden.'

'En een pijnlijke schouder. Ik wil haar graag goed onderzoeken. Misschien is het ernstiger dan je denkt.'

'Zal ik uw bezoek afzeggen?'

'Nee, dan ben ik allang klaar.'

Ravi groette en liep de deur uit. Mark wreef zich in zijn handen. Dit werd hem mooi in de schoot geworpen. Een onduidelijke diagnose was welkomer dan ooit. Hij trok zijn kast open en pakte de verbeterde zalf. 'De zalf met de bioactieve stof. Meteen testen,' mompelde hij. Daarna deed hij een greep tussen de nieuwe collageenpleisters.

Een uurtje later stond hij in steriele kleding in de operatiekamer. Hij had de vrouw eerst kort onderzocht, maar een kijkoperatie leek hem wenselijk. De vrouw lag voor hem en keek hem met grote ogen aan.

'Ik maak u weer als nieuw,' beloofde hij. Ze leek niet onder de indruk. Haar ogen bleven een enorme doodsangst uitdrukken, totdat ze door de anesthesie onder zeil ging.

'Scalpel?'

10

Stijf klom Fenna uit de riksja en ze keek om zich heen. Aan de ene kant zag ze de zee, donkerblauw met wat witte koppen. Aan haar andere hand lagen wat kleine huisjes met een rieten dakbedekking. Verderop langs de kust stond een witte moskee, zijn twee minaretten fier omhoogstekend. Het was nu al een machtig bouwwerk, terwijl het nog niet eens helemaal af was. De bamboe steigers gaven de bouwactiviteiten aan, waardoor het grote, koepelvormige dak maar deels zichtbaar was. Nog indrukwekkender door de Indiase simpele bouwtechnieken.

'Kom, het *hospital* is naast de moskee,' zei Ben.

Fenna gooide haar tas over haar schouder en volgde hem.

Drie jongetjes kwamen luid '*hello*' joelend aangerend. Stralende gezichtjes boven magere lijfjes.

De stoffige weg liep langs de immense moskee en eindigde op een punt die in zee stak. Daar stond een stenen gebouw van twee verdiepingen. Het voorste deel van het gebouw had een schuin dak dat was bedekt met rode dakpannen en kleine raampjes die onregelmatig over de muren waren verdeeld; het achterste gedeelte was plat en had hoge, koepelvormige ramen.

Fenna had het warm en slofte achter Ben aan. Diens rode kuitbroek hing halverwege zijn kruis en het witte T-shirt had zijn beste tijd gehad. Levend wit, dacht Fenna.

'Wat loop je te grijnzen?' Ben had zich omgedraaid en keek haar aan.

'Hoe kunnen de mensen hier er altijd zo verzorgd uitzien? Wij zijn na een paar minuten lopen al niet meer toonbaar. Bezwete shirts en vuile benen.' Fenna tilde haar arm op en keek naar de overduidelijke zweetplek onder haar oksel.

'Moet je daarom grijnzen? Je blijft een gek mens.'

'Ja, en een vrouw.'

'Ja, dat maakt het nog erger.' De uitdrukking op Bens gezicht toonde zijn werkelijke mening.

Eindelijk waren ze bij de ingang van het *hospital*. Een smerig wit busje stond aan de zijkant geparkeerd.

'Kom, we gaan ons melden,' zei Ben.

Fenna trok de fles water uit haar tas en nam een paar grote slokken. Wat een klimaat, dacht ze. Daarna liep ze achter Ben aan de schaduw van het gebouw in.

Binnen in de kleine hal was het donker, maar al snel raakten haar ogen daaraan gewend. Door een van de deuren kwam een Indiase vrouw. Ze vouwde haar handen voor haar gezicht.

'*Namaste*.'

Ben beantwoordde haar groet op identieke wijze en Fenna mompelde hetzelfde, haar handen voor haar gezicht tegen elkaar aan drukkend.

'*Mister Doctor* verwacht u.'

Even later liepen ze een vertrek in waar een immens grote tafel stond. Een hele rij schitterend gekleurde doeken aan de muur trok Fenna's aandacht. Ze liep naar een afbeelding van een mannengestalte met een olifantenkop, die op een troon zat. De kleurige afbeelding was nog verder opgesierd met goudkleurige pailletten, waardoor de lijnen geaccentueerd werden. Een klein zwart ratje zat bij zijn voeten.

'Dat is Ganesha, de populairste hindoegod in India,' zei een heldere stem achter haar. Ze draaide zich om en moest omhoogkijken om de man in de ogen te kunnen kijken. Hij moest zeker twee meter lang zijn, dacht ze verward. Zijn lange, lichtblonde haar was tot een staart samengebonden in zijn nek. Een scheef lachje krulde om zijn lippen. Achter hem wiebelden twee witte hondjes het vertrek binnen. 'En ik ben Mark Visser. Welkom in mijn *hospital*.'

Fenna gaf hem een hand. 'Hallo, Fenna Faassen, aangenaam.'

'En dit zijn Dixie en Rody.' Hij wees op de twee mormels.

'Huisdieren? Hier in India?'

'Waarom niet? Ik ben gek op ze. En ik verbaas me erover hoe Indiërs met honden omgaan. Alsof een hondenleven niets waard is.'

'Ik ben Ben.' Ze gaven elkaar een hand.

'Wij hebben elkaar al ontmoet. Ik verwachtte alleen u, maar ik ben blij verrast uw partner ook te kunnen verwelkomen,' zei Mark. 'Ik zie dat uw wonden goed genezen.'

'Schrammen op de huid genezen makkelijker dan op mijn bril,' zei Ben lachend. 'Maar hoe gaat het met de riksjarijder?'

'Hij zal er wel bovenop komen.' Mark wees naar de tafel. 'Ik heb een lunch klaar laten maken. Ik hoop dat jullie trek hebben?'

'Nou, ik wel,' verzuchtte Ben.

Even later praatten ze verder onder het genot van een uitgebreide *thali*, waarbij een bolletje rijst en het traditionele platte *chapati*-brood omringd werden door schaaltjes met sauzen, curry en linzen. Fenna had een koele fles water gekregen en de twee mannen hadden elk een fles Kingfisher-bier.

'Eigenlijk ben ik wel benieuwd naar het verhaal achter dit *hospital*,' begon Fenna. Ze had gewacht op een opening in het gesprek om het doel van hun bezoek aan te snijden.

'Verhaal?' Mark haalde zijn schouders op. Zijn grijsblauwe ogen drukten verbazing uit. 'Wat voor verhaal?'

'Hoe komt het dat een Nederlander een *hospital* in India opzet om mensen kosteloos te behandelen?' verduidelijkte Fenna haar vraag.

'Jullie weten dat India een arm land is. Maar tegelijkertijd is het een land in opkomst. De ontwikkelingen gaan razendsnel, vooral omdat de lonen laag zijn en de expertise groot is. Zeker op het gebied van de ICT groeit India in een hoog tempo. Maar dat is alleen in de grote steden. Het probleem is dat slechts een beperkte groep daarvan profiteert.'

'De rijken,' antwoordde Ben met zijn mond vol.

'Juist. Het verschil tussen arm en rijk is te groot. De kansen voor de echt arme mensen hier blijven klein. Het kastenstelsel houdt dat in stand. In tegenstelling tot de Europese maatschappij is er in de Indiase samenleving geen principiële gelijkheid. Deze mensen verdienen beter. Zolang ze gezond zijn kunnen ze hard werken en dus in hun levensonderhoud voorzien, maar…'

'Ik begrijp het,' zei Fenna. 'Zodra ze ziek worden of een ongeluk krijgen, kunnen ze niet meer werken. En dus kunnen ze hun gezin niet meer onderhouden. Wat gebeurt er dan met ze?'

'Heb je gezien hoeveel bedelaars er in India zijn? Vaak met nare wonden of afschuwelijke handicaps.' Mark nam een hap en Fenna verbaasde zich erover hoe iemand over dat soort zaken kon praten en tegelijkertijd met smaak dooreten. Ze schoof de schaal met eten van zich af.

'En jij helpt die mensen,' stelde ze simpel vast.

'Hmm.' Een volle hand rijst verdween naar binnen.

'Maar hoe financier je dat?'

'Ik financier dat niet zelf. Ik heb een geldschieter in Nederland.'

Fenna wachtte of Mark verder zou gaan. Ze zag hoe hij met zijn rechterhand de rijst op zijn schaal mengde met wat saus en tot een bolletje kneedde. Handig schoof hij het in zijn mond. Naast zich op de grond zag Fenna de twee hondjes met elk een bord eten voor zich. Ze schrokten het luxe eten naar binnen.

'Kun je daar misschien wat meer over vertellen?'

'Nee. Dat bedrijf wil dat liever niet.'

'Waarom financiert dat bedrijf deze zaak?' mengde Ben zich in het gesprek.

Fenna zag hoe Mark een tijdlang naar Ben staarde, die intussen rustig zijn eten naar binnen werkte. De bijna witte wenkbrauwen lagen gespannen boven de samengeknepen ogen.

'Dat moet u hun vragen,' zei hij toen bijna met tegenzin. Fenna zag dat Ben niet in de gaten had dat de stemming veranderd was.

'En jij wordt ook betaald? Ben je arts?' Ben veegde zijn mond aan zijn arm af en keek hun gastheer onbekommerd aan.

'Ik geef leiding aan deze medische instelling.'

'Maar ben je bevoegd om deze mensen te behandelen?'

Fenna probeerde oogcontact te krijgen met Ben. Als hij op deze manier doorging, dan konden ze verdere informatie en medewerking wel vergeten. Ze wilde graag ook rondgeleid worden door het *hospital* en het liefst zelfs met een aantal foto's deze plek verlaten.

'Dacht u echt dat ik zonder medische ervaring hier mensen zou behandelen? Ik ben al jaren werkzaam in de medische wetenschap.'

'Die medische bevoegdheid is natuurlijk makkelijk na te gaan. Dan sta je in Nederland geregistreerd. En die medische wetenschap? Breng je die hier in praktijk?' Ben schoof nu ook zijn bord van zich af.

'De Indiase bevolking kan alle hulp gebruiken. Heeft de lunch u gesmaakt?'

'Het was heerlijk,' gaf Fenna aan. 'Mogen we misschien nog even rondkijken in het *hospital*?'

Mark boog zich naar de grond en pakte een van de hondjes op. Nadat hij het beest even in gedachten over zijn kop had geaaid, schoof hij zijn stoel naar achteren.

'Nee, het spijt me. Hygiëne staat hier hoog in het vaandel, dus kan ik een rondleiding niet toestaan. Maar ik hoop dat ik jullie verder voldoende informatie heb gegeven. Ik moet helaas verder.' Hij zette het hondje neer en stond op.

'Dankjewel voor de lunch en natuurlijk voor je tijd. Ik neem aan dat je er geen probleem mee hebt als ik een artikel over dit mooie initiatief in ons tijdschrift schrijf?' vroeg Fenna.

'Vrijheid van meningsuiting heet dat toch?' vroeg Mark. De scheve glimlach was weer terug en hij schudde haar hand. 'Blijven jullie nog lang in India?'

'Ik kan helaas niet langer dan een dag of tien blijven. Ben wel. Hij moet een serie foto's maken voor een ander project.'

'Mag ik hier ook wat foto's maken?' vroeg Ben meteen. Hij sloeg de laatste slokken bier naar binnen.

'Liever niet. Ik wil graag in enige anonimiteit dit *hospital* leiden. Schrijven kan wel, zolang er geen namen worden genoemd.' De blik van Mark bleef daarbij op Fenna's gezicht rusten.

Fenna knikte. 'Natuurlijk, als je dat wilt zullen we ons daaraan houden.'

Ze liepen samen de ruimte uit. Daar nam Mark afscheid. 'Mijn assistent zal u zo naar buiten begeleiden. Ik moet echt verder.' Hij liep weg en liet hen in de gang staan. Zijn hondjes volgden hun baasje gedwee.

Fenna mompelde nog een bedankje, maar Mark was al weg. De kwispelende staartjes verdwenen als laatste om de hoek.

'Die had opeens haast.' Geen antwoord. Fenna keek om zich heen, ze stond alleen in de donkere gang. 'Ben?'

'Ja, hierheen,' hoorde ze opeens zijn fluisterende stem.

Ze liep naar de bocht aan de andere kant in de gang. 'Ben, wat doe je?' Fenna liep nieuwsgierig naar hem toe.

'Moet je eens komen kijken.'

Ze liep naar de glazen deur waar Ben met zijn neus tegenaan gedrukt stond.

'Wat zie je?'

'*Mister, Madam*?' Een zware stem klonk opeens achter hen. Fenna schrok zich rot. Ze had de man niet aan horen komen. Zijn witte kleding gaf aan dat hij hier werkte. Een bewaker op stille slippers. 'Ik zal u naar de uitgang brengen.' Hij staarde hen door zijn forse bril aan. Zijn snor leek immens op zijn verder gladde gelaat.

'Dank u wel,' stamelde Fenna opgelaten. 'We wisten niet meer welke kant we op moesten.'

De man liet geen enkele reactie blijken. Ben wendde zich van de deur af en toverde een ontspannen glimlach op zijn gezicht. Gedwee volgden ze de man die hen voorging naar de hal. Daar groette hij met een lichte buiging en wenste Fenna en Ben nog een aangenaam verblijf in India toe.

'*Sir*! Herkent u mij? Van de vorige keer?' Een jonge man kwam achter hen aangerend.

'Dat is de man die de lunchafspraak heeft geregeld,' zei Ben tegen Fenna. 'Ja, Muthumari, toch? Wat is er?' vroeg hij glimlachend.

De man stond met een glinsterend gebit voor hen. 'Zal ik een riksja voor u roepen?'

'Nee, dankjewel. We gaan eerst wat drinken.'

'Aha, goed restaurant? Mijn vader heeft goed restaurant. Of mooie slaapplaats? U kunt bij mij slapen. Ik heb mooie woning. Heel goedkoop. *Special price for you, Sir.*' De vrolijke ogen straalden Ben tegemoet. Fenna vond het geestig. De jonge man was net als alle andere Indiërs op zoek naar extra verdiensten en wierp zijn charmes in de strijd.

'Wat denk je daarvan, Fenna? Een slaapplaats bij hem thuis? Midden in het echte Indiase leven?'

'Ik niet. Laat mij maar mooi in een luxe hotel.'

'Oké, slaapplaats,' zei Ben.

'*Yes, Sir*! Heel mooi. Echt Indiaas bed. *And special price.*'

'Oké, Muthumari. Laat maar zien.'

Op dat moment stoof er een vies wit busje langs hen heen en sloeg af in de richting van het *hospital*. Fenna keek het na en zag dat het voor de ingang stopte.

De bewaker kwam naar buiten en wenkte Muthumari met een paar krachtige bevelen.

'Sorry, ik moet helpen. Ik ben vanavond bij de Chinese visnetten. Ik vind u wel.' Daarop rende hij weg, zijn snelle passen lieten kleine stofwolkjes na.

Fenna zag dat een jonge vrouw uit de auto werd getild en het gebouw binnen werd gedragen. 'Een nieuwe patiënt,' zei ze.

'Hmm,' was het enige antwoord van Ben.

Fenna liep achter Ben aan over de stoffige weg. Ze dacht aan het gesprek dat ze hadden gevoerd met Mark. Zou de man echt belangeloos de arme bevolking behandelen? Of zou er meer achter zitten?

'Ben?' Fenna ging naast hem lopen. 'Wat was er achter die deur?'

'Dat geloof je nooit.' Ben slofte onverminderd door.

'Stop eens.' Fenna greep hem bij zijn schouder, hij moest wel naar haar toe draaien. 'Wat heb je daar gezien?'

'Een laboratorium. Echt vreemd.'

'Wat is daar zo vreemd aan? In veel ziekenhuizen hebben ze een laboratorium om tests te kunnen uitvoeren.'

'Ik heb het niet over een eenvoudig lab,' ging Ben verder. 'Het was een grote ruimte met enorm veel apparatuur gekoppeld aan computers, planken vol flessen met vloeistoffen en potjes met chemicaliën. Een zeer goed ontwikkeld lab dus. Niet een lab voor simpele tests. Waarom heeft hij dat nodig?'

11

Het was al ver voorbij middernacht. Fenna sloot haar verslag over de afgelopen dagen af dat ze op haar hotelkamer had zitten schrijven.

Na hun bezoek aan het *hospital* hadden Ben en zij besloten om zich op hun gezamenlijke boek te richten. Ze reisden een aantal dagen langs de kust, een kennismaking met het dagelijkse leven in India. Ze liepen over marktjes, bezochten vissersplaatsjes en brachten vooral veel tijd bij tempels door, de plek voor de plaatselijke bevolking voor hun gebeden en de offergaven aan hun *idols*, zoals ze de hindoegoden noemden. De hotels waren minder luxe dan in een grote stad, maar wel netjes en meestal ook hygiënisch, hoewel Fenna zich de grote kakkerlak die ze 's nachts in haar badkamer tegenkwam nog levendig herinnerde.

Gedurende die dagen had ze korte notities gemaakt en ze was blij dat ze die nu uitgewerkt had, voordat herinneringen afzwakten en ze de sfeer niet meer kon oproepen. Ben zou haar via internet foto's sturen om het artikel voor de reisbijlage aan te kleden.

De afgelopen week had ze bijna continu met Ben opgetrokken. Prima vent, maar het was ook prettig om een avond alleen te zijn. Natuurlijk waren er grenzen. Samen eten vond ze prettiger dan alleen eten. Dat laatste gaf een gevoel van eenzaamheid. Alleen en eenzaam waren twee heel verschillende zaken. Hoe vaak had ze zich niet eenzaam gevoeld, terwijl haar man in de kamer zat? Pijnlijke eenzame momenten in haar huwelijk. Pijnlijker dan alle momenten dat ze na haar scheiding alleen was geweest.

Ze was alweer zes jaar gescheiden en in die tijd had ze ook de voordelen van het alleen-zijn ontdekt. Natuurlijk had ze die in het begin niet gezien, of misschien wel niet wíllen zien. Ze was zo gewend om altijd voor haar kinderen en man te moeten zorgen dat ze niet beter wist. Tot haar man op een dag aangekondigd had dat hij wegging. Hij had een andere vrouw ontmoet.

Ze had een nieuw leven opgebouwd, samen met de twee kinderen die nog thuis woonden. Toine was toen net op kamers gegaan, maar Mike en Tara waren bij haar gebleven. Vorig jaar was Mike gaan studeren, waardoor ze nu alleen haar dochter nog thuis had. Doordat Fenna niet afhankelijk wilde zijn van alimentatie was ze meer uren gaan werken. Tara was daardoor heel zelfstandig opgegroeid. Soms was ze meer vrijgevochten dan Fenna wilde. Voordat Fenna naar India vertrok, hadden ze ruzie gekregen. Tara wilde niet naar haar vader, ze wilde alleen thuisblijven. 'Alsof ik een babysit nodig heb.'

Fenna vertrouwde haar, maar had er toch erg veel moeite mee om haar alleen te laten. Uiteindelijk had ze een lijst met namen achtergelaten en een diepvries volgestouwd met eenpersoonsmaaltijden. Marjet zou om de dag met Tara contact opnemen om te vragen of alles goed ging. Flink morrend ging Tara akkoord met die vorm van controle.

Nu Fenna alleen in haar hotelkamer zat, kwamen allerlei angstbeelden naar boven en vroeg ze zich af of het thuis allemaal goed zou gaan. In de afgelopen week had ze maar één keer de mogelijkheid gehad om een mail te versturen, en ze hunkerde naar contact met haar dochter. Ze rekende snel uit hoe laat het in Nederland moest zijn. Begin van de avond. Zou ze Tara even bellen? Het was vast gigantisch duur. Ze greep haar mobiel en koos haar eigen nummer.

'Tara?' Ze hoorde een hoop herrie op de achtergrond, muziek vermengd met harde stemmen.

'Moment.' Ze hoorde een deur dichtslaan waardoor de herrie iets verstomde.

'Tara, is alles oké?'

'Ha mam. Bel je helemaal vanuit India?'

'Ja, lieverd. Gaat alles goed?'

'Ja hoor, maak je geen zorgen. Ik eet goed en slaap voldoende en op school gaat het allemaal zijn gangetje,' dreunde haar dochter op.

'Wat is dat voor herrie?'

'O, klein feestje. Ik heb wat vrienden uitgenodigd. We gaan straks een dvd kijken. Dat mag toch wel?'

Fenna kon niets anders doen dan bevestigend antwoorden. 'Maak het niet te laat. Je moet morgen toch weer naar school?'

'Ja, ja. Komt goed.'

'Nou, dan ga ik maar weer hangen. Als er iets is moet je me bellen, hoor.'

'Tuurlijk. Later, mam.' De klik bracht stilte en rust. Maar de rust in haar hoofd was ver te zoeken.

12

Mark las het rapport dat Ravi hem net had gebracht. Het was nog wat vroeg om conclusies te trekken, maar hij was ongeduldig. Als hij nu al een tendens zou zien dat de werking van deze nieuwe samenstelling nog beter was, dan was dat voldoende. De kliniek in Nederland zat te springen om het Complex.

Eerst moest hij zich door een grote hoeveelheid tabellen worstelen, voordat hij doorkreeg hoe Ravi het rapport had opgesteld. Eindelijk vond hij de bewuste groep patiënten: twee vrouwen en een man. Ook vond hij de vrouw met de schouderklachten in het rapport terug. Hij had haar schouder opengemaakt, de kapsels onderzocht en na een grondige controle weer dichtgenaaid. Hij had weleens netter gehecht, dacht hij terwijl hij een scheve grimas over zijn gezicht voelde glijden.

Gelukkig had Ravi later nog twee oudere vrouwen opgenomen. Al met al een representatieve groep om significante verschillen aan te tonen. Hij bekeek de resultaten in de tabel. Geen enkele infectie, dat was prachtig! Maar hoe was de wondheling? Dat was belangrijk. Mark liet zijn ogen nogmaals over de tabel gaan. Niets over littekens. Verdomme, waarom geen compleet rapport? Hij schoof met een ruk zijn stoel naar achteren en liep naar de deur.

'Ravi!'

Binnen een paar tellen kwam zijn assistent uit het duister van de gang aangesneld. Hij trok zijn overhemd recht. '*Mister Doctor*?'

'Ik wil een patiënt zien. Even kijken...' Mark liep terug naar zijn papieren, '... nummer negenentachtig.'

Ravi boog en liep met korte, afgemeten passen voor Mark uit naar een van de afdelingen. Daar aangekomen gleed Ravi uit zijn slippers en liep naar binnen. Mark volgde zijn voorbeeld. Hij kwam niet vaak op de verpleegafdelingen. Hij voerde de operaties uit.

In de zaal scheen slechts wat gedimd licht over de bedden, die bijna allemaal bezet waren. Er lagen alleen vrouwen en ze volgden Ravi met hun donkere ogen. Bij een van de achterste bedden stopte Ravi. De vrouw lag op haar zij. Ze had haar ogen gesloten en leek te slapen. Mark legde zijn hand op de arm van de vrouw. Ze schrok en haar ogen schoten angstig omhoog.

'Ik kom even naar uw schouder kijken.'

De vrouw kwam overeind.

Ze sloeg de omslagdoek naar beneden en toonde een schouder die volledig in verband was gewikkeld. Als uit het niets dook er een verpleegster op, die direct het verband begon te verwijderen. Gelaten liet de patiënte het allemaal toe.

Toen de schouder bloot was, draaide Mark de vrouw zo dat hij de wond in het beperkte licht goed kon bekijken. Langs de volledige lengte van de wond knepen de zwarte draden het vurige vlees samen. Maar het zag er zeker niet slecht uit.

'Ravi?'

'Geen infecties, *Mister Doctor*.'

'Beter dan...?' Hij maakte zijn zin niet af.

'Dat is nu nog niet te beoordelen. We moeten afwachten bij welke groep minder littekenweefsel ontstaat.'

De vrouw zat tussen hen in, haar blote schouder nog steeds naar het licht gekeerd. Hij zag dat de vrouw van hem wegkeek en hij schoof de omslagdoek over haar schouder, voordat hij een paar passen van het bed deed om ruimte te maken voor de verpleegster om de wond weer te verbinden.

'Die genezing is erg belangrijk voor de kliniek in Nederland. Houd deze vrouw maar goed in de gaten. Als deze wond mooi geneest, dan moet het een krachtig middel zijn.'

13

Fenna schoof haar bord opzij. De noodles met *seafood* waren een beetje te scherp. Ze had de brand op haar lippen moeten blussen met bier.

'Dit is een prachtig plekje,' zei ze tegen Ben. Ze keek vanaf het terras over het water uit, waar een soort Vikingboot voorbij voer. De boot had een paar olielampen aan de boeg hangen, waardoor hij er sprookjesachtig uitzag.

'Ze houden hier ook bootraces. Spectaculair om te zien.' Een paar grote happen verdwenen in zijn mond.

Fenna had met verbazing zitten kijken hoe Ben een enorme hoeveelheid voedsel naar binnen had gewerkt.

'Koffie?'

Fenna knikte.

Ben wenkte een bediende, die direct kwam.

'Is het gelukt met de foto's?' vroeg ze.

'Ja, ik heb er een paar op de mail gezet. Die kun je gewoon thuis binnenhalen.'

'Waar is dat internetcafé? Ik wil straks nog even een mailtje naar Tara sturen.'

'Aha, de bezorgde moeder?'

'Je bent moeder of je bent het niet.' Fenna besloot haar bezorgdheid, die na het telefoontje met Tara nog versterkt was, niet met Ben te delen. 'Heb je in een internetcafé gemaild of kon het gewoon in je hotel?'

'Ik zit niet meer in een hotel. Ik dacht dat je dat wist?'

'O ja, heb je de kamer bij die jonge Indiër genomen?'

'Ja, fantastisch. Het is echt de beste manier om het dagelijkse leven te ervaren. En natuurlijk voor een *special price*.'

Fenna schoot in de lach. 'Ja, ja. Die *special prices* krijgt iedereen hier, geloof ik.'

'Natuurlijk, maar ik moet zeggen dat ik in de watten gelegd word. Ik hoef maar te kikken of hij heeft wel een familielid dat me kan helpen. Bovendien krijg ik veel informatie in mijn schoot geworpen waar ik anders nooit of misschien veel moeilijker achter was gekomen.'

Hij had vast gelijk, dacht Fenna. Maar zelf moest ze er niets van hebben. Liever een eigen luxe hotelkamer, waar ze zich kon terugtrekken en waar ze het ontbijt gewoon op haar kamer kon laten bezorgen als ze dat wilde.

Ze zwegen en keken naar het water, dat nu verlaten voor hen lag. De wind, die van het water een continu bewegende massa maakte, was nog steeds warm. Fenna probeerde de rust die van het bewegende water uitging over te nemen.

'Fenna, ik heb vandaag een mail van Joep gehad. Je weet toch dat mijn broer redacteur is bij het *Nederlands tijdschrift voor geneeskunde*? Ik had hem een paar dagen geleden gevraagd om eens navraag te doen naar Mark Visser. Het zat me gewoon niet lekker.'

'Nee, die Mark is een vreemde vent.'

'Ja, dat vond ik ook. Dat verhaal over die arme mensen, de gratis behandeling en dan zomaar een zeer exclusief laboratorium in deze omgeving. Het klopte gewoon niet. En dan al zijn ontwijkende antwoorden.'

'Wat schreef je broer?'

'Joep heeft natuurlijk zijn connecties in de medische wereld. Hij heeft navraag gedaan en Marks naam kwam niet voor in de database. Het lijkt erop dat Mark geen medische bevoegdheid heeft.'

'Dan moeten we terug,' zei Fenna resoluut.

'Terug? Hoe bedoel je?'

'Jij hebt toch ook het gevoel dat er iets niet klopt? Die man is kennelijk geen arts. Hoe gaat dat dan met die operaties? En wat voert hij in dat luxe laboratorium uit dat jij gezien hebt?'

'Hij zal er wel experimenten doen.'

'Ja, experimenten. Maar wat voor experimenten? Hij gaf zelf

aan dat hij in de medische wetenschap zat. Wat voert hij daar in dat lab allemaal uit? Ik wil daar binnen rondkijken. Geen arts, maar toch mensen opereren en behandelen. Dat mag toch helemaal niet?'

'Binnen rondkijken?' vroeg Ben. 'Hoe wil je dat doen? Als iemand je ziet heb je heel wat uit te leggen.'

Fenna dacht na. Ze moesten terug, dat stond voor haar vast. Mark kwam inderdaad verdacht over. Geen foto's maken, geen namen noemen, dat alleen al was vreemd als je een goed initiatief opzette. En zij had het laboratorium zelf dan wel niet gezien, ze was wel nieuwsgierig wat hij daar allemaal uitvoerde.

'Dat zien we daar wel. Ik wil terug. Die man verbergt iets,' zei Fenna opeens heel kordaat. 'Kom, we gaan.'

'Nu? Maar het is donker.'

'Ja, dat moet ook. Vraag jij de rekening?'

Ben knipte met zijn vingers naar de ober, die al die tijd vlak achter hen was blijven staan. De rekening lag al klaar in een mooi mapje. Fenna zag dat de jonge Indiër de handelingen van Ben nauwkeurig in de gaten hield toen die zijn geld tevoorschijn haalde. Een grijns volgde toen hij het mapje van Ben aanpakte. De ober klapte dubbel van dankbaarheid.

Ondanks de zekerheid dat ze rond wilde kijken in het *hospital* voelde ze ook een nare kriebel in haar onderbuik. Ze wilde exact weten wat zich daar afspeelde. Ze wilde voor haar artikel zo veel mogelijk achtergrondinformatie hebben. En als Mark experimenten deed of onwettige operaties uitvoerde, dan moest ze dat te weten zien te komen. Maar een onderneming in het donker was zelfs voor haar een enorme stap.

* * *

Ze was opgelucht toen ze een halfuurtje later uit de riksja stapte. Met een volle maag was de hobbelige rit geen pretje geweest.

Het was buiten de stad nog veel donkerder. Fenna keek omhoog en zag de sterren in groten getale aan de hemel staan. De maan was slechts een klein streepje. De moskee lag iets verderop. Van de stralend witte kleur was niets te herkennen. Ze zag er eerder uit als een enorm standbeeld met grimmig naar boven gestrekte armen. Ondanks de warmte die nog steeds boven land hing, voelde Fenna een koude rilling over haar rug lopen. Even twijfelde ze of het wel zo'n goed idee van haar was geweest om terug te gaan.

'Hoe pakken we het aan?'

'Eerst maar eens kijken of we ongemerkt dichterbij kunnen komen,' zei Ben, die de leiding nam.

Fenna bleef dicht bij hem en keek af en toe over haar schouder. Ze voelde zich niet op haar gemak. De golven maakten veel meer lawaai dan ze zich van die middag herinnerde.

Toen ze vlak bij het *hospital* waren, stopte Ben. Hij keek om zich heen.

'Gaan we gewoon naar binnen? Misschien zijn er 's avonds weinig mensen?' zei Fenna hoopvol.

'Ben je gek. Kom, we gaan hierlangs.'

Ze zag dat Ben naar de zijkant van het gebouw liep. Langs de stenen wand liep een smal paadje. Er was nauwelijks ruimte tussen het gebouw en de rotsen die steil naar de zee afliepen.

'Ben, dat is gevaarlijk!'

'Het is de enige manier om ongemerkt aan de achterkant van het gebouw te komen,' zei hij. 'Verderop is het misschien wel wat breder.'

Ben verdween al vlot uit het zicht. Even aarzelde Fenna. Ze keek om zich heen. Wat moest ze doen? Ze kon hier toch niet blijven staan? Haar nieuwsgierigheid dreef haar achter Ben aan. Ze volgde hem over het pad, haar handen stevig om de oneffenheden van het gebouw klemmend voor enig houvast. Ze vorderde langzaam en was Ben helemaal kwijt. Die leek als een berggeit over het pad te lopen, ondanks zijn enigszins gezette lichaam. Voetje voor voetje schuifelde Fenna verder. Onder zich hoorde ze de zee luid op de rotsen slaan. Tot haar opluchting werd het pad inderdaad breder.

Nu ging het beter en al snel zag ze Ben staan. Ze overbrugde vlug de laatste meters.

Opeens gleed haar voet weg. Ze schrok en slaakte een gil. Losse stenen rolden naar beneden en ze zwaaide met haar armen om houvast te vinden. De sterke hand van Ben greep haar arm en trok haar naar het gebouw.

'Sssst!' siste hij luid.

Fenna voelde haar hart bonken. Ze keek naar de plek waar haar voet was weggegleden en zag ver onder zich het witte schuim van de zee bij de rotsen. Verdomme, wat deed ze hier in het donker? Waarom haalde ze deze levensgevaarlijke capriolen uit, op haar leeftijd? Ze leek wel gek. En dat alleen maar voor een artikel.

'Kom,' fluisterde Ben. Er zat niets anders op dan hem te volgen.

Een paar meter verderop stond hij weer stil.

'Wat is er?' fluisterde ze. Ze zag dat Ben voorzichtig door een raam gluurde. Een vaag licht scheen naar buiten.

'Ik ga wel naar binnen,' gaf Ben aan. 'Zo te zien is dit het kantoor. Er is niemand.'

Fenna keek naar het raam, dat zeker anderhalve meter boven de grond zat. Hoe moest ze daar naar binnen komen? 'Je moet me helpen.'

'Jij blijft hier,' zei Ben echter beslist.

'Maar het was mijn idee,' protesteerde ze. 'Ik wil weten wat zich hier afspeelt.'

'Ja, maar ik kan makkelijker naar binnen klimmen. Jij moet me waarschuwen als je wat hoort.'

Fenna keek nog even naar het raam en besloot dat hij gelijk had. Ze kon beter buiten blijven. Ze duwde haar rug tegen de muur en zag dat Ben zijn korte lichaam aan de stenen van de raamopening omhoogtrok. Ze verbaasde zich over de kracht die zijn totaal niet sportief ogende lichaam bezat en keek hem na toen hij soepel naar binnen glipte.

Onder haar donderde de zee en een fijne nevel drong langs de rotswand omhoog. Fenna proefde het zout op haar lippen. Of was het zweet? Ze liet haar ogen naar de toegangsweg dwalen. Alles was gelukkig rustig. Wat zou Ben ontdekken? Extra aanwijzingen dat Mark onrechtmatig handelde, omdat hij geen arts was? Of meer informatie over de laboratoriumexperimenten?

Ze ging op haar tenen staan en keek naar binnen. Ze zag dat Ben de bureaulamp had aangedaan. Hij zocht in een stapel papieren. Schiet maar op, dacht ze. De wind blies weer een fijne nevel in haar gezicht en het gebulder van de zee leek even heel dichtbij.

Opeens zag ze twee koplampen. Was het een auto die naar het dorp ging? Niet veel Indiërs bezaten een auto. Het was een arm vissersdorp waar mensen al blij waren met een fiets. De lichten hobbelden steeds dichterbij. Ze waren bijna bij de splitsing, die achter de moskee lag. Op dat moment verdwenen de lichten uit het zicht. Ze hield de weg verderop goed in de gaten, maar er verscheen geen auto. Shit, dacht Fenna. Ze hoorde het geluid van de auto steeds dichterbij komen. Ze greep de stenen rand van het raam.

'Ben,' fluisterde ze. Ze keek naar binnen. Hij reageerde niet.

'Ben,' siste ze nu iets harder. 'Er komt iemand aan.'

'Nog heel even. Ik heb hier iets gevonden.'

'Je moet weg daar.'

'Ja, ja. Ik kom.'

Ze liet zich weer met haar rug tegen de muur zakken, haar oren gespitst. Een portier werd dichtgegooid. Ze zag niets. Wel hoorde ze wat; voetstappen over de losse stenen van het pad. Ze durfde zich niet te bewegen. Het gebulder van de zee leek alles te overstemmen. Weer dat geluid. Iemand kwam haar kant op. Haar ogen schoten snel in het rond. Een schuilplaats, maar waar?

'Ben, verstop je. Er komt iemand aan!'

Ze sloop zo snel als ze durfde langs de muur, over de losse stenen. Onder haar de kolkende zee. Waar kon ze zich verstoppen? Geen ruimte. Ze zouden haar zien.

Opeens zag ze een breder stuk waar een paar struiken groeiden, hun wortels verankerd onder een paar grote keien. Zo stil mogelijk liep ze ernaartoe en kroop weg tussen de takken. Er was nauwelijks ruimte. Ze greep de takken vast en liet zich verder wegzakken. Vlak onder haar liep de grond steil af.

Nu hoorde ze alleen de zee. Had iemand haar gezien? Stemmen. Ze waren met z'n tweeën. Ze gluurde voorzichtig om de struiken heen en zag dat het raam weer donker was. Gelukkig, Ben had het begrepen. Opeens zag ze een gestalte opdoemen en haastig trok ze haar hoofd terug.

Het gebrom van stemmen drong door de achtergrondgeluiden heen. Ze gluurde tussen de takken door. Een jonge Indiase man stond met de rug naar haar toe. Een ander stond bij het raam en keek naar binnen. Spanning kneep haar maag samen. Had Ben zich goed verborgen? Opeens draaide de man bij het raam zich om. Spaarzaam licht glom op zijn brillenglazen, zijn omhoog krullende snor wierp een vreemde schaduw op zijn kin. De bewaker. Hij leek haar recht aan te kijken. Ze bedwong haar impuls om weg te duiken. Bewegen zou funest zijn, wist ze. De spieren van Fenna's bovenarmen begonnen te trillen van vermoeidheid. Ze kon zich niet lang meer verborgen houden.

De mannen bromden wat tegen elkaar en Fenna herkende Muthumari in de jongste van de twee. Hij opende een klep aan de zijkant van het gebouw. Wat ging hij doen?

Kom op, ga weg, dacht Fenna bijna hardop. Totaal verkrampt klemde ze zich vast aan de takken. Haar handen deden pijn.

Opeens baadde het hele gebouw in een fel licht. Ze schrok en verschoof haar voet. Stenen rolden naar beneden. Het geluid werd overstemd door het gehuil van de zee. Muthumari sloot de klep, stond op en liep achter zijn collega aan naar de voorkant van het gebouw. Ze was weer alleen.

Fenna bleef nog enkele seconden zitten voordat ze uit haar schuilplaats tevoorschijn durfde te komen. Ze zakte op het pad in elkaar en masseerde haar pijnlijke spieren. Ze bevond zich nu in het volle licht, maar dat kon haar niets schelen. Ze kneep haar stijve vingers samen en strekte ze om enige soepelheid terug te krijgen.

Opeens hoorde ze opnieuw voetstappen. Ze drukte zich tegen de muur aan, in een poging zo onzichtbaar mogelijk te zijn, niet in staat om op te staan. De voetstappen kwamen dichterbij. Ze gaf zich over, het kon haar niets meer schelen als ze ontdekt werd. Toen voelde ze opeens een hand op haar schouder en een schok ging door haar lichaam. Langzaam keek ze op.

14

'Muthumari, vertel,' zei Mark.

'Ze waren hier.' Het hoofd was onderdanig gebogen.

'Hier, bij ons *hospital*? Je bedoelt nadat ze hier bij mij op bezoek zijn geweest?'

'Het was al donker. Ik ging de lichten aandoen. Ze was op het pad.'

'Is ze binnen geweest?' vroeg Mark.

'Ik weet het niet.'

'Waarom heb je haar niet weggestuurd?'

'U had gezegd dat ik ze in de gaten moest houden. Dat heb ik gedaan.'

'Ja, maar als je ziet dat ze hier aan het gluren is, moet je haar natuurlijk niet haar gang laten gaan.' Mark werd ongeduldig.

'Ik dacht...'

'Muthumari, je moet niet denken, dat heb ik al zo vaak gezegd!' Mark beende boos door het kantoor. Het hoofd van Muthumari boog nog dieper naar beneden.

'Waar was de fotograaf? Was hij misschien binnen?' vroeg Mark. Hij kon zich niet voorstellen dat de journaliste alleen in het donker op onderzoek uit ging.

'Ik zag alleen de vrouw. De fotograaf heb ik niet gezien.'

Mark kookte van onderdrukte woede. Hij was zelf voorzichtig geweest en hij had ze nota bene persoonlijk ontvangen. En nu bleek dat zijn eigen mensen niet eens ingegrepen hadden. Hij moest er niet aan denken wat er zou gebeuren als die journaliste aan de bel ging trekken bij de autoriteiten. Hij wist dat hij behoorlijk in moeilijkheden kon komen zonder officiële medische papieren. En dat was inderdaad zo na te gaan in Nederland, zoals de fotograaf al had aangegeven.

Hij moest snel nagaan of hij papieren miste.

'Ik ga achter de vrouw aan. Hou jij de fotograaf in de gaten. Ik wil weten wat hij doet, met wie hij contact heeft, alles. Hij zit toch in jouw huis?'

Muthumari knikte.

Mark stuurde de man weg. Zouden ze weten waar hij mee bezig was? Zijn bezigheden controleren? Als dat zo was, had hij een groot probleem. Een probleem dat hij zo snel mogelijk moest zien op te lossen, op wat voor manier dan ook.

* * *

Uitgeput opende Fenna de deur van haar hotelkamer. Ze mikte haar schoudertas op het bed en sloot daarna de kamer zorgvuldig af. Ze voelde de adrenaline nog altijd door haar lichaam razen.

De opluchting was groot geweest toen de hand op haar schouder van Ben bleek te zijn. Ze was zo bang geweest. Doemscenario's waren in een enorme vaart door haar hoofd geschoten, en veel minder snel weer verdwenen. Later, toen ze in een cafeetje nog wat hadden gedronken, hadden ze er grapjes over gemaakt. Maar voor Fenna was die humor een vlucht. Weg van de afschuwelijke angst die ze op dat moment had gevoeld.

Ben had een stapel papieren uit het *hospital* meegenomen. Hij had geen tijd gehad om in het laboratorium te kijken. Misschien stonden de experimenten wel in de documenten?

Hij had wat zitten bladeren in de papieren en daarna de hele stapel aan haar gegeven. Hij kon ze moeilijk meenemen naar het huis van Muthumari.

Fenna had gemopperd dat Ben zomaar papieren had meegenomen. Stel dat Mark het zou ontdekken? Niets meer aan te doen. Terugbrengen was uitgesloten en weggooien kon ook niet. Bovendien prikkelde het haar journalistieke nieuwsgierigheid. Toch voelde ze zich niet erg op haar gemak met de documenten in haar bezit.

Ze schonk zichzelf wat te drinken in, schikte wat kussens op het bed en pakte de papieren. Ze kon er maar beter eens in neuzen. Tijdens het bladeren viel haar oog op de term 'chemische oorlogvoering'.

15

Fenna was die ochtend naar een internetcafé geweest. Geen enkel bericht van Tara. Natuurlijk nog niet bijgekomen van haar feestje. Ze hoopte maar dat ze alles goed in de hand had kunnen houden. De combinatie drank en jongeren was zeer explosief, zeker in de experimentele leeftijdsfase. Ze zou blij zijn geweest met een kort bericht dat alles goed was verlopen, maar dat was duidelijk te veel gevraagd.

Gelukkig had Marjet wel de moeite genomen haar een mail te sturen. Ze schreef over een avond dat Tara bij hen had gegeten. Eén avond, dacht Fenna. De rest zou wel gevuld zijn geweest met pizza's en ander junkfood. Tara greep natuurlijk haar kans om haar eigen 'gezonde' keuzes te maken.

Fenna had Marjet een uitgebreide mail teruggestuurd, waarin ze ook wat had verteld over het *hospital*. Dat beheerste haar gedachten. Natuurlijk had ze niets verteld over hun nachtelijke bezoek en zeker niet over het ontvreemden van de documenten. Wel had ze geschreven over een paar zaken die ze in de papieren had gelezen. Op een van de eerste pagina's stond de naam van een wellnesskliniek in Nederland. Vast de geldschieter van de hele onderneming. Een aparte combinatie, een Nederlandse kliniek, De Witte Lotus genaamd, en een *hospital* in India. Ze had de naam aan Marjet doorgegeven. Misschien dat die er al wat over te weten kon komen en wat informatie kon doorsturen.

Fenna keek naar de stapel papieren, waarvan ze nu pas een klein deel had doorgelezen. De 'chemische oorlogvoering' waar ze gisteravond laat op gestuit was, bleek te slaan op gif dat door bepaalde dieren uitgescheiden werd. Zo waren ze bestand tegen een aanval van belagers. Chemische oorlogvoering in de natuur. Ze had geen idee waarom dat in de documenten stond, maar ze voelde zich toch enigszins gerustgesteld dat het over dieren bleek te gaan.

Naast de korte vermelding van De Witte Lotus stond er ook veel wetenschappelijke informatie in de documenten met uitleg van experimenten. Dat zou ze later wel bestuderen. Verder een aantal pagina's met chemische verbindingen die volgens de beschrijving uit kruiden waren gehaald.

Dat bracht haar direct terug bij haar werk: haar ayurveda-artikel. Vandaag moest ze daar toch echt aandacht aan besteden. Het leek haast toeval. Kruiden, ayurveda en welzijn, alles leek samen te vallen.

Maar eerst moest ze Ben bellen. Op de laatste pagina's had ze coördinaten ontdekt. Een vindplaats van iets? Hij kon misschien wel uitzoeken wat die te betekenen hadden. Ze zocht het nummer van Ben op en hoorde de telefoon overgaan.

'*Hi, this is Ben*,' kwam de duidelijke stem van de fotograaf door. Gek dat ze nu via Nederland aan het bellen was, bedacht Fenna. Maar snel concentreerde ze zich op het gesprek, want dit kostte vast handenvol geld en daar zou Roodbaard, zoals Ben de hoofdredacteur noemde, niet blij mee zijn.

* * *

Fenna pakte haar tas. Het gesprek met Ben had haar niet rustiger gemaakt. Hij wilde foto's gaan maken bij het *hospital*. Volgens hem had niemand hen de vorige avond gezien, dus kon hij best terug. Hij was nu eenmaal fotograaf en wilde graag wat mooie beelden bij het artikel leveren. Ze was niet met hem in discussie gegaan, maar had hem simpelweg de coördinaten en verdere gegevens van die pagina gegeven en er bij hem op aangedrongen om daar eerst achteraan te gaan.

Ze had zelf even helemaal genoeg van het *hospital* en alles wat daarmee te maken had. Eigenlijk wilde ze het liefst zo snel mogelijk terug naar huis. Haar moederlijke afwijking zich zorgen te maken over haar dochter was daar debet aan. Maar voordat ze naar huis kon, moest ze informatie verzamelen. Medicinale kruiden waren een *hot topic* en Harry had aangedrongen op een oosterse sfeertekening.

Ze keek op haar horloge. Ze kon maar beter opschieten als ze vandaag niet op het heetst van de dag over die kruidenplantage wilde zwoegen. Snel friste ze zich op. Beneden voor het hotel stond een aantal tuktuks klaar. Zodra de bestuurders haar zagen, schoten ze op haar af.

'*Taxi*?' '*Where do you want to go*?' '*Tuktuk, madam*?' '*Very cheap*!'

Ze weerde lachend de vragen af. Een tanige vent drong naar voren. Ze herkende de man, die haar ook van het vliegveld had vervoerd. Hij had een enorme zwarte snor, die omhoog wipte toen hij doorkreeg dat zij hem herkende.

Al snel reden ze door de stad. De man zat trots voorin en stuurde de motorriksja behendig door het drukke verkeer. Fenna leunde pas ontspannen achterover toen ze de drukte van het centrum achter zich lieten. Langs de kant van de weg stonden eenvoudige stalletjes en af en toe dook er een plukje palmbomen op tussen de steeds simpeler wordende hutjes. Op verschillende plaatsen lagen mensen als hoopjes achtergelaten vuil langs de weg te slapen. Mannen zaten gehurkt langs de weg, hun *longhi* om hun heupen geslagen en hun armen werkeloos voor zich uit gestrekt. Hun leven leek alleen maar uit wachten te bestaan.

De tuktuk minderde vaart bij een kleine drinkgelegenheid. '*Only one chai, Misses*.'

Fenna keek verbaasd hoe de man uitstapte en haar doodleuk in de tuktuk liet zitten. Hij wilde thee drinken. Haast moet je hier niet hebben, dacht ze en ze sloot zich aan bij de wachtenden. Ze ging op een wankel houten bankje zitten en pakte haar fles water.

Een wit busje kwam aanrijden en stopte op een tiental meters afstand langs de kant van de weg, het raampje open. De dikke bril en de enorme snor vielen direct op. Wat deed de bewaker van het *hospital* hier? Was hij haar gevolgd? Hadden ze gemerkt dat er documenten weg waren?

Fenna nam nog een slok en trok haar tas wat dichter naar zich toe. Ze had de papieren niet in het hotel durven laten liggen, maar nu brandden ze in haar tas. Het ontspannen gevoel was verdwenen. Wachten gaf opeens stress.

'*Okay, we go*,' hoorde ze naast zich. De chauffeur van de tuktuk glimlachte breed. Zou hij in het complot zitten en gewacht hebben totdat het busje zich bij hen kon voegen? Of zag ze nu spoken?

Fenna schoof weer achter in de tuktuk. Maar een tocht met een leuk doel was het niet meer. Wat deed het busje? Zou het haar echt volgen? Het antwoord werd akelig snel duidelijk. Het reed gewoon een meter of twintig achter hen aan en deed totaal geen moeite om zich te verbergen.

Al snel stopten ze bij een theeplantage, waarachter de kruidentuin was die ze wilde bezoeken. Ze kon de twee bezoeken mooi combineren. De theestruiken vormden doolhoven op de hellingen. Tussen de struiken door liepen de theepluksters. Via een draagband om hun hoofd hing een stoffen zak als een bochel op hun rug. Met een schaar, die kunstig in een opvangbakje was verstopt, knipten ze de theebladeren, die ze daarna in de zak op hun rug verzamelden.

'Wacht je hier?' vroeg ze haar chauffeur. Zijn antwoord bestond uit het tonen van zijn slecht onderhouden gebit. Natuurlijk zou hij wachten. Ze had nog niet betaald.

* * *

Een paar uur later was ze heel wat informatie rijker. De opzichter van de theefabriek had haar veel verteld over de verschillende soorten thee en het fermentatieproces. Thee van verschillende planten met een medicinale werking.

In de kruidenkwekerij die naast de theeplantage lag, had ze gekeken naar, geroken aan en geproefd van allerlei kruiden. Sommige namen had ze nog nooit gehoord. Ze had veel foto's gemaakt, die het artikel konden verlevendigen.

Iets verder naar achteren stonden een paar grote bomen. Waren dat de bekende neembomen? Ze vroeg of daar ook materiaal van gebruikt werd. Opeens bleek het verboden terrein. De man wilde geen informatie meer geven. Tempelrituelen. Niet te bezichtigen voor westerlingen, had hij glimlachend gezegd. En ondanks aandringen van haar kant was de glimlach niet van zijn gezicht geweken, maar meer gegevens wilde hij niet geven. Gelukkig had ze al veel notities. Zelfs informatie over de helende werking. En in ieder geval voldoende voor haar artikel.

Ze liep langs de theestruiken naar beneden en zag de tuktuk staan. De man had haar al snel in de gaten en startte zijn motor om haar op te pikken.

'Terug naar het hotel?' vroeg hij.

Fenna keek om zich heen en zag het busje een stukje verderop staan. De bebrilde man zat op zijn hurken naast het busje en rookte een sigaret. Toen hij haar in het oog kreeg, kneep hij zijn peuk uit en klom in zijn voertuig.

'Luister,' zei ze tegen haar chauffeur. Ze vertelde hem over het busje en zei tegen hem dat ze op de terugweg niet door de man gevolgd wilde worden.

'*Okay*,' zei de man simpel. De tuktuk schoot weg en Fenna moest zich vastgrijpen aan de metalen stang aan de zijkant om niet opzij te vallen. In volle vaart reden ze over de weg, die op en neer deinde onder het simpele voertuig. De meeste gaten omzeilde hij kunstig.

Fenna probeerde mee te kijken naar de weg, maar omdat zij hoger zat dan de bestuurder kon ze niet ver vooruit kijken. Gaten in de weg zag ze pas op het laatste moment. Ze zette zich schrap en hield zich stevig met beide handen vast aan de metalen stangen. Soms wierp ze een blik naar achteren, waar het busje op enige afstand moeiteloos volgde.

Binnen een recordtijd zaten ze weer in de stad, waar de rit in dezelfde hectische vaart voortgezet werd. Haar kamikazechauffeur leek zich niets van de overige verkeersdeelnemers aan te trekken. Af en toe keek de man achterom, waarbij zijn snor zenuwachtig opzij waaide. Zijn ogen waren alert en gespannen. Fenna zag dat de weg volstroomde met bussen, toeterende vrachtauto's, brommers en andere tuktuks. Geen wit busje meer te bekennen.

'Ik denk dat we hem kwijt zijn,' riep ze naar voren.

De man, die zijn tanige armen strak aan zijn stuur hield, reageerde niet. Hij slalomde door de rijdende menigte heen en ontweek brommers en fietsers op het nippertje. Honden renden jankend opzij. En koeien keken verstoord op.

'Je kunt wel wat rustiger rijden,' gaf ze aan.

'*Relax, madam*. Vertrouw me. Ik help u.' De tuktuk flitste heen en weer, remde, trok op en stond opeens stil. Een vrachtauto wurmde zich toeterend langs hen heen. Even een moment om achterom te kijken. Fietsers werden opzij gedrukt door het gemotoriseerde verkeer en een wit busje toeterde luid tegen een bus die net achter hen de weg op draaide. Shit, dacht Fenna, hij is er weer.

Haar chauffeur boog uit zijn cabine, stak zijn arm uit en gaf gas. Er ontstond opeens net genoeg ruimte om ertussendoor te glippen en de tuktuk schoot met een snelle zwaai een smalle straat in. Daar gaf hij pas echt gas. Winkelende mensen sprongen verschrikt opzij. Fenna dook in elkaar en keek over de schouder van de chauffeur naar voren. Ze had het idee dat ze in een achtervolgingsscène van een James Bond-film zat, zeker doordat ze de uitgestalde winkelwaar, de motoren en een heilige koe pas op het allerlaatste moment zag. Het links rijden maakte het niet overzichtelijker.

Opeens remde de tuktuk uit alle macht. Piepend slipten ze nog meters door. Fenna gilde. Ze schoot naar voren en hing half over de metalen reling die tussen haar en de chauffeur zat. Een motor stond dwars voor de tuktuk. De bestuurder van de motor stak zijn vuist omhoog en begon te schelden. Zijn vrouw achterop keek angstig naar het zwarte metaal van de tuktuk, dat rakelings langs haar benen geschoven was. De chauffeur riep echter een aantal bevelen en de motorrijder schoof onwillig mopperend toch zijn motor opzij. Gas. De tuktuk stoof verder.

'Rijd wat langzamer! Dit is gevaarlijk!' riep Fenna naar voren. Ze was bang dat er iemand gewond zou raken.

'*Trust me*,' riep de man naar achteren.

Ze keek achter zich. Geen busje te zien. Ze voelde een ruk aan het stuur en opeens hing ze scheef op de achterbank. Nog een aantal korte bochten, die hij met hoge snelheid nam. Maar daarna remde hij af. Ze reden in een langzaam tempo door een smal steegje. De tuktuk paste er net doorheen. De man moest nu wel goed opletten dat hij zijn waardevolle bron van inkomsten niet zou beschadigen, dacht Fenna opgelucht. Toen zette hij zijn voertuig stil.

Fenna keek naar voren en de moed zonk in haar schoenen. Een doodlopende weg. Wat nu?

'*Come. Follow me*.' Hij fluisterde bijna en liep naar het eind van de steeg.

Zou ze dat wel doen? Wat was de man van plan? Was hij wel te vertrouwen?

'*Come*,' kwam het dringende bevel van de man. 'Snel. Straks komen ze weer achter u aan.'

Dat gaf de doorslag. Ze stapte uit. Ze keek om, klemde haar tas tegen zich aan en liep naar de man toe. Hij stond in de schaduw van de hoge gebouwen en duwde tegen een houten deur, die er niet erg sterk uitzag. De deur bood dan ook geen enkele weerstand en Fenna zag een tweede steeg. Leeg en verlaten.

Even aarzelde ze. Daarna stapte ze resoluut door de deur. De man liep zelfverzekerd verder, kriskras door verschillende straatjes. Het weinige richtingsgevoel dat Fenna had was allang in de drukte gesneuveld. Ze kon niets anders doen dan de man volgen.

Toen ze weer door een smalle poort liepen, zag Fenna opeens een mooi bewerkte deur die niet thuis leek te horen in de omgeving van de steegjes. Moesten ze daar zijn? Wie zou hier achter deze luxe deur op haar zitten te wachten?

De man bleef staan. '*Here. Hotel*.'

Verbaasd keek Fenna omhoog. Was dit haar hotel?

'*You safe.*' Ze zag dat de chauffeur trots over zijn snor streek.

Ze was gewoon weer veilig bij haar hotel. Een opgelucht gevoel borrelde op. Geen Mark, geen bewakers, en vooral geen problemen.

'*No problem*,' zei de man blij en hij hield zijn hand op.

Geen probleem, nee, gelukkig niet, dacht Fenna opnieuw. Ze greep in haar broekzak, waar ze de losse briefjes bewaarde, en gaf het beloofde bedrag. De man keek naar het bedrag, vouwde de briefjes op en wilde weglopen.

'Wacht. Hier, je hebt het verdiend,' zei ze snel. En ze pakte een paar extra briefjes. '*Thank you*,' voegde ze eraan toe.

De ogen van de man sprankelden boven zijn snor en zijn hoofd ging blij heen en weer. Daarna draaide hij zich om en hij was binnen een paar seconden verdwenen in de doolhof achter het hotel.

16

Mark stuurde de bewaker weg. Kwaadheid borrelde nog in zijn binnenste. De man had de journaliste alleen maar in de gaten hoeven te houden, volgen, kijken waar ze mee bezig was, verder niets. Maar zelfs die opdracht was te moeilijk geweest. Hij was de journaliste zelfs helemaal kwijtgeraakt. Wel had hij gemeld dat ze naar een kruidentuin was gegaan. Wel heel toevallig dezelfde kruidentuin die ook voor hem kruiden kweekte. Toeval, of kennis uit de documenten?

Hij wist dat het het laatste was. Onvoorstelbaar, zo brutaal. Die twee waren 's avonds laat zijn werkkamer binnengedrongen om papieren mee te nemen. Hij miste experimentele gegevens, data van patiënten en van operaties die hij had uitgevoerd.

Zijn gegevens in verkeerde handen. Hij moest proberen te redden wat er nog te redden was. Hij was ervan overtuigd dat ze allang navraag hadden gedaan naar zijn medische bevoegdheid. En met de papieren hadden ze bewijzen in handen dat hijzelf de operaties uitvoerde. Ontmaskering en sluiting van zijn *hospital* hingen hem boven het hoofd. Zeker als ze de werkelijke beweegredenen van zijn operaties ontdekten. Dat mocht niet! Hij moest wat ondernemen. Hoe kon hij de papieren weer terugkrijgen? Of, misschien nog beter, hoe kon hij hen de mond snoeren?

17

WéJé van Zanten legde beheerst de hoorn neer. Toen gooide hij zijn armen in de lucht. 'Yes,' fluisterde hij ingehouden naar het plafond. Hij was meer dan tevreden over het gesprek dat hij net had gevoerd. Eindelijk had hij het voor elkaar. De producente was tevreden over de opnames die de afgelopen weken in zijn kliniek De Witte Lotus gemaakt waren.

'Yes.' Hij balde zijn vuisten en hield de intense blijheid daarin vast. Een mijlpaal in zijn carrière. Dit zou hem in heel Nederland bekend maken.

Zijn kliniek was goed bevonden en de afspraken voor volgende opnames waren gemaakt. Opnames voor de nieuwste televisiehit. Het programma *Bodymorfose* zou heel Nederland in zijn greep houden. Een kijkcijferkanon.

Binnenkort zou het allemaal beginnen. Uit het gigantische aantal aanmeldingen zou door de programmaleiding een eerste selectie worden gemaakt. Hij had iedereen al op consult gehad en er waren zeker mensen bij aan wie hij voldoende eer kon behalen. Zodra de geselecteerde kandidaten bekend waren, kon het echte werk beginnen. Zijn kliniek zou overspoeld worden door cameramensen en journalisten. Alles met maar één doel: zijn wellnesskliniek met de kandidaten op een spraakmakende manier in beeld brengen.

Hij keek uit naar de live-uitzending die voor komende zaterdag gepland stond. Dat werd nog hard werken, besefte hij. Alles moest in gereedheid gebracht worden. Gelukkig had hij al een mooie locatie voor zijn kandidaten om na de ingreep in afzondering te herstellen.

Het zou vast prachtig worden. Echt vernieuwende televisie, dacht hij. Niet een gewoon make-overprogramma. Nee, *Body-*

morfose kon de vergelijking met het programma *De Nixfactor* met glans doorstaan. Mensen met een hopeloos uiterlijk mocht hij verbouwen tot schoonheden. Een nieuw gezicht, een lichaam met de juiste proporties, een perfect uiterlijk. Hij was degene die uitgekozen was om die uitdaging aan te gaan, dat was zojuist door het telefoontje bevestigd.

Hij keek naar zijn tot vuisten gebalde handen die hij nu langzaam ontspande om het geluk los te laten. Zijn vingers trilden licht.

Hij duwde zijn bureaustoel naar achteren en opende de kast. Dit moest gevierd worden, dacht hij. Dit mocht gevierd worden. De fles stond achter een paar ordners. De slokken die hij achteroversloeg brandden in zijn keel. Hij smakte met zijn lippen om de opdonder die hij net aan zijn slokdarm had toegebracht een weg naar buiten te geven. Machtige power kreeg je ervan. Hij nam nog een slok en borg daarna de fles weg. Hij voelde zich heerlijk, de smaak van de drank nog overheersend in zijn mond aanwezig.

Hij opende Outlook en klikte op de mail die hij net uit India had ontvangen. Genietend zoog hij de positieve woorden op. Het had hem een lieve duit gekost om een nieuw middel te laten ontwikkelen, maar nu leek alles te convergeren tot een positieve bundel energie. Zijn kliniek kwam op televisie en het middel was op tijd klaar, waardoor hij zijn beloftes ook waar kon maken. Als hij Mark mocht geloven waren de resultaten van het Complex spectaculair. Met een opzienbarende wondheling.

Op dat moment ging de binnenlijn. Hij nam op.

'Ja, laat haar maar binnen,' antwoordde hij zijn secretaresse. Snel nam hij een van de mintsnoepjes die hij altijd op zijn bureau had liggen en liep naar de koffieautomaat. Een plastic bekertje viel in de houder en werd met veel geborrel gevuld met donker vocht. Een tweede beker kreeg dezelfde behandeling. Een klop op de deur.

'Ja, kom maar binnen.' Hij zette de bekers op de overlegtafel en liep naar de deur om zijn gast te begroeten.

Een vrouw die ergens begin veertig moest zijn kwam zijn werkkamer binnen. Ze had golvend, donker haar waarin ze met henna een rode gloed had aangebracht. Ze was niet uitermate mooi, maar had een uitstraling die er niet om loog.

Hij stelde zichzelf voor en kreeg een stevige hand. 'Ga zitten. Koffie?'

'Graag.' Rachel Cando ging tegenover hem zitten. 'Ik wilde graag eens kennismaken met de man die onze kandidaten onder handen zal nemen,' zei ze glimlachend. 'Ik ben als psychologe aangesloten bij het programma *Bodymorfose*. Ik heb met de meeste mensen die op de lijst staan kennisgemaakt. Maar voordat de definitieve keuze door de programmaleiding gemaakt wordt, wil ik een aantal mensen nog spreken.'

'Ja, natuurlijk. Heb je de laatste gegevens al gekregen?'

'Ik heb alle formulieren doorgenomen en er lijken mij geen echte probleemgevallen tussen te zitten. Het is een heel gemêleerd gezelschap. Toch wil ik met een aantal van hen nog een vervolggesprek hebben. Ik heb van sommigen nog iets meer informatie nodig.'

WéJé nam een slok van zijn koffie. 'Geef maar door welke personen dat zijn, dan regel ik een afspraak. Je kunt gebruikmaken van de overlegruimte hier in de kliniek. O, en er is nog een nieuwe kandidate binnengekomen. Ik zal je haar gegevens doorgeven. Ze heeft zich op het allerlaatste moment aangemeld. Ze lijkt me erg geschikt en ik wil haar graag de mogelijkheid geven om mee te doen aan de selectie. Vanmiddag komt ze langs voor proefopnames. Misschien kun je dan direct kennismaken?'

* * *

Rachel liep door de gangen van de kliniek en liet zich door de secretaresse uitleggen waar de overlegruimte was. Ze sloot de deur van de kamer achter zich en liep naar het raam, waar witte lamellen voor hingen. Ze schoof ze opzij en keek naar buiten. Een verregende tuin lag triest tussen de twee vleugels van het gebouw.

Bladeren zwaar van het vocht, takken buigend door het gewicht. Ze dacht terug aan de man met wie ze net had gesproken. WéJé van Zanten, knap, sterke kaaklijn, gladgeschoren. Een toonbeeld van zelfverzekerdheid.

Dat was hem dus, dacht ze. Eindelijk had ze hem in levenden lijve ontmoet.

18

Fenna parkeerde haar auto op de parkeerplaats van de supermarkt en liep de winkel in. Wat een verschil met India. Een parkeerplaats vol auto's, georganiseerd verkeer, regels waaraan men zich hield, mensen met goed gevulde boodschappenkarren, de gigantische keuze in merken en natuurlijk de temperatuur. Het was wel weer even wennen, ondanks het feit dat ze slechts kort weg was geweest.

Ze had het gevoel dat ze op een golvende loopband liep. Haar evenwichtsorgaan had altijd problemen met de overgang van vliegtuig naar vaste grond. Maar ook het slaaptekort speelde een rol, bedacht ze, terwijl ze een mandje van de stapel pakte.

De laatste dagen in India waren nogal chaotisch verlopen. Ze had Ben nog slechts één keer gezien. Hij had een haastklus gekregen en had daardoor weinig tijd meer gehad. Ze hadden tijdens een kort diner de laatste afspraken gemaakt over het boek en over de afwikkeling van het artikel over het *hospital*. Ze konden nu onafhankelijk van elkaar verder werken. Ben had erop aangedrongen dat zij de documenten mee zou nemen naar Nederland. Daar kon ze alles rustig doornemen en uitzoeken. Ze zou haar bevindingen dan aan hem doorgeven.

Bij het afscheid op het vliegveld had Ben aangegeven dat hij nog geen tijd had gehad voor die coördinaten, maar hij zou dat verder uitzoeken. Daarna hadden ze afscheid genomen. Het laatste wat ze van Ben zag was zijn gedrongen gestalte die zich in een riksja wurmde en de zwaaiende arm die uit het koekblik omhoog werd gestoken.

Fenna wilde zo snel mogelijk naar huis, naar Tara. Maar ze wist dat Tara nog op school was. Dus eerst maar wat boodschappen. Die meid was vast wel aan een vitaminerijke maaltijd toe, dacht ze grimmig.

Wat zullen we eten? Haar duffe hoofd had er moeite mee en dus liep ze maar gewoon langs de schappen. In ieder geval volkorenbrood, dat had ze gemist in India. En wat verse groenten. Ze liep naar de kant waar de biologische groenten uitgestald lagen.

Sinds ze alleen woonde besteedde ze meer aandacht aan gezond eten en had ze de superieure smaak van biologische groenten ontdekt. Daarnaast veel fruit en maar af en toe een stukje vlees. Net toen ze naar een glimmende aubergine reikte, kreeg ze een duw in haar rug. Ze schoot naar voren en belandde met haar lichaam op de groentebakken. In een reflex liet ze haar mandje vallen en ving zichzelf op. Ze voelde zacht vruchtvlees onder haar handen.

'Neem me niet kwalijk,' klonk een diepe stem achter haar. Ze voelde een hand om haar bovenarm en voor ze haar irritatie had kunnen uiten, was ze overeind getrokken en keek ze in een stel blauwe ogen.

'Geen probleem,' stamelde ze. De standaard Indiase uitdrukking was zomaar over haar lippen gekomen. Ze staarde dom naar de indrukwekkende man met grijzend haar.

'Heeft u zich bezeerd?' De Limburgse zachte g klonk vreemd bij de indrukwekkende man. Hij kwam haar bekend voor. Waar had ze hem eerder gezien? Ze pijnigde haar vermoeide hersens. De man had intussen haar mandje opgeraapt, waar de biologisch gekweekte appels uit gerold waren. 'Ik zie dat u ook van gezond eten houdt,' ging hij verder. 'Gezondheid is een groot goed.'

Gezondheid. Opeens wist ze het. Het ziekenhuis. Dit was de Joodse dokter uit het ziekenhuis. Zonder zijn witte pak had ze hem niet zo snel herkend.

'Dokter Cohen,' zei ze verbaasd.

De man keek haar op zijn beurt warrig aan. 'U kent mij? Excuseert u me, ik heb zo veel patiënten dat ik u niet herkend heb, mevr… uh.'

'Faassen. Fenna Faassen.' Fenna stak haar hand uit, maar trok hem snel terug toen ze zag dat er geplette banaanresten op zaten.

Ze glimlachte verontschuldigend. 'Maar ik ben geen patiënt van u.' Ze legde hem uit hoe het zat.

Na nog wat beleefdheidsfrasen namen ze afscheid en vervolgden ze ieder hun route door de supermarkt. Elke keer als ze een nieuw gangpad in liep keek Fenna of ze een glimp van hem kon opvangen, maar het leek wel of hij direct doorgelopen was naar de uitgang. Ze onderdrukte het teleurgestelde gevoel.

* * *

Eindelijk weer thuis, bedacht Fenna toen ze de weg naar het boerenerf opreed. Het viel haar op hoe de herfst had toegeslagen. Alsof de natuur in een kleine twee weken een inhaalslag had gemaakt. De bomen kleurden geel en waren op sommige plaatsen zelfs al kaal aan het worden.

Ze draaide haar groene Smart de parkeerstrook op, die ze huurde van de boer. Ze pakte de kruiwagen die ze altijd gebruikte om zware spullen naar haar woonboot te vervoeren en zette haar bagage en boodschappen erin. Daarna duwde ze de kruiwagen over het pad dat langs de rij woonboten liep. Ze zag een hand omhoog bewegen achter een van de ramen van een kleine witgeverfde woonboot, een van de eerste van het rijtje. Ze glimlachte terug.

Haar helderblauwe boot werd nu zichtbaar.

'Hallo, Fenna,' klonk een stem naast haar. John, haar buurman, stak zijn hoofd om de deur. Zijn haren zaten in de war.

'Ha John, alles goed?'

'Ik miste je al. Ik vroeg nog aan Tara waar haar moeder gebleven was, maar die duvel zei dat ze je de deur uit had gezet.'

De lach galmde haar tegemoet. Fenna zette de kruiwagen neer. Dit zou even duren. Ze kende John.

'Wat een meid heb je toch. Ze is een lekker ding geworden, Fenna. En dat vinden er meer.' De lach werd dikker.

Fenna vond de opmerking minder leuk. 'Hoe bedoel je, John?'

'Nou, het lijkt wel of ze stroop an der kont heb. Als vliegen kwamen ze erop af. Maar maak je niet bezorgd, meid. Dat is allemaal puur natuur, hoor. Ik ben zelf ook ooit vlieg geweest.'

Fenna pakte de kruiwagen weer op en liep alvast langzaam door, de enige manier om van dit soort buurpraat af te komen, wist ze uit ervaring.

'Nou, John. Ik spreek je later wel weer. Groetjes aan Karin.'

'Dag, meidje. Kom binnenkort een keer een bakkie halen!' werd haar achterna geroepen.

De twee coniferen die de loopplank van haar woonboot markeerden staken hoog boven de boot uit. Ze zette haar kruiwagen op het pad en tilde allereerst haar koffer en notebooktas eruit.

Ze opende de voordeur, die verdeeld was in vier ramen van gelijke grootte, en zag dat haar houtwerk volgend jaar toch echt een nieuwe lik verf nodig had. Het was er de afgelopen zomer niet van gekomen. En achterstallig onderhoud inhalen in de herfst was niets.

De vele ramen in haar voordeur zorgden voor een lichte hal, wel nodig voor het kleine oppervlak. Ze gaf de thermostaat in de kamer een slinger. Het was kil in de boot. Kil en stil. Tara was inderdaad nog niet thuis.

Fenna zette haar koffer meteen in de slaapkamer en wierp een blik in de spiegel. Haar donkerblauwe ogen lichtten helder op. Ze sperde ze open, waardoor de rimpels in haar voorhoofd dieper werden, maar haar oogleden minder zwaar leken. 'Elk nadeel heb zijn voordeel,' herhaalde ze de fameuze zin van Johan Cruijff en een glimlach trok over haar gezicht. Ze dacht aan Marjet. Hoe zou het staan met haar pogingen om iets aan haar uiterlijk te doen? Opeens was dat denkbeeld niet zo vreemd meer.

Het aanrecht van de keuken was opgeruimd. In het afdruiprek stonden een aantal koppen en wat borden. Tara had netjes afgewassen, dacht Fenna tevreden. Niets was vervelender dan in een vuil huis terugkomen.

Even later pruttelde het koffiezetapparaat en de geur gaf haar direct al een warmer gevoel. Nederlandse kneuterigheid. Ze opende de la waarin ze haar voorraad chocola bewaarde. Dat had ze gemist in India. Ze zag de dikke plak liggen die ze nog voor haar vertrek had gekocht. De donkere zoetigheid lonkte naar haar. Even streek ze over haar buik, die de laatste tijd toch wel wat dikker leek te zijn geworden. Ze aarzelde. Stel dat ze nu net in India wat afgevallen was? Maar een klein stukje... Af en toe. Dat kon toch geen kwaad. Ze genoot zo van die pittige smaak van chocola bij een vers gezet kopje koffie. Toch moest ze de komende tijd maar eens aandacht aan haar lijf besteden. Sporten, lijnen, het stond haar tegen, maar ze wist dat ze het eigenlijk moest doen.

Ze vouwde het zilverpapier open en brak een stuk af. Langzaam voelde ze haar papillen samentrekken toen de verslavende smaak doordrong. De harde brok smolt langzaam tussen haar tong en gehemelte en genietend sloot ze even haar ogen. Wat een genot van zo'n enkel stukje. Ze brak nog een stukje af.

Het was nog steeds niet gerieflijk warm in de kamer. Wat een tegenstelling met het land waarvan de klamme warmte nog vers in haar lichaam zat. De spanning van de vreemde zaken die zich daar hadden afgespeeld kwam opeens opzetten.

19

Even later zat ze met een grote stapel post op de bank. Na de chocola had ze besloten dat het beter was om een volkoren boterham te nemen. Beter voor de gezondheid en beter voor haar lijn. De temperatuur in de kamer liep op en de kop geurende koffie in haar hand maakte dat ze bijna als een poesje zat te spinnen.

Fijn, weer thuis. Haar thuis, haar woonboot met de rust en ruimte eromheen. Straks gezellig bijpraten met Tara, de kranten verder doorspitten en daarna lekker bankhangen voor de televisie. Ze keek wat er op tv was. De nodige soaps, vrouwen die van man ruilden, een overvloed aan kookprogramma's, realitysoaps over de smerigheid in woningen en, godbetert, een programma waarin vrouwen vechten om de aandacht van een miljonair. Nou, dat zal moeilijk kiezen worden, dacht Fenna cynisch. Het werd steeds erger met de programmering van de televisie. Het viel haar nog mee dat er niet een herhaling van een herhaling was van *Idols*. Gelukkig was er op Discovery Channel een interessante documentaire. Vast de moeite waard.

Ze pakte haar verse boterham met kaas. Maar net toen ze haar eerste hap nam ging de telefoon. Ze probeerde het brood snel weg te slikken.

'Zo, ben je aan het eten?' hoorde ze een simpele vaststelling aan de andere kant.

'Ha Marjet. Ja, bruinbrood met boerenkaas.' Fenna nam een slok koffie en spoelde de laatste restjes weg.

'Aha, de verleiding uit Nederland. Heb je een goeie reis gehad?'

'Ja, ik ben net thuis. Je treft het. De verwarming is zelfs nog niet op stoom.'

'Dat zegt niet zo veel bij jou,' antwoordde Marjet lachend.

'Nou zeg, niet zo kritisch over mijn lekkere kacheltje. Is het met Tara allemaal goed gegaan?'

'Voor zover ik weet wel. Ze heeft maar één keer bij ons gegeten. Ik heb haar wel vaker uitgenodigd, maar ze had steeds andere plannen.'

'Ik zal het straks allemaal wel van haar horen. Ze zal heus wel misbruik gemaakt hebben van mijn afwezigheid en lekker veel junkfood hebben gegeten, een soort afzetten tegen het normale eten hier in huis. Maar bedankt dat je een oogje in het zeil hebt gehouden. Ze zal zo wel thuiskomen.'

'Vertel me eerst eens hoe het in India was. Je hebt toch maar een lekkere mazzelbaan,' klonk het jaloers aan de andere kant.

Even overwoog Fenna om over haar spannende belevenissen te vertellen, maar ze was nog moe van de reis en ze wist dat Marjet dan het naadje van de kous zou willen weten. Daarom vertelde ze alleen over het mooie en chaotische leven in India en over de vriendelijke mensen. Daarna wilde ze van Marjet weten hoe het er nu met haar voorstond.

'Zullen we morgen lekker gaan shoppen, dan praat ik je helemaal bij.'

'Prima. O, ik hoor Tara aankomen. Ik zie je morgen.' Snel sloot Fenna het gesprek af. Ze liep naar de voordeur om haar dochter te begroeten.

'Ha mam. Heb je een goeie reis gehad?' Tara stommelde de deur door en mikte haar rugzak in de hal.

'Fijn je weer te zien, lieverd. De reis was vermoeiend, maar verder zonder problemen. Ik zal wat te drinken inschenken. Wil je koffie?' Fenna zat direct weer in de verzorgende rol.

'Ach ja, doe maar een bakkie. Even naar de wc.' Het klonk weinig enthousiast.

Tara dook direct het kleine kamertje in. Fenna verbaasde zich over de ingetogenheid van haar dochter. Normaal kwam ze als een zonnestraal de woning verlichten, maar nu leken er vele wolken voor te zitten. Misschien was het toch erg vermoeiend geweest, naar school gaan en ook nog voor zichzelf zorgen.

'Kom eens lekker bij me zitten. Vertel eens hoe het hier allemaal gegaan is. Viel het mee?'

Haar dochter plofte naast haar op de bank. 'O, ja hoor. Ik heb elke dag warm gegeten, als je dat wilt weten,' zei ze opstandig. Het leek alsof ze de confrontatie opzocht.

Fenna ging er niet op in. 'En hoe is je feestje geweest? Had je dat zomaar georganiseerd, of was er wat te vieren?'

'Zomaar. We wilden gewoon een dvd kijken, daar is toch niets mis mee?' Tara nam een slok van haar koffie.

'Nee hoor. Ik vind het prima als je vrienden wilt uitnodigen, dat weet je. Welke film hebben jullie gekeken?'

'Ik moet nog huiswerk maken, mam. Ik ga naar mijn kamer.' Tara stond op en sleurde onderweg haar rugzak mee. Fenna bleef verbouwereerd achter.

20

Ben zat vol verbazing naar de coördinaten te kijken die hij van Fenna had doorgekregen. Het continue gepiep van de ventilator boven zijn hoofd irriteerde hem, maar de werveling van de klamme lucht woog daartegen op.

Na talloze controles steeds dezelfde verbazingwekkende conclusie. Er bevond zich iets belangwekkends in zee. Het kon niet anders. En hij wist dat hij daar moest gaan zoeken als hij te weten wilde komen wat Mark probeerde te verbergen.

'*Hello, Sir.*'

Ben hief zijn hoofd op. Muthumari's gezicht was als altijd een toonbeeld van vrolijkheid, de pientere ogen trokken alle aandacht naar zich toe.

'Muthumari, je komt als geroepen. Ik heb je hulp nodig.'

'*Okay, Sir*. Wat kan ik voor u doen?' Muthumari knoopte zijn *longhi* opnieuw rond zijn middel en hurkte soepel naast hem. Zelf zou hij die houding nog geen minuut volhouden.

'Ik wil gaan duiken.' Ben besloot tot de directe benadering.

Als Muthumari al verbaasd was, dan liet hij het in ieder geval niet blijken.

'Ik kan een duikuitrusting regelen. En mijn oom heeft een boot.'

'Laat me raden, voor een speciale prijs.'

De grijns die Muthumari vertoonde gaf het antwoord. 'Waar wilt u gaan duiken? Ik kan u begeleiden.'

'Ik heb coördinaten van een plek niet zo ver uit de kust. Daar wil ik graag een kijkje nemen. Maar...' hij aarzelde even, '... ik wist niet dat je kon duiken.'

'Wij leven hier aan de kust. De zee is heel belangrijk voor ons. De zee levert ons voedsel en medicijnen.'

'Medicijnen?'

‘Ja, de zee is rijk aan heilzame middelen. In India wordt veel gebruikgemaakt van stoffen uit de natuur. De westerse medicijnen zijn vaak veel te duur. Kennis over geneeskrachtige planten wordt hier van moeder op dochter doorgegeven.’

‘Ook uit de zee?’ Ben krabde op zijn hoofd en duwde zijn bril wat hoger op zijn neus.

‘Waarom niet?’

Het klonk heel simpel, vond Ben. Waarom ook niet? In de zee kon veel verborgen liggen waar de westerse wetenschap zich nog nauwelijks mee bezighield. Mensen in dit werelddeel groeiden op met traditionele middelen. Daar was gemakkelijk aan te komen en, nog belangrijker, ze waren goedkoop.

‘De zee dus. Ik zal je laten zien waar ik heen wil,’ zei Ben, die zich weer over de kaart boog. Zijn bril gleed mee. Hij wees op de kaart. ‘Kan jouw oom me hierheen brengen?’

‘*No problem*,’ zei Muthumari.

‘Op de exacte locatie van deze coördinaten?’

‘Ik kan wel aan apparatuur komen.’

‘Een gps?’

‘Mijn broer weet hoe je daaraan komt.’

‘Goed. Volgende vraag is dan natuurlijk: wanneer kunnen we gaan?’

21

'Hoe is het met de fotograaf?' vroeg Mark aan Muthumari. Hij had de man direct die ochtend bij hem geroepen.

'Het gaat goed met hem. Hij wil gaan duiken.'

'Ik bedoel natuurlijk of je al gezocht hebt naar de documenten,' snauwde Mark hem toe.

Hij zag hoe Muthumari zijn hoofd schudde. Als de vrouw ze maar niet had meegenomen naar Nederland. Toen pas drong tot hem door wat zijn assistent zei.

'Duiken? Zei je dat de fotograaf wil gaan duiken?'

'Ja,' antwoordde Muthumari simpel.

'Hoezo duiken? Waar?'

'Ik moet mijn oom nog vragen.'

'Je oom? Gaat je oom met hem mee?'

'Nee, mijn oom heeft een boot. Ik ga mee duiken. Ik ga het vanmiddag nog regelen.'

Mark dacht na. De fotograaf ging duiken. Dat betekende dat hij wist wat zich hier afspeelde en hoe het Complex gemaakt werd. Alles was bekend. Zijn hele uitvinding lag binnenkort op straat en iedereen kon met die informatie aan de haal. Dat mocht niet gebeuren. Had hij daarvoor al die jaren geïnvesteerd?

'Geef me precies door hoe laat en waar je gaat duiken,' zei Mark. Er was een idee bij hem opgekomen. Wat kan ik anders? dacht hij opstandig.

* * *

Ben stond op de klif en staarde naar beneden. De golven beukten op de rotsen. Hij was verbaasd geweest over de snelheid waarmee Muthumari het een en ander had weten te regelen. Het enthousiasme in zijn donkerbruine ogen had aangegeven dat het hart van Muthumari bij het zeeleven lag.

Ben had zelf ooit een PADI-brevet gehaald tijdens een reis door Midden-Amerika, toen hij een week in Belize had gezeten. Een korte cursus, slechts gevolgd door wat duiken bij Bonaire, nu alweer een jaar of drie geleden. Hij voelde weer de kriebel in zijn maag die op kwam zetten toen Muthumari zei dat hij duikapparatuur kon regelen. Spanning.

Ben staarde over zee uit, de zon begon te zakken. Als Muthumari nu niet snel kwam, moesten ze in het donker onder water.

Opeens hoorde hij het geluid van een buitenboordmotor. Hij liet zijn ogen over het water flitsen maar zag alleen een boot van bij elkaar gebonden boomstammen. Hij hoorde zijn naam roepen. Een witte lap zwaaide heen en weer. Muthumari. Shit, had die oom geen degelijke boot?

* * *

Eindelijk zat Ben aan boord en in een kalm tempo voeren ze de zee op.

'Hoe ver is het?' vroeg hij.

'Niet zo ver,' antwoordde Muthumari, die tot Bens verbazing een gps vasthield. Die man kreeg alles voor elkaar.

Ben hield zich goed vast aan de gladde stammen en keek naar de duikapparatuur, die voor in de boot vastgebonden lag. Het zag er glimmend en nieuw uit, zag hij tot zijn voldoening. Hij was even bang geweest dat Muthumari met oude roestige spullen aan zou komen zetten. Onder water moest hij volledig kunnen vertrouwen op de techniek.

De motor pruttelde en de boot voer veel te langzaam van de kust weg. De zon kwam nu echt laag te staan en het werd Ben duidelijk dat ze het niet zouden redden om bij daglicht te duiken.

'Heb je duiklampen bij je?' riep hij boven het lawaai van de motor uit.

Muthumari klom soepel door de boot naar voren en zocht tussen de spullen. Zijn pezige benen zetten zich schrap toen hij zich oprichtte en twee lampen omhooghield.

'*No problem*,' zei hij, waarbij zijn witte tanden straalden in het late licht.

'*No problem, no problem*,' mopperde Ben zacht voor zich uit. Niets leek hier een probleem. Maar hij had toch heel wat liever bij daglicht gedoken.

22

De zee golfde wild en zag er in het donker dreigender uit dan ooit. Ben vond het altijd een eng idee om het water in te gaan terwijl hij geen idee had wat zich onder die waterspiegel bevond. Wie weet lag er een dikke haai op de loer. 'Watje,' schold hij zichzelf uit en hij liet zich achterover vallen. Weer bovengekomen wachtte hij tot Muthumari ook zover was. Hij verslikte zich in een golf zout water die ruw over zijn gezicht spoelde. Hoe eerder hij onder water was, hoe makkelijker het werd, dacht hij. Dus hij zorgde dat zijn duikbril goed zat, knipte zijn duiklamp aan en wachtte.

Eindelijk dook hij naast Muthumari naar beneden. Ben hield automatisch zijn adem in en keek naar de golven die hij boven zich zag klotsen. Zijn duikbril sneed in zijn wangen en hij baalde dat hij zijn gewone bril niet op had kunnen houden. Alles leek wazig om hem heen. Duikers spraken altijd over meters zicht onder water. Nou, weinig dus. Waarom noemden ze zo'n ding nou een duikbríl?

Opeens bedacht hij dat hij gewoon moest ademen onder water. Jeetje, het was echt een tijd geleden dat hij had gedoken. Langzaam ademde hij uit. Het lawaai van vele luchtbellen denderde langs zijn duikbril omhoog. Hard zoog hij lucht naar binnen. Poeh, wel weer even wennen.

Hij scheen met zijn lamp voor zich uit, maar zag niets anders dan een streep licht die leek op een *jedi*-zwaard van *Star Wars*. Naast zich zag hij nog een lichtstraal en opeens hing Muthumari voor zijn gezicht, die zijn wijsvinger en duim op elkaar drukte in de vorm van een rondje. O ja, alles oké, seinde hij terug met hetzelfde gebaar.

Muthumari wees in het licht van de lamp met zijn duim naar beneden en greep de slang die aan zijn trimvest zat. Ben liet wat lucht ontsnappen en hij voelde zich naar beneden zakken.

Hij zwaaide met zijn armen heen en weer om dat ellendige evenwicht te vinden. Dat was voor hem altijd een probleem geweest. Hoe hij ook zijn best deed, hij rolde altijd van de ene naar de andere kant.

Hij keek omhoog en zag alleen maar duisternis, waarin als oplichtende sterren een massa luchtbellen opsteeg die in een stresstempo uit zijn ademautomaat kwamen. Rustig ademen, herinnerde Ben zich. De golfslag was op grotere diepte gelukkig een stuk minder. Dat gaf rust.

Muthumari had kort de belangrijkste zaken met hem doorgenomen. Nooit snel omhoog, rustig ademen, niet in paniek raken en op hem vertrouwen. Ja ja, hij wist het allemaal nog wel.

Hij liet zijn vinnen in een rustig tempo op en neer gaan en zag zowaar wat bewegingen in het licht van zijn lamp. Een felrood visje schoot weg en verstopte zich achter het koraal. Een grotere vis kwam nieuwsgierig naar de lamp en toonde als een parmantige vlinder zijn gele en witte strepen. Ben herinnerde zich de schoonheid onder water bij Bonaire. Zonder uitzondering kleurig en spectaculair. Hij had er enorm van genoten. Nu was dat genieten nog een gevoel dat ver weg leek. Het doel was ook zo anders. Hij wilde te weten komen wat Mark hier onder de zeespiegel uitspookte.

Ze zwommen in een rustig tempo naast elkaar, hun zaklantaarns als oplichtende voelsprieten voor zich uit stekend, naar de plek die Muthumari met behulp van de gps had bepaald. Opeens wees Muthumari ergens naar en scheen met zijn lamp naar voren. Ben spande zijn ogen tot het uiterste in, maar zag alleen maar vage contouren. Toen ze dichterbij kwamen zag hij ze opeens. Lange lijnen liepen vanaf de bodem naar het wateroppervlak. Op regelmatige afstanden zat een propje oranjegekleurd weefsel.

Ben zwom ernaartoe. Kleine plukken materiaal zaten op de draad vastgehecht. Sponzen, daar leken ze het meest op. Had Muthumari niet iets gezegd over heilzame middelen? Gebruikte Mark in zijn kliniek sponzen om medicijnen van te maken?

Ben dook langs de draad naar beneden, de duisternis in. De bodem werd zichtbaar in zijn lichtstraal en hij zag rotsen die bedekt waren met stukken koraal. Een groot oppervlak werd ingenomen door een grijze korst, die gebobbeld was met op onregelmatige afstand openingen. Het leek wel op de grillige vorm van gestolde lava, dacht Ben. Dezelfde kleur en dezelfde onregelmatige structuur. Maar hij wist dat dit een spons was.

Hij zocht doelbewust verder. Langzaam drong het ontspannen gevoel dat bij duiken hoorde door in zijn lichaam. Hij had er altijd van genoten, vooral vanwege de rust en het ontbreken van lawaai. Een oranje kleur viel hem op. De vorm ook. Een typische spons zoals je vroeger in de badkuip kon vinden, bobbelig, rond en vol gaten. Een kleurige naaktslak zat er lekker op te grazen.

Opeens zag Ben in de rotsen een donker gat dat omlijst was met kleurige slingers van anemonen. Even hing hij voor de grot en scheen met zijn lamp naar binnen. Een claustrofobie opwekkende duisternis staarde hem aan. De grot had een wuivend plafond vol anemonen en sponsplakkaten en een school geschrokken vissen dook weg. Bah, niets voor hem. Ben ging terug naar de rotsen waar de vele lijnen met sponsdeeltjes op vastgemaakt waren.

Net toen hij de spons aan de lijn bestudeerde, werd hij vanuit de duisternis bij zijn arm gegrepen. Hij schrok en sloeg wild van zich af. Hij tolde om zijn as. Toen zag hij de blik van Muthumari, die hem met grote, verbaasde ogen aankeek.

Sorry, wilde Ben zeggen, maar praten onder water was er niet bij, dus gebaarde hij maar wat.

Door de plotselinge bewegingen was er water in zijn duikbril gekomen. Met een geoefende beweging blies hij zijn brilletje leeg door gewoon met zijn gezicht naar boven gericht door zijn neus uit te ademen en zijn bril aan de onderkant iets van zijn gezicht af te houden. Dat was hij in ieder geval nog niet verleerd, bedacht hij tevreden.

Muthumari scheen op zijn manometer en zelf wierp hij er ook

een blik op. Honderdtwintig bar. Ruim voldoende. Hoe lang waren ze nu onder water? Ben had geen idee. Zijn horloge lag op die paar boomstammen die ergens boven hem op de golven dreven. Ongeschikt om mee te duiken.

Opeens had hij er genoeg van. Het moeizame ademen via een mondstuk was hondsvermoeiend. Hij verlangde naar gewone lucht, die hij zonder enige weerstand kon inademen, zo veel als hij wilde. Bovendien wist hij wat hij had willen weten. Mark werkte met sponzen. Gelukkig begreep hij uit de gebaren van Muthumari dat ze terug zouden gaan. Ben gaf een fikse slag met zijn vinnen om omhoog te gaan, maar werd stevig tegengehouden door dezelfde ijzeren hand die hij eerder had gevoeld. O ja, rustig opstijgen, herinnerde hij zich toen weer.

Hij wilde echter nog een stukje van een spons van de lijn afhalen om mee te nemen en dus wees hij in die richting. Muthumari liet hem los en hij zwom naar de lijn. De gekleurde stukjes weefsel deinden rustig in het water. Wat een systeem om sponzen te kweken, bedacht Ben. Een klein stukje zou Mark vast niet missen.

Hij was net bezig om een stukje los te peuteren toen hij de hand van Muthumari weer voelde, alleen nu om zijn enkel. Hij negeerde de greep. Hij was nog niet klaar.

Opeens werd hij met een harde ruk omlaag getrokken. Zijn hand gleed van de lijn en verschrikt keek hij naar beneden. Hij zag alleen maar een peilloze duisternis. Hij pakte zijn lamp en zag in het schijnsel een hoofd waar lichte haren omheen waaierden. Dat was Muthumari niet. Ben schrok toen hij in een flits Mark herkende.

Achter Mark zag hij een schim wegschieten. Wat gebeurde er allemaal om hem heen? Hij kreeg echter geen tijd om na te denken. Een paar ogen keek hem strak aan en zonder enige waarschuwing kreeg hij een duw tegen zijn gezicht. Zijn duikbril kwam scheef te zitten en stroomde vol. Zout water drong in zijn ogen en geschrokken hield hij zijn adem in. In een opwelling maaide hij wild met zijn armen om zich heen. En toen hij voelde dat hij degene voor zich flink raakte, blies hij snel zijn bril leeg. Gelukkig weer zicht.

Maar de opluchting was van korte duur want Mark kwam dreigend op hem af zwemmen. Hij kreeg weer een duw en voelde dat er aan zijn luchtslangen getrokken werd. Als een razende draaide Ben zich om. Verdomme, dit was bloedserieus, Mark had het op zijn leven gemunt. Hij moest iets doen. Zijn hersens draaiden op *full speed* en in een opwelling gaf hij een knal tegen de lamp die Mark voor zich uit hield. De lamp glipte uit zijn vingers en verdween als een vallende ster in de diepte, het licht als een zoeklicht draaiend totdat hij als een eenzame schijnwerper tussen de rotsen bleef hangen.

Nu ontsnappen, dacht Ben. Hij scheen recht in Marks gezicht om hem te verblinden. Daarna knipte hij het licht uit en dook direct weg, de donkere diepte in. Hij zag niet veel, slechts een vage weerschijn vanaf het wateroppervlak. Maar daar kon hij nu niet naartoe, dat was voor hem wel duidelijk. Ze zouden verwachten dat hij naar boven zou gaan dus daar liep hij het grootste gevaar. Hij moest naar beneden. Zijn gedachten kolkten rond. Muthumari was verdwenen en Mark wilde hem uit de weg ruimen.

Het was duidelijk dat hij alleen nog maar op zichzelf kon rekenen. Het donker dat hij eerst zo verfoeid had, bleek zijn redding te zijn. Hij moest de kust zien te bereiken. Hij zwom met zijn handen voor zich uitgestrekt dieper en dieper en probeerde zijn neiging om naar het wateroppervlak terug te keren te onderdrukken. Verstand en gevoel streden om voorrang.

De grot, bedacht hij opeens. Hij moest zich verbergen in de grot. Hij had genoeg lucht en kon het vast met rustig ademen wel even uithouden totdat ze daarboven ervan overtuigd zouden zijn dat hij weg was. Daarna kon hij naar de kust zwemmen. Hij moest zijn hersens gebruiken, dan had hij een kans om te overleven.

Na wat zoeken kwam hij de lijnen weer tegen en zo kon hij de grot lokaliseren. Hij durfde zijn lamp niet aan te knippen, wetend dat zijn lichtstraal van ver gezien zou kunnen worden. Dus puur op gevoel drong hij de donkere grot in. Hij had geen handschoenen aan en durfde de wanden niet af te tasten, wetend dat er verschillende koralen en anemonen waren die je met hun netelcellen flinke wonden of pijn konden bezorgen. En aan een dikke murene of een verstoorde zeeslang durfde hij al helemaal niet te denken. Hij had voor zijn gevoel maar één enkele kans om dit avontuur te overleven en dat was zich verbergen in deze grot. Langzaam duwde hij zichzelf steeds dieper de grot in, zijn fles eerst, zodat die zijn lichaam kon beschermen.

Het was stikdonker om hem heen en hij wist dat hij onzichtbaar moest zijn. Zijn luchtbellen zouden in de grot blijven hangen, dat was een mooie bijkomstigheid. De kansen waren gekeerd. Hij moest positief blijven denken. Toen hij zijn fles tegen de achterwand hoorde schuren stopte hij en bleef hangen. De spanning van de hele operatie had zijn ademhaling omhoog gejaagd en hij dwong zichzelf om heel rustig in en uit te ademen, om zo veel mogelijk lucht te sparen.

Voorzichtig duwde hij zichzelf nog verder de grot in. De opening werd wel erg nauw, maar als hij wat meer in elkaar dook, kon hij nog net wat verder. Ver weg van de afschuwelijke dreiging van die blauwe ogen. Uiteindelijk bleef hij stil zitten. Dit moest ver genoeg zijn. Hij had altijd een hekel gehad aan grotten en nauwe openingen, maar nu was het zijn redding en zorgde het voor de bescherming die hij nodig had.

Minuten gingen voorbij, waarbij Ben zich volledig concentreerde op zijn ademhaling. Hij probeerde niet na te denken over de nauwe gang waarin hij zich bevond. Hij moest zien dat hij claustrofobische paniek vermeed. Hij ademde zo rustig mogelijk, met zijn ogen dicht, waarbij hij zich voorstelde dat hij alle ruimte van de wereld om zich heen had. Adem in en uit. Hij wist dat de lucht die samengeperst in de fles zat niet onbegrensd was, maar duwde het weg uit zijn gedachten. Toch pakte hij zijn manometer en scheen met zijn lamp, het licht zo veel mogelijk afschermend met zijn handen. Zeventig bar.

Niet veel, bedacht hij. Maar voldoende om het nog even uit te houden. Hij sloeg zijn armen om zijn benen heen en hing deinend op zijn langzame ademhaling tussen de anemonen in de grot. Hij moest geduld hebben en zich concentreren op een zo laag mogelijk luchtverbruik.

23

Fenna stapte in haar Smart en reed de kleine parkeerplaats af. Ze had die nacht als een blok geslapen, maar werd erg vroeg wakker. In haar bed had ze rustig liggen luisteren naar de haar zo bekende geluiden. En ze had nagedacht over Tara. Wat was ze afstandelijk geweest. Ze had alleen lauw gevraagd hoe het in India was geweest en had zonder commentaar de vegetarische maaltijd opgegeten. Normaal leverde dat kritische reacties op, maar nu reageerde Tara overal heel gelaten op. Ze was na het eten weer naar haar kamer vertrokken. Natuurlijk wist Fenna wel dat ze huiswerk moest maken, maar ze had meer verwacht van het eerste contact na haar thuiskomst.

Fenna stuurde haar auto langs de sloten die de weilanden omringden. De bomen die langs de sloot stonden kleurden schitterend geel. In de weilanden liepen de bijna volwassen lammeren mak achter hun blatende moeder aan. Langs de kant van de weg stond een groot reclamebord waarop de aanleg van een nieuwe woonwijk werd aangekondigd. Het groene hart van Nederland werd dichtgebouwd, dacht ze. Na de hsl, de snelle spoorverbinding tussen Amsterdam en Parijs, werd het groene gedeelte alsnog bedreigd door alle woonwijken die in een hoog tempo uit de grond werden gestampt.

Ze parkeerde haar auto achter het station en liep naar de plek waar ze met Marjet had afgesproken. Ze had zin om weer lekker bij te kletsen met haar vriendin, want ze had haar niet meer gezien na het bezoek aan dokter Cohen.

'Ben je op zoek naar iets speciaals?' vroeg Fenna, toen ze zich in de drukte van Leiden stortten. Ze verwachtte het gebruikelijke antwoord. Marjet zocht nooit iets speciaals. Als het maar enorm afgeprijsd was, dan was het goed.

'Je weet wat Peter altijd tegen me zegt. Voor elk nieuw kledingstuk moeten er twee oude uit de kast verdwijnen,' zei Marjet lachend.

Fenna lachte mee. Ze wist dat Marjet zich daar toch niet aan zou houden.

'Maar om je vraag te beantwoorden, ik ben deze keer wel op zoek naar iets speciaals. Ik zou graag mooie lingerie willen kopen.'

Fenna was verbaasd, want ze wist dat Marjet nooit uitdagende kleding uit zou zoeken. Laat staan lingerie. Ze had ooit uitgebreid verteld waarom ze daaraan een hekel had. 'Ik voel me vreselijk in die helverlichte paskamer met een verkoopster die meent aan mijn beha te mogen sjorren. Alles wat niet goed is aan mijn halfnaakte lijf wordt in de spiegel uitvergroot,' had ze gezegd. Fenna kon zich het gevoel van Marjet levendig voorstellen. Ze wist nog goed dat zij zich liet verleiden tot het aanpassen van een kanten exemplaar. Ze was zich op dat moment zo pijnlijk bewust van haar niet geschoren oksels dat ze niet wist hoe snel ze weg moest komen. Toch had ze zelf wel mooie lingerie. Haar zelfverzekerdheid nam toe door het dragen van typisch vrouwelijke kleding. Maar op dat moment liet Fenna het wel uit haar hoofd om haar verbazing te laten blijken. 'Daar gaan we dan naar op zoek,' zei ze daarom nuchter. 'Heb je een bepaalde kleur in gedachten?'

'Zwart,' kwam het snelle antwoord.

* * *

Een uurtje later hadden ze een aantal plastic tassen aan hun armen hangen. Fenna had zich niet in kunnen houden en had zelf ook een prachtig kanten setje gekocht. Het voelde supervrouwelijk om een mooi setje aan te hebben, ook al zou er niet zo snel iemand anders dan zijzelf van kunnen genieten. Sinds ze gescheiden was, had ze geleefd voor haar kinderen. Ze had de gezinswoning verkocht en was gevallen voor de woonboot. De rust die haar de eerste maanden op de zenuwen werkte werd daarna een warme ontspanning in haar drukke werkleven. Ze kon uren staren over het water en genieten van de futen die elkaar voor haar raam baltsend het hof maakten. In al die jaren had Fenna geen enkele man ontmoet bij wie ze zich zo thuis voelde dat ze een deel van haar vrijheid op zou willen geven. Natuurlijk miste ze regelmatig die arm om haar schouders en vooral het maatjesgevoel dat je alleen maar met je levenspartner kon hebben. Maar dat was nu eenmaal niet anders, dacht ze. En als er niemand kwam dan was het ook goed; ze had zo ook een goed leven.

Ze genoot van de verhalen van Tara over school. Het zat haar dwars dat haar dochter opeens niet meer lekker in haar vel zat. En ze gaf zichzelf daarvan de schuld. Misschien voelde Tara zich wel in de steek gelaten? Ze nam zich voor haar meer aandacht te geven de komende tijd.

Marjet liep voor haar langs een café in.

'Even pauzeren, hoor,' zei ze, terwijl ze zuchtend de tasjes op een lege stoel liet glijden. Café Einstein was een begrip in Leiden. Op verschillende plaatsen aan de muur dook het warrige hoofd van Einstein op. Overal in het etablissement stonden boeken tegen de wand en de sfeer was gezellig door de donkere houten vloer en dito meubilair.

Ze bestelden allebei een warme chocomel en de glimlach die ze elkaar toewierpen toen ze beiden knikten op de vraag of ze slagroom wilden, gaf een samenzweerderig gevoel.

'Ouderwets gezellig,' zei Fenna. 'Ik ben blij dat je je weer een beetje lekker voelt.'

Fenna merkte dat Marjet hierbij haar ogen neersloeg en wilde dat ze deze opmerking, die toch zo diep uit haar hart was gekomen, kon terugnemen.

'Sorry, dat had ik niet moeten zeggen.'

'Maakt niet uit. Je hebt wel gelijk, ik voel me best goed. Maar dat is zeker niet te danken aan die dokter. Zo'n man heeft niet in de gaten wat voor grote stap het voor een vrouw is om naar een plastisch chirurg te gaan. Alsof je voor je lol naar een dokter gaat om te zeggen hoe lelijk je bent.' De agressie was weer terug.

'Je hebt gelijk, dat is afschuwelijk. Maar ik zou daar niet te lang mee zitten, dat heeft geen zin.'

'Dat komt doordat ik... Nou ja, dat hoor je nog wel een keer.'

'Wat hoor ik nog wel een keer?'

'Ik vond het afschuwelijk hoe die dokter mijn probleem wegwuifde alsof het niets was. Die dokter Cohen heeft niet door hoe hard dat bij vrouwen aankomt.'

Fenna dacht terug aan de ontmoeting met de arts in de supermarkt. Ze was onder de indruk van zijn verschijning. En nu ze Marjet op een negatieve manier over hem hoorde praten, kreeg ze bijna de neiging om hem te verdedigen.

Gelukkig praatte Marjet verder. 'Kennelijk vond die dokter dat ik het niet waard was om me te laten opereren. Ik ben minder dan anderen, die hij wel een medische indicatie geeft. En dat hoef ik niet ook nog eens van die psychiater te horen.'

Op dat moment werden twee bekers chocomel met een enorme toef slagroom voor hun neus gezet. Fenna schoof de beker direct van zich af. De trek in zoetigheid was totaal verdwenen. Marjet praatte zichzelf naar beneden, alsof ze een minderwaardig schepsel was.

'Marjet, ik weet niet wie je deze onzin heeft aangepraat, maar...'

'Het is geen onzin,' was het snelle antwoord.

Fenna liet zich niet van de wijs brengen: '... maar ik ben het niet met je eens. Je bent een prachtmens, mijn beste vriendin.'

'Fenna, ik vecht door tot het me lukt. Ik ben echt gemotiveerd. Zeker nu ik weer een stap verder ben.'

'Wat bedoel je daarmee?' Fenna keek haar verbaasd aan. 'Hou je iets voor me achter?'

24

Mark stond op de wild bewegende boot en reikte Muthumari zijn duikuitrusting aan. Muthumari pakte die zwijgend aan en maakte de apparatuur voor in de boot vast. De uitrusting van Muthumari lag al in de boomstammenboot van zijn oom, die langszij lag. Mark had geen enkele behoefte om te vertellen wat er gebeurd was. Hij was de fotograaf kwijtgeraakt en dat zat hem niet lekker.

Muthumari had hem onbewust naar zijn sponzenkweek gebracht. Natuurlijk met de gegevens uit de documenten. Hoe had hij de kweek anders kunnen vinden? Mark had geen zin in pottenkijkers. Nergens. Niet onder water en niet in zijn *hospital.* Maar hij voelde zich totaal niet verplicht om dat aan Muthumari uit te leggen.

Het was allemaal anders gelopen dan hij had gedacht. De overrompeling die hij in gedachten had gehad was mislukt. Toen zijn lamp viel, was hij van zijn stuk gebracht. Hij was direct naar beneden gezwommen om hem op te halen, maar had daardoor niet opgelet waar de fotograaf heen gezwommen was. Want waar kon hij nou helemaal naartoe? Hij had nog een tijdlang gezocht, maar hem niet gevonden. Waarom was hij niet naar boven gekomen?

Nu wist hij niet hoe het met de fotograaf was afgelopen. Hij hoopte dat de man verleden tijd was. Die vent mocht de informatie waarover hij beschikte niet naar buiten brengen, dat moest voorkomen worden.

Muthumari leek te wachten.

'Waarom ging je hier duiken?'

'Dat wilde de fotograaf.'

'Ik wacht wel tot hij bovenkomt. Misschien is hij wel naar de kust terug gezwommen,' zei Mark. Hij snoot zijn neus in zijn handen en liet het slijm in zee wegspoelen.

Muthumari keek hem aan met een onpeilbare blik, als de duisternis van de zee. 'De kust is ver,' zei hij alleen maar.

'Ga maar vast terug. Ik zal nog wel even wachten, hoewel ik verwacht dat de fotograaf niet meer komt. Hij zal zijn duikspullen wel op de rotsen achterlaten. Je kunt ze morgen gaan zoeken. Als je duikspullen niet terugkomen, vergoed ik ze.'

Mark zag de bijna onmerkbare knik van zijn assistent.

'Als je straks thuiskomt moet je wat voor me doen. De fotograaf heeft documenten die niet van hem zijn. Die moet je opzoeken tussen zijn spullen. Zorg ervoor dat ik die papieren weer terugkrijg!'

Een lichte beweging van Muthumari's hoofd was het enige waaruit bleek dat de Indiër hem verstaan had. Daarna voer de boot weg.

Mark staarde over de zee en dacht na. Stel dat de documenten niet in het bezit waren van de fotograaf, maar dat de journaliste ze al had meegenomen naar Nederland? Dat was iets waar hij ernstig rekening mee moest houden. Daarna startte hij zijn motor en voer terug naar de kust.

* * *

Ben checkte opnieuw de hoeveelheid lucht in zijn fles. Dertig bar. Hij moest naar boven. Bovendien kreeg hij kramp. Hij vroeg zich af of Mark al weg was. Op Muthumari kon hij niet rekenen, die had bij zijn baas niets in te brengen. Als hij het er levend vanaf wilde brengen moest hij nu naar boven.

Hij duwde zich voorzichtig af tegen de rotswand. Even ging hij een stukje vooruit, maar met een klein rukje kwam hij tot stilstand. Hij draaide en zat toen zijdelings in de grot. Hij zette zich met kracht van de wand af. Gelukkig, los. Hij knipte zijn lamp aan. Voorzichtigheid was even minder belangrijk. Hij moest als de sodemieter uit de grot zien te komen, anders had hij een serieus probleem.

Hij scheen rond en zag tussen de anemonen en sponzen een spiegelend plafond van luchtbellen hangen. Toen hij verder keek zag hij de uitgang, een donker gat aan het einde van de nauwe gang. Hij was veel dieper in de grot doorgedrongen dan hij dacht en schrok van de geringe breedte. De claustrofobie overviel hem. Hij moest hier weg!

Hij scheen met zijn lamp op de wand. Een met tanden bewapende bek hing plotseling vlak voor zijn gezicht. Ben schrok vreselijk. Hij wilde achteruit, maar zat klem tegen de wand. De bek was smal vergeleken met het dikke, slangachtige lijf dat achter de kop van de murene kronkelde. Bij elke inademing ging de bek dreigend open en dicht. Het leek eeuwen te duren dat ze elkaar strak in de ogen keken. Bens hartslag nam een enorme vlucht. Maar eindelijk kronkelde de murene langs hem heen de duisternis van de grot in.

Ben probeerde de bek uit zijn gedachten te zetten. Hij moest voortmaken. Hij greep een rotspunt en trok zich verder in de richting van de uitgang. Dat ging goed. Zo moest het lukken. Langzaam maar zeker kwam hij vooruit. Hij verbaasde zich erover dat hij zo totaal niet in de gaten had gehad dat hij zichzelf in zo'n nauwe opening had geduwd. Angst deed vreemde dingen met je, bedacht hij. En bang was hij. Nog steeds.

Nog maar twee meter, zag hij aan het vage schijnsel dat uit de opening naar binnen viel.

Opeens voelde hij een ruk. Hij zat weer vast.

Hij probeerde te draaien, maar ook dat lukte niet. Klemvast. Hij besefte dat hij in grote moeilijkheden zat. Het ademen ging zwaarder. Met moeite kon hij de wijzer van de manometer onderscheiden. Bijna nul. Verdomme! Ben rukte aan de rotspunt en trok als een bezetene aan zijn trimvest. Hij moest nu naar boven. Weg. Ademen!

Maar hij zat volledig klem. Als hij zijn apparatuur uittrok kon hij als een speer naar boven. Bloedlink, maar toch noodzakelijk. Los, hij moest weg! Lucht! Hij zoog hard aan zijn mondstuk. Zijn weke vingers probeerden de sluiting van zijn trimvest los te krijgen. Lucht! Nog een harde ademteug. Leeg.

Uit alle macht duwde en trok hij aan de rotsen om los te komen. Hij probeerde zijn armen uit de benauwde omhelzing van zijn trimvest te halen. Lucht! schreeuwde zijn lijf. Wanhopig probeerde hij zich op te krullen om zijn lichaam te bevrijden. Zijn borstkas pompte om meer lucht te krijgen. Een onbedwingbare impuls om adem te halen drong in zijn hersens door. Hij trapte wild rond. Een voet schoot los. Hij zette zich af met alle kracht die hij nog had. Maar hij wist dat het zinloos was. Hij opende zijn mond en proefde het zout. Een hoge toon drong in zijn hoofd naar voren en werd begeleid door een zwart waas. Beelden kwamen opzetten maar verdwenen in de duisternis toen hij de ademimpuls niet langer kon onderdrukken.

25

WéJé opende het postpakket dat net afgeleverd was. Zijn ademhaling zat onverwacht hoog, gespannen nu hij eindelijk het Complex uit India voor zich had liggen. Met de nodige voorzichtigheid scheurde hij de doos open. Een grote hoeveelheid potjes en doosjes werd zichtbaar.

Dit was het dus, dacht WéJé tevreden. Mark had zijn belofte waargemaakt. Het opzienbarende middel uit India.

Hij pakte een flesje met doorzichtige capsules. Neem-Complex, las hij op het etiket. Hij haalde de uitleg van Mark in zijn herinnering terug. Het kruidenmengsel van drie planten, waaronder de neemboom, verreweg het belangrijkste onderdeel.

Daarna pakte hij een doosje en maakte het open. Er zat een tiental steriel verpakte verbandgaasjes in.

'Ha, het collageenmateriaal,' zei hij verheugd. Dat was voor de genezing van aangetaste huidgedeeltes. Uit Marks experimenten was gebleken dat dit materiaal, afkomstig uit een spons, littekenvorming bijna geheel zou voorkomen. De bijgeleverde zalf, met antibiotische stoffen uit een andere spons, zou de wondheling nog bevorderen.

WéJé wist nog hoe verbaasd hij was geweest over de ideeën van Mark. Medicijnen uit de duistere dieptes van de zee. Daar werd nog nauwelijks mee gewerkt. Hoe kwam hij erbij? Toch was de combinatie van de antibioticazalf met de collageengaasjes het uitgangspunt geweest van het onderzoek. Pas later had Mark het kruidenmengsel aan het Complex toegevoegd.

Kruidencapsules, verbandgaasjes en antibiotische zalf, het Complex, klaar om in gebruik genomen te worden. Wat een timing, dacht WéJé, terwijl hij de doos zorgvuldig sloot. Precies nu hij spectaculaire resultaten moest laten zien, kwam Mark met zijn product op de proppen. Geluk kwam nooit alleen. Alles viel opeens op zijn plaats.

WéJé wist dat hij eerst de officiële procedure moest opstarten die bij de introductie van gezondheidsbevorderende middelen hoorde. Dat betekende het aanmelden bij de overheid, bij het ministerie van Volksgezondheid, Welzijn en Sport. Die zouden de claim onderzoeken.

Maar hij wilde niet op toestemming wachten. Hij wist toch dat het een goed middel was? Dat was uit alle onderzoeken van Mark gebleken. Hij wilde een aantal patiënten nu al kennis laten maken met het Complex. En daarbij dacht hij specifiek aan de kandidaten van *Bodymorfose*. Niemand hoefde dat te weten. De kandidaten hadden alleen maar mazzel dat ze gebruik konden maken van het spectaculaire middel. Hij zou Raoul instructies geven over de toediening van het Complex. Hoe sneller ze konden beginnen met die behandeling hoe beter.

Raoul was zijn hoofdverpleger, een simpel maar toegewijd persoon. Hij werkte al een aantal jaren bij hem, was sterk en solidair, twee eigenschappen die hem goed van pas kwamen. De eerste indruk van Raoul op zijn sollicitatiegesprek was niet best geweest. Een bodybuilder als verpleger? Maar toen pas bedacht WéJé dat een goed uiterlijk binnen zijn kliniek een erg belangrijke rol speelde. Bovendien had hij mooie referenties. Hij had hem direct aangenomen. Mannen met gespierde armen, die ook nog over een mooie kop met een krachtige kaaklijn beschikten, waren nu eenmaal aantrekkelijk voor vrouwen. Het was een goede zet geweest, want hij kon voor veel klussen bij Raoul terecht.

De laatste weken was Raoul voornamelijk werkzaam in het herstellingsoord dat slechts op een paar kilometer afstand van de kliniek lag. Een pompeus hotel, Adéla-Hoeve genaamd, dat schitterend gelegen was in de bossen rond Oosterbeek, een dorp vlak bij Arnhem. Het gebied rondom het hotel werd De Hemelse Berg genoemd. Een toepasselijke naam voor een hemels gebied.

Als er medisch gezien geen noodzaak meer was om in de kliniek te blijven, konden zijn cliënten verder herstellen in de Adéla-Hoeve. Dat was een niet al te dure aangelegenheid en gaf hun de mogelijkheid om hun verband en hechtingen te verbergen. Alle voorbereidingen verliepen dus prima.

Toch werd het ultieme geluksgevoel van WéJé enigszins getemperd door een mail die hij die ochtend van Mark had ontvangen. Mark vreesde dat er een artikel zou verschijnen in het tijdschrift *Ogen-blik* over het onderzoek in India. WéJé wist niet of bekend was dat er een link bestond tussen India en zijn kliniek. Toch had hij liever gehad dat Mark zijn mond had gehouden. Natuurlijk had WéJé direct contact opgenomen met de redactie van het tijdschrift, maar hij kreeg alleen de naam en het e-mailadres van de journaliste door. Vanzelfsprekend had hij haar adres snel gevonden; hij had zijn connecties. Hij wilde weten wat de vrouw zou schrijven en of zijn kliniek genoemd zou worden. Hij moest Raoul hierover benaderen. Die zou dat wel kunnen uitzoeken.

26

Fenna sloot haar Smart zorgvuldig af. Ze had de kleine auto weer in een minuscuul plekje weten te manoeuvreren, echt handig in de binnenstad van Leiden. Het regende, dus ze stak haar paraplu op. Het was slechts een klein stukje lopen, maar ze had geen zin totaal verregend in de bioscoop aan te komen.

Ze was blij dat ze nog even langs haar moeder was gereden. Slechts een uurtje, even bijpraten, kopje koffie, de roddels van het tehuis waar haar moeder een aanleunwoning had, en natuurlijk de stand van zaken in het liefdesleven van Fenna's kinderen. Tara had nog geen vriendje, maar beide jongens waren 'onder de pannen', zoals haar moeder dat zo fijntjes kon uitdrukken. Fenna had niets gezegd over het veranderde gedrag van Tara. Zolang ze niet wist wat de oorzaak daarvan was, zou ze haar mond houden. Maar zorgen maakte ze zich natuurlijk wel.

Fenna passeerde de molen en sloeg links af. Ze liep langs de brede weg en kwam op het plein waaraan de bioscoop lag. Het pand had een boogvormige gevel met vele ramen. De begane grond bestond uit een grote glazen pui. Normaal stonden er altijd bezoekers buiten het gebouw, maar nu het regende leek de straat volledig verlaten. Slechts een paar mensen waren buiten, weggedoken onder hun paraplu's.

Toen ze bij de ingang kwam, stootte ze met haar natte paraplu tegen een man aan.

'Kunt u niet uitkijken?' zei hij knorrig.

'Sorry,' reageerde ze verschrikt. Ondanks de boze blik zag Fenna de lachrimpels om de blauwe ogen, die al vaker in haar herinnering waren opgedoken. 'Dokter Cohen,' stamelde ze.

De man keek haar opmerkzaam aan en opeens brak er een glimlach door op zijn gezicht.

'Aha, de dame uit de supermarkt,' zei hij en hij stak zijn hand uit. 'Zo komen we elkaar weer tegen.' De g klonk zacht.

Ze stonden naast elkaar voor de kassa en de rij schoof een stukje op. Fenna wilde het gesprek gaande houden, van gedachten wisselen, maar wist even niets te bedenken.

'Gaat u vaak naar de film?' hoorde ze toen naast zich.

'Regelmatig. Als er tenminste iets interessants is.'

'En nu is er in uw ogen iets interessants?'

'*De Da Vinci Code* leek me wel de moeite waard. Ik heb het boek gelezen en wilde heel graag zien hoe ze dat verhaal verfilmd hadden.'

'Verfilmingen geven vaak een vertekend beeld van het originele verhaal. Leest u veel?' ging dokter Cohen verder. Ze waren bijna aan de beurt.

'Ik verslind boeken. Vooral thrillers. Ik hou van de spanning en van het wegduiken in andermans enge avonturen. Het lijkt dan net of je zelf even in een sensationeel leven zit. Hoewel ik niet alles mee zou willen maken wat ik lees.' Ze zag zijn ogen oplichten.

'Mag ik u uitnodigen voor deze film?'

Fenna voelde een blos over haar gezicht trekken. Het was een tijd geleden dat een man haar had uitgenodigd. Ze knikte alleen maar. Daarna hoorde ze hem de kaarten bestellen.

Ze liepen naast elkaar de bioscoop in. Fijn met iemand samen te zijn.

'We hebben nog wel even tijd voor een kop koffie,' zei dokter Cohen, terwijl hij op zijn horloge keek. 'Maar ik zal me eerst voorstellen, anders noemt u me de hele avond "dokter". Ik heet David.' Hij stak zijn hand uit.

'Fenna.' Zijn handdruk was stevig. David, dacht ze. Ze had het kunnen weten, een typisch Joodse naam.

'Goed, Fenna, koffie?'

'Graag.'

Ze keek hoe hij naar de balie liep. Zelfs van achteren zag hij er goed uit. Ze zocht een tafeltje uit en ging zitten. In plaats van straks in haar eentje in een donkere bioscoopzaal te zitten, had ze nu fantastisch gezelschap.

Even later zette David de kopjes neer en ging naast haar zitten.

'Ik probeer ook regelmatig een boek te pakken, maar het komt er helaas niet zo vaak van,' vervolgde hij.

'Dat kan ik me voorstellen,' zei Fenna en ze roerde de suiker door haar koffie.

'Maar *De Da Vinci Code* heb ik gelezen,' ging David verder. 'Het verhaal intrigeerde me. Ik heb een aantal aangename uurtjes met het boek doorgebracht. Beter dan die televisie, daar begin ik me steeds meer aan te ergeren. Kijk jij veel televisie?'

Fenna schudde haar hoofd. Ze dacht terug aan de discussies met Tara.

'Toevallig keek ik wat er vanavond op tv was. Echt niets interessants. Allemaal kulprogramma's. Huizen die ze verbouwen, mensen die ze voor gek zetten als ze auditie doen voor die idolentoestand, soaps waarin de meest onmogelijke intriges in één enkel mensenleven gepropt worden.'

Ze voelde een lach over haar gezicht glijden.

'Ben je het niet met me eens?' vroeg hij.

'Ik ben het juist wel met je eens. Het lijkt wel alsof ik mezelf hoor praten, daarom moest ik lachen.' Fenna nam een slok van haar koffie.

'Ik zeg altijd dat er maar één moment is dat ik naar de tv kijk.' ging David verder.

'O ja, en dat is?'

'Als ik ziek ben, dan kan ik er tenminste niet meer ziek van worden.' De grijns brak zijn gezicht open.

'Het zou een uitdrukking van mij geweest kunnen zijn,' lachte Fenna met hem mee. 'Ik ben eigenlijk wel benieuwd wat je van die make-overprogramma's vindt. Juist omdat je zelf dat beroep uitoefent.'

'Die programma's zijn me een doorn in het oog.' Zijn gezicht stond direct weer serieus. 'Ze verbouwen mensen op een manier waarop huizen verbouwd worden. Alles moet aangepakt worden. Maar een mens is geen huis, een mens hoeft niet perfect te zijn, want dan gaat het unieke eraf. Ze gaan zelfs zo ver dat kinderen hun bloedeigen moeder soms niet eens meer herkennen. Waar ben je dan mee bezig? In mijn werk probeer ik mensen te helpen die verminkt zijn geraakt door een ongeluk of die lelijke littekens hebben overgehouden aan brandwonden. En als mensen echt psychisch gebukt gaan onder hun uiterlijk, wil ik ook nog weleens helpen.' Fenna dacht aan Marjet en moest de neiging onderdrukken om te vragen waarom hij haar vriendin afgewezen had.

'Maar nu zitten we over mijn werk te praten. Laten we het eens over de film hebben. Wat vind je ervan dat de schrijver van het boek, Dan Brown, voor de rechter is gedaagd?'

* * *

Fenna liep over het pad naar haar woonboot. Het was donker en het waaide hard. De bomen die langs de oever stonden, ruisten wild en ze leken hun takken als grijpende armen naar haar toe te buigen. Bladeren schoten als ongeleide projectielen langs haar heen. Wat een naargeestig weer, dacht ze. Zeker nu het verhaal van de film nog door haar hoofd spookte.

Toen ze langs de boot van John liep, floepte zijn buitenlamp aan. Even dacht ze een vreemde beweging te zien achter de oude wilgen die aan de rechterkant van het pad stonden. Schaduwen bewogen langs de stammen en zorgden er samen met het onheilspellende gesuis voor dat ze snel doorliep naar haar eigen boot. Ze was blij dat ze haar buitenlamp uit voorzorg al had aangedaan. Kil om weer alleen naar huis te gaan nadat ze de warme aanwezigheid van een man had gevoeld. Na zo'n avond merkte ze weer wat ze miste. Gelukkig had ze Tara nog thuis, maar die werd nu al zo zelfstandig dat ze gewoon haar eigen gang ging. En over niet al te lange tijd zou die ook uit huis gaan.

Ze liep over haar loopplank en stond even te morrelen voordat ze haar sleutel in het slot kreeg en de deur kon openen. Een aangename warmte kwam haar tegemoet. De warmte deed haar denken aan India, ook al werd ze weer omringd door de kilte van de herfst in Nederland.

'Ha mam. Hoe was de film?' Tara zat languit op de bank en had een zak chips naast zich liggen. De televisie schetterde erdoorheen.

'Prachtig. En gezellig,' voegde ze eraan toe.

'Gezellig? Hoe bedoel je? Je was toch alleen?' De donkere ogen van haar dochter keken haar opmerkzaam aan.

Fenna zakte naast haar op de bank, pakte de afstandsbediening en zette het geluid zachter voordat ze vertelde over haar ontmoeting met David.

'Ken ik hem?'

'Nee, het is de dokter bij wie ik met Marjet geweest ben.'

'O ja, tante Marjet heeft nog gebeld,' reageerde Tara, de informatie van haar moeder verder volledig negerend. 'Ze had een leuk nieuwtje maar ze wilde het mij niet vertellen. Je moest haar maar terugbellen. Ze klonk opgewonden.'

Fenna keek op haar horloge. Veel te laat, besloot ze. 'Ik doe het morgen wel. Waar zat je naar te kijken?' vroeg ze terwijl ze de afstandsbediening weer aan Tara gaf. Het leek erop dat Tara weer wat vrolijker was. Het deed haar goed. Zoals zo vaak leek ze zich meer zorgen te maken dan nodig was.

'Dat dansprogramma. Maar ze zijn zo stom bezig. De uitslag werd net bekendgemaakt. Die sukkels hebben een van de beste stellen weggestuurd, terwijl die hark van een voetballer gewoon volgende week terug mag komen. Echt belachelijk.'

Fenna knikte alleen maar. Inderdaad stom. Ze liep naar de keuken en schonk zichzelf een glas wijn in. De krant lag vergeten op de grond naast de bank. Ze was er nog nauwelijks aan toegekomen. Maar op dit moment kon het haar niet zo veel schelen en had ze alleen maar behoefte aan dat glas wijn. David had meer indruk op haar gemaakt dan ze wilde toegeven. De man leek precies te weten wat hij wilde. Ze hield van krachtige mannen. En David leek haar een man die niet met alle winden mee waaide. Tijdens het gesprek later in een café was dat wel duidelijk geworden.

Ze nam een slok. Lekkere robuuste wijn, dacht ze met een glimlach. Die pittigheid zocht ze kennelijk niet alleen in mannen. Ze hoorde dat de regen in harde vlagen tegen haar ruiten geblazen werd en ze was blij dat ze al thuis was. Tara zapte langs de zenders op zoek naar iets anders en Fenna liet haar deze keer rustig begaan.

Een uurtje later gingen ze naar bed en Fenna kroop weg onder haar dekbed. De roes van de wijn was aangenaam. Ze krulde zich op en sloot haar ogen. De storm bonkte tegen de boot en wiegde haar in slaap.

27

Toen Fenna de volgende ochtend naar buiten keek, was de wind nog nauwelijks minder geworden. Het water klotste tegen haar boot.

Ze pakte haar kleren op en rook eraan, ergens hopend een vleugje van herkenning van de vorige avond te vinden. Helaas. Ze gooide ze in de wasmand en liep door naar Tara's kamer. De deur ging slechts op een kier open, tegengehouden door allerlei ellende op de grond. Overal lagen topjes en T-shirts op een vormloze hoop bij elkaar. Uitgetrokken en neergegooid, onverschillig of ze daardoor misschien in de kreukels zouden komen.

Verdomme, dacht Fenna, die eeuwige bende. Waarom kon haar dochter niet gewoon beslissen wat ze aan wilde trekken voordat ze het over haar hoofd trok? Even overwoog ze om de kleren over een stoel te hangen. Maar toen ze zag dat de bureaustoel ook vol lag, bedacht ze zich. Die dochter van haar bekeek het maar. Of ze ruimde nou eindelijk haar troep eens op, of ze stikte er maar in. Ze zou haar vanavond voor de zoveelste keer duidelijk maken dat alleen de kleding die in de wasmand lag, gewassen zou worden.

Zo in zichzelf mopperend liep ze naar de keuken.

Daar hoorde ze de telefoon overgaan.

'Ha Marjet. Ik had je al willen bellen. Ik was gisteren te laat thuis. Hoe is het met je?'

'Eigenlijk wel goed.' Marjet klonk alsof ze daar zelf verbaasd over was. 'Ik heb je een heel leuk nieuwtje te vertellen.'

'Dat zei Tara al. Brand maar los.'

'Ik denk dat je het beter kunt gaan bekijken.'

'Bekijken? Wat bedoel je?'

'Nou, vanavond.'

'Vanavond?'

'Ik kom vanavond op tv.' Het klonk alsof daar alles mee gezegd was.

Fenna was totaal overrompeld. Haar vriendin op televisie? 'Bij welk programma dan?'

'Ik ben geselecteerd voor dat nieuwe programma. Het heet *Bodymorfose*. Heb je daar nog niets over gehoord?'

'*Bodymorfose*? Bedoel je...? Wil je zeggen dat je in een soort make-overprogramma komt?'

'Jep. Mooi, hè?'

'Maar, hoe...? En waar...?'

'Eigenlijk mag ik jou wel dankbaar zijn. Weet je nog dat je me uit India een mail stuurde over een kliniek die De Witte Lotus heette? Je vroeg me om informatie. Ik heb natuurlijk eerst op internet gezocht en daar kwam ik een oproep tegen voor dat programma. Ik ben er dus meteen naartoe gegaan.'

'Daar naartoe gegaan?'

'Ja, De Witte Lotus blijkt een privékliniek te zijn die cosmetische operaties uitvoert.'

'De wellnesskliniek,' stamelde Fenna, die zich de informatie uit de papieren van Mark opeens weer herinnerde.

'Juist. Daar waren ze net bezig met de selectie van kandidaten voor dat nieuwe programma. Ik viel met mijn neus in de boter.'

Fenna hield een opmerking binnen.

'Ze zagen het helemaal zitten.'

'Wat zagen ze helemaal zitten?'

'Ze waren op dat moment al bezig met proefopnames en ik ben ertussen gepast. Ze waren helemaal enthousiast.'

'Enthousiast?' Eindelijk drong tot Fenna door wat er allemaal aan de hand was. Als deze kliniek enthousiast was over Marjet, betekende het eigenlijk dat ze haar graag wilden hebben omdat er veel eer te behalen was. Dus dat ze vonden dat het uiterlijk van Marjet... Fenna vond de gedachte bijna onverteerbaar.

'Ik kreeg gisteren te horen dat ik geselecteerd was voor het programma. Als een van de vijf. Als ik geluk heb, krijg ik binnenkort een compleet nieuw uiterlijk. Alles volledig vergoed door het programma en uitgevoerd door die cosmetische kliniek. Ik ben zo gelukkig.'

'Dat is... heel mooi. Gefeliciteerd,' haastte Fenna zich te zeggen. Ze wist eigenlijk niet of het een felicitatie waard was. Mensen verbouwen als huizen, de opmerking van David kwam boven. Maar ze paste er wel voor op om dat tegen haar vriendin te zeggen. 'Maar dit is allemaal wel heel plotseling.'

'Dat ik echt uitgekozen en behandeld word is natuurlijk nog niet zeker,' hoorde ze Marjet zeggen. 'Vanavond vindt de allerlaatste selectie plaats tijdens een live-uitzending op tv. De kijkers mogen na de uitzending stemmen wie ze vinden dat de operatie het meest verdient. Maar ik weet zeker dat ik een goede kans maak. Je moet echt kijken.'

'Wat bedoel je met "stemmen"? Bedoel je dat je daar op televisie moet laten zien dat jij...' Fenna kon het niet uit haar mond krijgen.

'Gewoon stemmen, net als bij *Idols*. Via sms of telefoon. Je gaat toch wel bellen voor mij? Ik heb al mijn vriendinnen al gebeld. Iedereen gaat kijken. Nou, ik moet zo weg naar de studio. Ik zie je vanavond! O nee, jij ziet mij, ik jou natuurlijk niet. Nou, ik ga hangen. Doei!'

Voordat Fenna nog iets had kunnen zeggen had haar vriendin opgehangen. Verbijsterd legde ze de hoorn neer.

28

'Helemaal niets?' De stem van Mark sloeg over.

De blik van Muthumari bleef op de grond gericht.

'Heb je wel goed gezocht? In zijn koffer, of onder zijn matras?'

'Ik heb overal gekeken.'

'Dat kan niet! Ik weet toch zeker dat ik een aantal zaken kwijt ben!' Mark liep naar het raam en keek naar de zee, die onvoorstelbaar rustig golfde. 'Heb je trouwens nog iets teruggevonden?'

'Nee. Hij had die papieren niet.'

'Ik wil weten of je de duikspullen nog hebt gevonden?'

'Ja.' De stem van Muthumari had opeens een andere klank gekregen.

Mark draaide zich om en keek zijn assistent aan. 'En de fotograaf? Heb je hem gevonden?' Hij realiseerde zich dat zijn ontdekking misschien nog niet veilig was. Dat alles voor niets was geweest. Maar toen hij de uitdrukking op het gezicht van de Indiër zag, wist hij dat het goed zat. De fotograaf was dood.

'Ik ben vanmorgen teruggegaan, zoals u gevraagd had. Eerst heb ik de hele kust afgezocht. Daarna ben ik weer naar de duikstek gegaan met mijn oom. Daar heb ik onder water verder gezocht. Hij zat in de grot.'

'In de grot? Die kloo… Hoe kwam hij in de grot?'

'Hij is er kennelijk binnengegaan. Maar hij kende de gevaren ervan niet en is klem komen te zitten. Hij lijkt gevochten te hebben bij de laatste teugen lucht. Zijn fles was volledig leeg en zijn handen en voeten waren gerafeld door diepe sneden.'

Mark zag dat Muthumari moest slikken. Hij kon zich voorstellen dat het een akelig gezicht was geweest, maar toch voelde hij slechts opluchting. Zijn Complex was veilig. 'Wat heb je met hem gedaan?'

Even aarzelde Muthumari. Hij slikte opnieuw en gaf toen pas antwoord. 'Ik heb hem achtergelaten in de grot. Wat moest ik anders? Ik kon toch moeilijk met een dode man bovenkomen?'

Mark liep terug naar het raam en streek over zijn kin. Het idee dat de fotograaf daar als een bewaker van de kweek in de grot verbleef was niet echt aantrekkelijk. Hij wilde nog niet denken aan een volgende keer dat hij daar zou duiken. Maar Muthumari had gelijk, hij had hem daar moeilijk weg kunnen halen.

'Je hebt het goed gedaan. Nu de documenten nog.'

'Die zijn niet bij de spullen van de fotograaf.'

'Maar dan...' Het drong nu pas echt tot Mark door. Hij was er al bang voor geweest. 'Allemaal voor niets,' zei hij, kwaad op zichzelf. Hij negeerde de Indiër en ging achter zijn computer zitten. Hij moest contact leggen met Nederland.

29

De duopresentatie was klassiek. Om de beurt brachten een man en een vrouw hun sensationele informatie naar voren, terwijl ze het publiek trakteerden op een plastic glimlach. Fenna lag zich onderuit op de bank te ergeren. Het was dat Marjet op televisie kwam, anders had ze de tv allang uit geknald. Een te uitgebreide inleiding werd gevolgd door een ellenlang reclameblok.

Fenna had zich vandaag eindelijk willen verdiepen in de documenten die ze uit India had meegenomen, maar ze had nog geen kans gezien. Het was druk geweest op de redactie. Bijeenkomsten die uitblonken in eindeloos gezwam, deadlines van artikelen waar ze gelukkig voor haar Indiareis al onderzoek voor had gedaan. Het opschrijven was echter moeizaam verlopen door een gebrek aan concentratie en door het storende geklets van haar collega's.

Na het eten had Mike gebeld. Hij wilde alles weten over haar reis naar India. Leuk hoe geïnteresseerd haar zoon daarin was. En nu moest ze verplicht televisiekijken. Morgen de documenten dan maar, nam ze zich voor.

Eindelijk ging het programma verder en werden de vijf kandidaten voorgesteld. Fenna had Marjet al een paar keer zien zitten, maar nu werd iedereen via een filmpje geïntroduceerd.

Een sporter was ooit akelig gevallen met zijn mountainbike, waarbij het stuur in zijn kin was gedrongen. Een misvormde kaak met enorm litteken en een incompleet gebit waren het gevolg. De man wierp slechts korte blikken in de camera, duidelijk verlegen over zijn uiterlijk. Bij een huisvrouw met sluik haar waren de oren duidelijk zichtbaar. Ook had ze een gigantische boezem en dito heupen. Op zich wel in overeenstemming met elkaar, maar volgens de vrouw veel te prominent aanwezig. Fenna kon zich voorstellen dat de vrouw van haar enorme borsten last zou hebben.

De derde kandidate was een bejaarde dame met een rimpelhuid die zelfverzekerd in de camera lachte. Onder haar kin flubberde een vel en haar ogen kierden met moeite tussen de hangende oogleden door. Waarom moest een vrouw van haar leeftijd een schoonheidsoperatie ondergaan? vroeg Fenna zich af. Waar waren mensen toch mee bezig?

Het gezicht van haar vriendin verscheen op dat moment op het scherm. Ze zag dat Marjet zenuwachtig was. Wat was ze bleek. Haar gezicht was nauwelijks opgemaakt, terwijl ze normaal altijd zwarte eyeliner rond haar ogen aanbracht. Bliksemafleiders, zei ze zelf altijd. Haar neus kwam wanstaltig groot over. Waarom liet haar vriendin het toe om zo kaal en bleek op de Nederlandse tv te komen? Iedereen zou haar op haar onvoordeligst zien. Toen bedacht ze pas dat dat juist de hele opzet was van het programma. Een hoofdprijs voor de meest onaantrekkelijke persoon.

De camera zwenkte verder en de laatste kandidate werd voorgesteld, een bibliothecaresse met een bril met jampotglazen. Ze had verder een overbeet waardoor haar smalle lippen slechts met moeite de uitstekende tanden konden omsluiten.

Een mooi gezelschap bij elkaar. Fenna begon zich een beetje in te leven in het programma en maakte voor zichzelf de balans op van degenen die kans zouden maken op de hoofdprijs.

De presentator zag er opgewonden uit. 'U kunt aan het eind van dit programma stemmen. Zoals u weet zijn er vier verschillende onderdelen waar u punten voor kunt geven. Voor het gezicht zijn dat de kaak met gebit en natuurlijk de neus-ogen-combinatie. Voor het lichaam kunnen de kandidaten punten behalen op hun borsten of schouderpartij.' Een veelbetekenende blik ging naar de sporter, de enige man in het gezelschap. 'En natuurlijk de heupen! In totaal dus vier categorieën. En u thuis bepaalt wie de meeste punten krijgt en dus wie uiteindelijk met de hoofdprijs naar huis gaat!' Het enthousiasme klonk bijna echt.

Het beeld flitste naar de presentatrice, die een eindje verderop tussen de kandidaten zat.

'Dames en heren, nu de lichaamskenmerken. De opnames die van onze kandidaten in de kliniek gemaakt zijn.'

Fenna liep naar de keuken om wat te drinken in te schenken. Ze had weinig behoefte al die lichaamsafwijkingen te zien. Toen ze even later terugkwam hoorde ze de naam van haar vriendin.

'Onze volgende kandidate, Marjet.'

Fenna pakte de afstandsbediening en zette het geluid harder. Ze zag dat Marjet naar de grond keek. Wat was er met haar aan de hand? Ze leek wel een bang vogeltje dat het liefst onder de ouderlijke vleugels wilde wegkruipen.

'De opnames uit De Witte Lotus van Marjet!'

Het glimlachende hoofd van de mooie presentatrice verdween en maakte plaats voor een steriel witte spreekkamer. Marjet zat tegenover een arts. De man had een strakke kaaklijn, donker achterovergekamd haar dat wel op zijn schedel vastgeplakt leek en een gladgeschoren kin. Typisch een *good-looking* plastisch chirurg, dacht Fenna. Zulke artsen waren nooit mannen met een onderkin en wallen onder de ogen.

De arts betastte de neus van Marjet en gaf aan wat hij bij haar wilde veranderen. De opwippende punt zou hij verkleinen en naar beneden buigen, en hij wilde ook haar kaak naar voren zetten, waardoor haar kaaklijn sterker werd en haar onderkin zou verdwijnen. Alsof het niets was, dacht Fenna. Neus, kaak, kin, het viel haar mee dat hij nog niet over haar ogen of oren begon. Alle negatieve punten werden onder woorden gebracht. Afschuwelijk, dacht Fenna. En dat terwijl het hele Nederlands volk meekeek.

Ze zag dat Marjet achter een scherm verdween. Wat nu? Ze zou toch niet…?

Het beeld flitste weer verder, alsof ze een sprongetje door de tijd kon maken. Marjet droeg nu alleen nog haar onderkleding, en wel het zwarte lingeriesetje dat ze samen hadden gekocht. Het stond haar goed. Haar dikke dijen werden duidelijk in beeld gebracht. Onder in beeld verscheen een klein schermpje waarin Marjets gezicht live te zien was. Grote verschrikte ogen gericht op de plek waar kennelijk de monitor stond. De arts liep op Marjet toe, pakte een vetrol op haar buik vast en gaf aan dat hij die weg wilde halen, en dat hij dan ook meteen haar heupen onder handen zou nemen. Want volgens hem waren die veel te fors in vergelijking met haar smalle schouders.

Marjet haakte haar beha los. Ze liet het kledingstuk, dat haar nog enige privacy had gegeven, op de grond vallen. De arts duwde haar kleine borst omhoog alsof het een zakje zand was en gaf aan dat er wel enige vulling nodig was. Een grotere cupmaat zou de verhouding met de rest van haar lichaam aanzienlijk verbeteren.

Fenna draaide zich van de televisie af. Ze kon niet meer kijken. Het beeld van haar halfnaakte vriendin met in de benedenhoek van het scherm het livebeeld van haar beschaamde gezicht was te veel. Ze draaide zich naar haar kast, waar een rijtje foto's stond. Het gezicht van Tara straalde haar ondeugend tegemoet. Op de achtergrond hoorde ze het harde technische commentaar van de arts op de lichaamsafwijkingen van Marjet. Ze wilde dat de man stopte. Verdomme, hoe kon Marjet dit toelaten? Ze voelde zich machteloos kwaad op haar vriendin. Was deze respectloze televisie nou echt nodig om je te kunnen laten opereren? Had Marjet toch niet beter de route via de psychiater en de plastisch chirurg kunnen doorlopen? Zo vreemd was het toch niet om via een psychiater uit te sluiten dat ze met iemand te maken hadden die na geen enkele operatie tevreden zou zijn?

30

Fenna lag in bed met een boek. De wind ging nog steeds tekeer en de regen kwakte met grote kracht op het platte dak. Tara was pas laat thuisgekomen en was direct doorgelopen naar haar kamer nadat ze in de gang hard 'welterusten' had geroepen. Fenna had zich kort afgevraagd hoe haar dochter in bed kon komen zonder haar kleding te vertrappen.

Maar ze was blij dat Tara thuis was.

Fenna's ogen werden moe, en ze las snel het hoofdstuk uit. De cliffhanger was verleidelijk, maar ze klapte het boek toch dicht. Ze controleerde de wekker, knipte het bedlampje uit en kroop diep weg onder haar dekbed.

* * *

Traag werd ze wakker. In de slaperige roes drongen allerlei geluiden tot haar door. Het gebonk van haar boot, die met een ruk tegen de meerpaal dreunde. Gegier van de wind door de bomen die achter haar boot stonden. De storm was in hevigheid toegenomen. Fenna lag te luisteren. Het leek wel alsof geluiden in het donker sterker waren doordat je zintuigen zich slechts op het gehoor hoefden te richten als het zicht was uitgeschakeld.

De boot maakte schokkende bewegingen op de golven. Haar woonkamerdeur klapte zacht tegen de muur. Was daar iemand? Ze draaide haar hoofd dusdanig dat ze de oplichtende cijfers van haar wekker kon zien; bijna halfdrie. Ze merkte dat ze haar spieren spande, terwijl ze zich verder niet durfde te bewegen. Ze was volledig geconcentreerd op de geluiden om haar heen. De wind ging onbekommerd door en overstemde alles. Toen hoorde ze het weer, een zachte tik van haar deur. Shit, was er iemand binnen?

Wat moest ze nu doen? Opbellen of zelf gaan kijken? Gespannen klemde ze haar dekbed over zich heen. Toen voelde ze haar boot bewegen, gevolgd door dezelfde tik. Was het Tara? Nee, die sliep altijd door elk noodweer heen. Ze sloeg het dekbed van zich af en sloop naar de woonkamer. De schaduwen bewogen op de deining van de boot. Ze voelde zich een vreemde in haar eigen huis, de dreigende duisternis als een onbekende sfeermaker.

Op haar hoede gluurde ze om de hoek de kamer in. De gordijnen waren dicht en de luxaflex voor de zijramen rammelde zacht.

Opeens bewoog haar kamerdeur. Ze staarde ernaar, zelf volledig vastgepind aan de vloer. Langzaam ging de deur verder dicht, maar toen de boot terugdeinde, ging hij in eenzelfde tempo weer open. Een doffe tik klonk op het moment dat hij tegen de verwarming klapte.

Shit, dat was het dus geweest. Die stomme storm versterkte de geluiden. Fenna liep de kamer in en controleerde nog even of Tara de knip op de voordeur had gedaan. Niet dus. Ze duwde de hendel naar beneden. Daarna sloot ze de kamerdeur met een stevige klik.

Ze sloop terug naar haar bed en liet zich zacht onder het dekbed glijden. Nog even luisterde ze met gespitste oren, maar alles was rustig. Behalve de loeiende wind buiten. Bah, dacht ze. Dit was toch wel een van de nadelen van alleen wonen, ook al was haar dochter dan nog thuis. 's Nachts lag ze alleen in bed met haar angst en kon ze niet met een elleboogstoot haar man vragen om alles te controleren.

Fenna trok het dekbed weer over haar oren. Laat de storm maar bulderen, als ik maar mag slapen, dacht ze. En ze ontspande.

Haar gedachten gingen terug naar het gesprek dat ze eerder met David had gevoerd. Hij was erg geïnteresseerd geweest in haar werk en vooral in de wetenschappelijke onderwerpen die ze belicht had. Grappig dat hij geabonneerd was op hun tijdschrift en haar artikelen gelezen had. Als ze erbij stilstond dat bepaalde mensen haar artikelen lazen leek het wel of haar artistieke vrijheid afnam, alsof ze voor die specifieke personen ging schrijven. Net zoals je een brief naar verschillende personen op een volledig andere manier opbouwde. Maar David had het laatste artikel dat ze had geschreven over de gezondheidsbevorderende eigenschappen van de framboos erg interessant gevonden. Wat zou Marjet ervan zeggen dat ze met David contact had? Ze gaapte en trok haar knieen op. Dit was altijd het lekkerste gedeelte van de nacht, dacht ze rozig. Als je langzaam wegdreef op je gedachten, terwijl je je daarvan nog net bewust was. Volledige ontspanning.

* * *

Nadat ze gedoucht had, trok ze haar jas aan om de krant uit de brievenbus te halen, die helemaal aan het begin van het pad stond.

De wind probeerde een scheiding in haar korte haar te trekken. De krant stak vochtig naar buiten, waardoor ze hem eruit kon trekken zonder het hangslotje open te maken.

Terug bij haar boot wilde ze haar sleutel in het slot steken. Rondom het sleutelgat zat een aantal krassen. Verbaasd staarde Fenna ernaar. Hadden die er al eerder gezeten? Of zag ze spoken door de geluiden van die nacht? Ze bukte en streek met haar vingers over de krassen. Het leek wel alsof iemand had geprobeerd om haar slot te forceren. Waren de geluiden toch niet alleen de bewegingen van haar boot geweest? Wat moest ze nu doen? De politie bellen? Nee, die kwam natuurlijk niet voor een paar krassen. Het was misschien ook allemaal wel verbeelding. Die krassen had ze er waarschijnlijk zelf op gemaakt.

Fenna belde met haar redactie om door te geven dat ze die ochtend thuis zou werken. Ze hoopte dat ze zich dan beter kon concentreren. Bovendien was de redactievergadering pas na de lunch. Ze hoopte ook wat tijd te vinden om de documenten door te nemen.

Ze probeerde zich op haar tekst te concentreren, maar elke keer dwaalden haar gedachten weer af naar de gebeurtenissen van de afgelopen nacht. Ze staarde uit het raam en zag een aalscholver laag over het water zweven, zijn kop naar voren uitgestrekt, totdat hij zijn beide poten als een landingsgestel uitklapte. Als een waterskiër die het touw had losgelaten scheerde hij meters ver over het water, totdat hij langzaam door het wateroppervlak zakte en zijn vleugels tegen zijn lijf vouwde.

De vliegreis naar India kwam naar boven drijven en ze dacht aan Ben. Ze logde in op haar mail en bekeek haar berichten.

De meeste mails waren aan het werk gerelateerd, maar naast de door Ben gestuurde foto's was er nog een mail van hem. Die was al een paar dagen eerder verstuurd.

> Ha Fenna,
> Die coördinaten die je me gaf zijn voor mij nu duidelijk.
> Muthumari helpt me bij mijn volgende stap. Hij is op dit moment op zoek naar een compressor.
> Tis een vies zaakje.
> Je hoort snel meer van me. Ciao, Ben.

Wat moest hij nou met een compressor? Was de elektriciteit uitgevallen? Dat gebeurde natuurlijk vaak in oosterse landen. En dan die zin 'Tis een vies zaakje'. Ze was er al bang voor geweest. Die Mark van dat *hospital* was een vreemde vogel, dat was haar direct duidelijk geworden, ondanks zijn gemaakt vriendelijke ontvangst. Ze was dan ook helemaal niet verbaasd geweest toen bleek dat hij zonder medische bevoegdheid toch mensen opereerde. Ze hoopte maar dat ze Ben niet in de problemen had gebracht door hem achter de coördinaten aan te laten gaan. En wat zou die volgende stap zijn waarover hij schreef?

Toen zag ze haar notebooktas staan. De documenten uit India. Ze liet haar werk voor wat het was en pakte de stapel documenten. Algauw was ze volledig geboeid door wat ze las. Experimentnummers met daaraan gekoppeld ziektebeschrijvingen, opsommingen van verwondingen en de behandelwijze, tabellen met Latijnse namen. De namen zeiden haar niets, hoewel ze de naam 'neem tree' wel kende. Ze dacht terug aan haar bezoek aan de kruidentuin. Waren die bomen, waar de man niets over kwijt wilde, neembomen geweest?

Het was haar al snel duidelijk dat ze hier over therapieën zat te lezen. Behandelwijzen van gewonde arme mensen die naar de kliniek gebracht waren.

Fenna staarde naar buiten. Haar gevoel zei haar dat er iets niet klopte. Ze las het opnieuw, om te doorgronden wat haar dwarszat.

Dat was het, bedacht ze opeens. De patiënten hadden ieder een experimentnummer. Absurd. Waren mensen experimenten? Al denkend bracht ze de afgrijselijke waarheid onder woorden. In het *hospital* werden mensen gebruikt als proefkonijnen om medicijnen te testen. Medicijnen die door Mark in het laboratorium ontwikkeld werden. Vandaar die Latijnse namen.

Zou Ben dit al weten? Ze moest hem bellen. Het was het waard om zeker te weten dat hij in orde was.

Nadat de telefoon een paar keer overgegaan was, hoorde ze een stem.

'*Hello*?'

'Hoi, Ben? Met Fenna.'

De verbinding werd abrupt verbroken.

31

De redactievergadering had veel langer geduurd dan Fenna had gehoopt. Gelukkig had ze bij Harry voor elkaar gekregen dat ze haar artikel over India iets later mocht inleveren. Op haar bureau vond ze een bericht dat een kliniek naar haar geïnformeerd had. Ze zouden haar een mail sturen. Best, dacht ze, maar nu niet.

Op de terugweg had ze boodschappen gehaald. En natuurlijk had ze naar David uitgekeken, tevergeefs.

Met een zware tas stommelde ze de loopplank over. De deur ging open en Tara stond met een chagrijnige blik voor haar.

'Heb je een broodje bapao meegenomen? Er is echt niets te eten in dit huis.'

'Help maar even met het opruimen van de boodschappen, dan kom je het vanzelf tegen,' antwoordde ze haar mopperende dochter. 'Heeft tante Marjet nog gebeld?'

'Niet toen ik thuis was, maar ik ben er pas net. Ik had twee tussenuren, echt shit,' mopperde Tara verder terwijl ze achter haar aan liep, de keuken in. Ze dook in de tas en diepte eerst een reep chocola op.

'Mag ik een stukje?'

Fenna pakte de reep af. 'Je wilde toch een broodje bapao?'

Tara zocht verder en vond het in plastic verpakte broodje. 'Gelukkig, eindelijk iets normaals te eten.' Fenna wilde iets zeggen, maar Tara was haar voor. 'Ja, mam. Ik weet dat het niet gezond is. Misschien zwak van me, maar wel lekker.'

Fenna antwoordde niet maar schoof de plak chocola in de bewuste lade.

Ze keek hoe haar dochter het broodje in de magnetron duwde en ongeduldig wiegend met haar deels blote heupen op het signaal wachtte. Een glimmende riem hing scheef over haar lage broek.

‘Heb je nog cijfers terug?’

‘Nee, maar ik heb morgen een essay van Engels. Gelukkig kan ik dat een beetje voorbereiden, want er is altijd te weinig tijd in de les.’

‘Waar moet je over schrijven?’

‘De doodstraf. Wat een klote-onderwerp, hè?’

‘Ik ben blij dat we die hier niet hebben,’ zei Fenna, terwijl ze de koelkast opentrok om de boodschappen op te bergen.

‘We moeten onze eigen mening geven, natuurlijk onderbouwd, en de algemene opinie daar tegenover zetten. Dus ik ga zo even op internet zoeken.’ De ‘ping’ van de magnetron klonk en Tara pakte het broodje en gooide het verpakkingsmateriaal op het aanrecht.

‘Hé, ruim eens even op.’ Dit was wel heel erg. De vuilnisbak stond een meter verder…

Tara kwam terug, opende demonstratief het deksel van de vuilnisbak en gooide het plastic erin. ‘Jeetje, wat een drukte. De vuilnisbak staat er vlakbij. Zo goed?’

Ja, de vuilnisbak stond er vlakbij, inderdaad, mopperde Fenna in zichzelf. Hoe zou ze het haar ooit aan haar verstand kunnen brengen? Waarschijnlijk pas als ze op kamers zou wonen en ze geconfronteerd zou worden met haar eigen eindeloze troep.

Tara liep door naar haar kamer. De msn’ers wachtten met smart op haar, dacht Fenna.

Ze zette een ketel water op en deed een schepje thee in de theepot. Ze borg de lege boodschappentas op en keek door het grote raam naar buiten. Hiervandaan kon ze ver over het water kijken. In de brede bocht stond een molen stil langs de kant.

Het kokende water spuwde een stoomwolk omhoog en Fenna draaide het gas uit. Ze goot het naborrelende water in de pot.

Even later verdiepte ze zich in de krant. Het nieuws werd bijna geheel beheerst door de onrust in het Midden-Oosten. Wat een rotzooi op de wereld. Ze bladerde naar de binnenlandpagina. Een berichtje over een overlijdensgeval in een hotel, de Adéla-Hoeve. Dat is natuurlijk de slechtste reclame die een hotel maar kon krijgen, dacht Fenna. Tussen het buitenlandse nieuws zag ze opeens een stuk staan over een ter dood veroordeelde man. Misschien kon Tara daar wat mee, bedacht ze. Ze nam de krant mee en liep naar Tara's kamer. Ze tikte kort met haar nagels op de deur en ging naar binnen.

Ze bleef als aan de grond genageld staan. Voor de computer zat Tara, haar T-shirt lag verfrommeld naast haar. Ze keek verschrikt om.

'Mam!'

'Wat ben je aan het doen?'

'Kun je niet aankloppen, verdomme!' Tara schoof wild haar stoel naar achteren. Haar jonge borsten gingen slechts deels schuil achter een rood kanten beha.

Fenna reageerde niet op de boze toon van haar dochter. Ze liep naar het scherm, waar ze een steeds verspringend beeld van een jongen zag. De webcam van Tara stond gericht op haar nu lege stoel.

Fenna keek naar Tara. Haar dochter sloeg haar ogen neer. Haar schouders hingen slap naar beneden. Fenna keek opnieuw naar het scherm, waarop een tekst vol *smilies* stond. Fenna las de laatste regels.

'Sluit dit gesprek eerst maar af, dan praten we zo verder,' zei ze zo beheerst mogelijk. Ze wist dat de webcam alles registreerde. 'En doe je shirt aan.'

Fenna zag dat Tara zonder commentaar gehoorzaamde. Zelf raapte ze wat kleren op, om zichzelf een houding te kunnen geven. Gedachten schoten als vuurpijlen door haar hoofd. 'Controle op msn', 'Groot percentage jongeren doet aan cyberseks', 'Psychische problemen onder jongeren', 'Meisjes onder druk gezet'.

'Mama?' Zacht kwam de stem van Tara door haar zwarte gedachten drijven.

Fenna had zich op het bed laten zakken. Ze kreeg in de gaten dat ze nog steeds een kluwen kleren in haar handen had. Ze legde ze neer en klopte met haar hand naast zich.

‘Kom maar even bij me zitten, Tara.’

Tara had haar shirt weer aan en zakte naast haar op bed.

‘Ben je kwaad?’

Fenna keek in de donkere ogen van haar dochter, die nu angstig omhoog blikten.

‘Nee, ik ben niet boos. Hooguit op mezelf.’

Tara zweeg.

‘Wat is er precies aan de hand? Wat gebeurt er op msn?’

Zacht kwam het hele verhaal eruit. Samen met een enorme lading tranen. Fenna liet alles tot zich doordringen, hoewel ze het eigenlijk niet kon geloven. Haar dochter onder druk gezet door een jongen van school. Als ze weigerde, dan zou hij beelden op internet zetten, was het dreigement.

‘Wat heeft hij dan voor bedreigende beelden?’

‘Weet je nog dat ik dat feestje had, toen jij in India was?’

‘Hmm,’ humde Fenna bevestigend.

‘Daar is het mee begonnen. Ik had niet veel drank gekocht, maar de jongens hadden zelf van alles meegenomen. En ik wilde graag meedoen. Die breezers zijn ook zo lekker. Ik had helemaal niet in de gaten dat ik dronken werd. Het was gewoon gezellig, ik had lol, en we probeerden wat dingen uit.’

Haar dochter vertelde verder. Over de dvd die de gemoederen verhitte, de seksscènes die ze na gingen spelen en hoe lachwekkend het allemaal was geweest. Tara had niet in de gaten gehad dat er gefilmd was. Later had de jongen het filmpje opgestuurd. Hij had het met zijn telefoon gemaakt. Tara was zich wild geschrokken, en helemaal toen hij had gedreigd om het filmpje op school rond te sturen.

Het geijkte verhaal, dacht Fenna. Hoe had haar dochter zo naïef kunnen zijn? Of had ze haar toch nog beter moeten waarschuwen voor de gevaren? ‘En nu eist hij zeker steeds meer?’ vroeg Fenna, terwijl ze het antwoord al wist.

Ze sloeg haar arm om Tara heen en trok het ineengedoken figuurtje tegen zich aan. ‘O, meissie, wat zul je je ellendig hebben gevoeld. Waarom heb je het me niet verteld?'

Er klonk slechts gesnik.

'Geef me de naam van die jongen. Ik ga erachteraan.'

'Maar mam, hij wil het op internet zetten,' klonk het benepen.

'Daar krijgt hij geen kans voor,' zei ze, maar ze wist dat het niet waar was. 'Kun je hem niet blokken? Dat kan toch bij msn?'

'Ja, dat had ik ook gedaan. Maar hij blijft me stalken met mails. Ik kom niet van hem af.'

'Probeer hem volledig te negeren. Morgen gaan we aangifte doen.'

* * *

's Avonds zat Fenna in de kamer. Het werd langzaam donker om haar heen. Tijdens het eten hadden Tara en zij over koetjes en kalfjes gepraat, alsof er niets gebeurd was. Tara was pas na het eten met haar huiswerk verdergegaan. Haar eigen mening over de doodstraf was nu vast enigszins gekleurd.

Fenna liet alles nog eens de revue passeren. Het was zo onwerkelijk dat haar dochter bij zoiets betrokken was. Ze zou alles op alles zetten om haar te helpen en die jongen te grazen te nemen, dat was wel duidelijk.

Toen dacht ze opeens weer aan Marjet. Ze had haar willen bellen, maar dat was er door de hele toestand met Tara niet van gekomen. Ze kon het nu ook niet opbrengen. Ze voelde zich zo down dat ze niet in staat was om iemand uit de put te trekken. En Marjet zou vast helemaal depri zijn na de uitzending van de vorige avond, ook al was ze als grote winnaar uit de bus gekomen. Op drie onderdelen gewonnen, dat was de uitslag geweest die ze laat op de avond uitgezonden hadden. Fenna kon zich echter niet voorstellen dat haar vriendin in jubelstemming thuis zou zitten. Een hoofdprijs gewonnen, maar tegen welke prijs?

* * *

‘Is het niet fantastisch?’ De enthousiaste stem van Marjet klonk door de telefoon. ‘Ik heb op drie onderdelen gewonnen! Kun je je dat voorstellen? Ik heb de hoofdprijs!’

Fenna was even van haar stuk gebracht. Ze had zichzelf moeten dwingen om haar vriendin te bellen. Zeker na de msn-problemen van Tara.

‘Gefeliciteerd,’ bracht Fenna uit. ‘Je hebt het echt verdiend.’

‘Heb je het gezien? Ik dacht dat de sporter zou winnen, die met die vervormde kaak. Of wat dacht je van die bibliothecaresse met die enorm dikke bril? Een laserbehandeling, en dan haar kaak rechtzetten, een bezoekje aan de tandarts en ze zou een totaal andere vrouw zijn geweest. Maar nee, ze hebben voor mij gekozen. Ik denk dat ik gewoon mazzel had omdat ik bij drie van de vier onderdelen in de race was.’

‘Het is echt heel fijn voor je. Wanneer…’ Nog net op tijd hield ze zichzelf in. De vraag wanneer ze met haar aan de slag zouden gaan, lag op haar lippen. Snel formuleerde ze een andere vraag. ‘Wanneer kun je in die kliniek terecht?’

‘Ik heb volgende week een gesprek met de producente om alle details door te spreken. Ze willen beginnen met degene die de derde prijs heeft gewonnen. Dus ik ben als laatste aan de beurt.’ Marjets lach klonk schel door de hoorn. Het leek wel of ze nu nog hyper was. ‘Ik vond het echt zo spannend. Op het moment dat ik daar zat had ik echt geen idee wie de meeste kans maakte. Ik zag alleen maar afwijkingen en tekortkomingen. Heb je die borsten gezien van die huisvrouw? Echt enorm.’

‘Dat lijkt me inderdaad geen pretje. Toch paste het wel bij haar postuur,’ zei Fenna rustig.

‘Ja, dat is misschien wel waar. Maar ze was achter de schermen totaal in tranen, ondanks die derde prijs. Ze was op twee onderdelen als tweede geëindigd, en moest dus kiezen. Dat schoot niets op, zei ze.’

‘Jij wordt in ieder geval geholpen.’

‘Ja, ik ben echt zo gelukkig. Alleen al het feit dat ik weet dat er eindelijk iets aan gedaan wordt, maakt dat ik me beter voel. Zie je wel dat ik niet gek ben. Heel Nederland vond dat ik deze operatie het meest verdiende.'

'Ik ben erg blij voor je.' Het was kennelijk niet tot Marjet doorgedrongen dat ze op een vernederende manier te kijk was gezet. Fenna dacht terug aan de uitzending. Het beschaamde gezicht van Marjet dat in de hoek van het scherm zichtbaar was. Het moest haar toch zeker wat gedaan hebben? 'Hoe heb je de uitzending zelf ervaren?'

Het bleef heel lang stil aan de andere kant. 'Ik ben blij dat ik gewonnen heb,' volgde uiteindelijk.

'Maar wist je dat ze al die opnames zouden uitzenden?'

'Nee, dat wist ik niet. Maar ik wil er niet over praten!' Het klonk opeens fel. 'Mijn doel is bereikt. Daar gaat het om.'

32

WéJé las de mail nog een keer door. Het was een gigantisch probleem dat zich hier op zijn computerscherm tentoonspreidde. Niet alleen een probleem voor Mark, wiens uitvinding opeens in andere handen terecht was gekomen. Ook voor hem was het leed niet te overzien. Alle informatie over de ontwikkeling van het Complex lag op straat. Al het geld dat hij erin gepompt had, had hij net zo goed in een vuilniszak langs de snelweg kunnen dumpen. Gewoon bereikbaar voor iedereen die het wilde hebben.

Dat artikel dat die journaliste zou schrijven over Mark en het *hospital* in India maakte nu niets meer uit. De journaliste had de complete formule van het Complex in handen. Wat zou ze daarmee doen? Bovendien had Mark aangegeven dat er ook informatie over De Witte Lotus weg was. Dat zijn naam vermeld werd in de verdwenen papieren en dat die gelieerd zou kunnen worden aan medische experimenten met mensen, was onverteerbaar. Zijn goede naam bezoedeld.

Die papieren moesten worden gevonden. Hij moest eigenhandig dat bewijsmateriaal vernietigen. Dat was de enige manier om geen littekens aan dit avontuur over te houden.

Hij pakte de telefoon.

'Raoul, alles onder controle?'

De verpleger begon kort maar zonder onderbrekingen verslag uit te brengen van de stand van zaken in het hotel. Dat was natuurlijk niet de bedoeling geweest van zijn vraag, dus hij onderbrak hem al na een paar zinnen.

'Raoul, luister. Ik heb je toch verteld van die journaliste?'

'Ja, ik ben even bij haar boot gaan kijken,' antwoordde Raoul ontwijkend.

'Je moet zorgen dat je daar binnenkomt. Die vrouw heeft papieren die voor mij een probleem zouden kunnen worden.'

'Je bedoelt dat artikel?'

'Nee, het is veel erger. Ze heeft documenten uit India over het Complex. Die informatie mag niet uitlekken, anders kan ik mijn kliniek wel sluiten.'

'Nou, dan ga ik die papieren toch voor je halen?'

'Als je dat wilt doen...?'

'Tuurlijk, WéJé. Het zal alleen niet gemakkelijk worden.'

'Wat?'

'Nou, ik ben daar toen wezen kijken.'

'Ja?'

'Die vrouw heeft haar deuren goed op slot. Grendels en dat soort onzin.'

'Ik moet die papieren hebben, Raoul. Als de kliniek op zijn gat gaat zijn we allebei onze baan kwijt.'

'Mag ik haar een beetje de stuipen op het lijf jagen?'

* * *

Rachel zat onderuitgezakt naar het late nieuws te kijken. Zelfverzekerd las de presentatrice de tekst voor. De gelaatstrekken waren vertrouwd, zelfs in het kille studiolicht.

Er waren slechts vijf jaren voorbijgegaan. En in die jaren had Sara zich ontpopt tot een zelfbewuste vrouw. Ze had haar uiterlijk geaccepteerd en een weg gevonden waarbij haar handicap niet belangrijk was.

De eerste maanden na het ongeluk had Rachel uren met haar zus gepraat. Alle toekomstdromen die in één klap vernietigd waren. Geen mannequin, geen modeshows lopen op sierlijke hoge hakken, geen fotoshoots op tropische locaties. Alles was in één klap weg.

De eerste verwerking had heel veel tranen gekost, kwaadheid die naar buiten kwam, zeker toen bleek dat de dader vrijuit zou gaan. Het was een soort rouwproces waarbij Rachel haar zo veel mogelijk probeerde te helpen. Eindeloos had ze geluisterd. Net zoals ze vroeger al naar haar kleine zusje had geluisterd, alleen waren het toen kinderproblemen geweest.

Rachel had haar altijd beschermd en opgevangen, zeker als hun vader weer eens te diep in het glaasje had gekeken. De scheldbuien die ze over zich heen had laten gaan terwijl ze Sara naar haar kamer stuurde. De klappen die zij opving. En de troep die zij opruimde. En toen hij eenmaal uit hun leven verdween, na alles kapotgemaakt te hebben wat hun dierbaar was, was zíj degene geweest die geld in het laatje bracht. Haar moeder bleef gebroken achter, met een diepgeworteld wantrouwen in alles wat mannelijk was. Maar Sara was nog jong en flexibel geweest. Ze ontpopte zich tot een frisse schoonheid, vol vrolijkheid en optimisme. Zij was het bewijs dat alles goed kon komen. Dat hun vader niet alles had vernield.

Toen kwam het ongeluk. De frisheid van Sara was in één klap verdwenen. Ze was opeens een kreupele vrouw die een nieuwe weg moest zoeken. Ze moest haar handicap aanvaarden en haar levensstijl aanpassen zodat ze weer een zo normaal mogelijk leven zou leiden. Angst, agressie, schuld, verwarring, alles was in die tijd aan bod gekomen en dat proces had enkele jaren geduurd.

Voor Rachel was het vreemd om de theorie van een rouwproces op deze manier te toetsen. Maar ze had profijt van de kennis die ze tijdens haar opleiding tot psychologe had opgedaan. Eerder had ze die informatie altijd alleen maar aan haar eigen ervaringen kunnen meten. Dan vroeg ze zich af of ze wel spoorde als ze zelf bepaalde ideeën had. Of als ze misselijk werd bij het zien van de vele kratten bier in de supermarkt of de plaatselijke slijterij zorgvuldig meed.

Maar de gesprekken bleken hun vruchten af te werpen. De vechtersmentaliteit van Sara bleek net zo groot als die van haar altijd was geweest.

Gelukkig was ook de liefde van Thomas niet alleen maar op uiterlijk gebaseerd. Hij had Sara in alles gesteund, ze waren getrouwd en twee jaar geleden was Esther geboren. Die solide basis had Sara het zelfvertrouwen gegeven dat ze nodig had. Natuurlijk was haar gezicht niet aangetast, maar met een manke poot op sollicitatiebezoek gaan voor een baan bij de televisie toonde aan dat haar zus lef had. Hoe heftig was de trots geweest die ze voelde toen ze hoorde dat Sara aangenomen was. Zie je wel, had ze gedacht, ze waren er niet onder te krijgen.

En nu had ze het gemaakt. Sinds een jaar was Sara een vast gezicht op televisie. Ze was bekend en werd gewaardeerd om haar gedegen optreden.

Sara had het gebeuren geaccepteerd en had het een plek gegeven. Maar Rachel dacht nog vaak aan het diepe verdriet dat Sara was aangedaan. Hoe kon ze gewoon doorleven in de wetenschap dat de schuldige nooit gestraft was? Natuurlijk hadden ze erover gepraat. Het antwoord lag in de geboorte van kleine Esther. 'Ik kan niet met haat leven als ik zo veel liefde voel,' had Sara gezegd. Rachel begreep wat ze bedoelde, zeker op de momenten dat zij, als trotse tante, mocht oppassen en soms tijden naast het bedje zat. Ze staarde naar het ontspannen smoeltje dat soms kleine spiertrekkingen vertoonde ten teken dat er een droom door het hoofdje speelde. Liefde in de meest pure betekenis van het woord, dat voelde ze dan. Een stroom van warmte die als een onwillekeurige beweging door haar heen spoelde. Maar met die stroom kwam automatisch de pijn terug. Waarom kon ze niet gewoon vergeten?

33

Fenna zweeg het grootste deel van de reis naar Arnhem. Marjet zat naast haar, maar was in gedachten verzonken. Natuurlijk had Fenna direct aangeboden om mee te gaan naar De Witte Lotus. Eindelijk zou Marjet meer informatie krijgen over de cosmetische operatie die ze gewonnen had. Maar eenmaal onderweg waren Fenna's gedachten niet tot rust te brengen en samen met het verkeer eisten ze alle aandacht op.

Marjet had een paar keer gevraagd of er wat was, maar Fenna schudde telkens haar hoofd. Al die zaken in haar hoofd moesten eerst tot rust komen. Ze kon het nog niet delen. Ook haar ontmoeting met David, die regelmatig in haar gedachten glipte, hield ze stil. Was het geen verraad tegenover haar vriendin om met David uit te gaan? De man die Marjet een behandeling had geweigerd.

Marjet en zij hadden niet vaak geheimen voor elkaar, maar nu kon ze niet anders. Later kon ze het altijd nog vertellen. Ze had ook geen idee of ze ooit nog wat van hem zou horen. Hij had haar nummer wel gevraagd, maar dokters waren altijd zo druk.

Na de regen van de afgelopen avond was vanmorgen de zon doorgebroken. Volledig tegenstrijdig aan de donkere stemming van Fenna. Naast haar twijfels over David bleven haar gedachten teruggaan naar Tara.

Die ochtend had Fenna haar dochter ziek gemeld. Ze waren samen naar de politie gegaan. Ze hadden een gesprek gehad met de dienstdoende agent, een jong broekje nog. Nadat Tara alles had verteld, had de jonge agent gevraagd naar bewijzen. Het klonk zo clean en nuchter, na Tara's opsomming van de pijnlijke feiten. Toen ze die niet direct konden leveren, had hij het advies gegeven om de aangifte maar om te zetten in een melding. Een melding die op papier kwam te staan en ergens in een lade zou verdwijnen.

Daar werd toch nooit iets mee gedaan?

De wanhopige blik van Tara sneed nog steeds door Fenna's ziel. Ze kon zich niet voorstellen dat de politie geen actie ondernam. De naam van de jongen was bekend, hij zat nota bene bij Tara in de klas. Toch konden ze niet gewoon naar hem toe gaan en zijn computer in beslag nemen. Eerst bewijzen, dan pas kon er om toestemming gevraagd worden bij een hulpofficier van justitie. En daarna pas een huiszoekingsbevel. In die tijd zou die jongen weet ik wat kunnen uithalen met het filmpje. Een afschuwelijk idee. Toch moesten ze onverrichter zake weer naar huis.

Natuurlijk was Fenna's eerste ingeving om naar school te stappen en die jongen aan te spreken, of zijn ouders, maar ze besefte dat Tara dan nog meer problemen kon krijgen.

'Ik vind het toch wel spannend worden.' De stem van Marjet haalde haar uit haar gedachten.

'Dat kan ik me voorstellen,' antwoordde Fenna, terwijl ze Tara uit haar hoofd probeerde te zetten. Ze reed haar auto de parkeerplaats van De Witte Lotus op, stapte uit en keek naar de chique ingang. Geld werd er zeker verdiend, dat was duidelijk. Ze nam peinzend het gebouw in zich op. Wat zou zich hier allemaal afspelen? Hoeveel mensen zouden volkomen gelukkig met een aangepast uiterlijk dit gebouw verlaten? Was dit niet een mooi item om eens onder de aandacht te brengen in hun blad? 'Ik ben zelf eigenlijk ook wel benieuwd naar deze kliniek,' zei ze toen.

'O nee, hè? Je gaat toch niet…' Marjet stopte abrupt.

Fenna liep bijna tegen haar vriendin op. Ze probeerde onschuldig te kijken. 'Wat bedoel je?'

'Nou, dat weet je best. Ik heb dat toontje al zo vaak bij je gehoord.'

'Ik begrijp je niet,' probeerde Fenna nog een keer. Waarom had haar vriendin haar toch altijd meteen in de gaten?

'Ik zou het echt afschuwelijk vinden. Ik krijg al veel meer aandacht dan ik zou willen.'

Fenna begreep haar precies maar zweeg.

Ze liepen naar de balie, waar Marjet zich meldde.

'Nu gaat het dan toch echt gebeuren,' verzuchtte ze, toen ze naast elkaar in de wachtkamer zaten. Fenna zag dat ze nerveus was.

'Dit was toch wat je wilde?'

'Ja, ja, maar... Nou ja, ik voel me toch wel een beetje zenuwachtig.'

'Dat kan toch ook niet anders.' En dat vind ik ook nog zwak uitgedrukt, dacht Fenna erbij. Als er zo ingrijpend in háár lijf gesneden zou worden, zou ze het besterven. 'Weet je al wat ze precies gaan doen?'

'Daar wordt zo meteen over gepraat. Ik heb nu een afspraak bij die arts, dokter WéJé van Zanten. Met hem ga ik praten over wat er allemaal mogelijk is.'

'En wordt de hele behandeling dan betaald door dat programma?'

'Ja, *Bodymorfose* neemt alle behandelkosten op zich.'

'Ik heb het idee dat ze meestal meer doen dan echt noodzakelijk. Is er nu ook al een cameraploeg aanwezig?' Fenna keek om zich heen of ze enige activiteit bespeurde.

'Nee, ze zeiden dat ze die opnamen in één keer wilden maken. Pas op het moment dat ik daadwerkelijk onder het mes ga.'

Op dat moment werd Marjet naar binnen geroepen. Fenna pakte een tijdschrift van het tafeltje en sloeg het open. Even later kwam een oudere vrouw de wachtkamer binnen. Fenna beantwoordde haar groet en keek de vrouw onderzoekend aan. Die vrouw kwam haar bekend voor. Het gerimpelde gezicht, de loshangende huid onder haar kin en vooral de hangende oogleden.

De vrouw glimlachte vriendelijk naar haar. 'U kijkt alsof u me herkent,' zei ze met een opvallend heldere stem.

Fenna voelde zich betrapt. 'Ja, u hebt gelijk.'

'Ik ben op televisie geweest.' De trotse klank was onmiskenbaar. Fenna wist het opeens weer.

'*Bodymorfose*.'

'Juist. Ik heb helaas niet gewonnen.'

Fenna vertelde dat haar vriendin de gelukkige was en dat die op dat moment binnen was bij de cosmetisch chirurg.

'O, Marjet, een alleraardigste vrouw. Ik gun het haar. Ik heb zelf na die uitzending besloten mijn laatste spaargeld hieraan te besteden. Ik wil dit al zo lang. Bovendien, waar moet ik op mijn leeftijd nog voor sparen? Dit is mijn grootste wens. Ik heb al afspraken gemaakt. Nu kom ik voor het preoperatieve onderzoek. Ik sta al op de operatielijst.'

Fenna legde het tijdschrift weg en dacht even na voordat ze haar vraag stelde. 'Ik wil een artikel gaan schrijven over cosmetische chirurgie. En ik vroeg me af of u daaraan mee zou willen werken.'

'Een artikel? Kom ik dan in de krant?' De oogjes twinkelden tussen de oogleden door.

'Ik werk bij een tijdschrift, *Ogen-blik*, misschien kent u dat wel.' Fenna opende haar tas en haalde haar schrijfmap tevoorschijn.

'*Ogen-blik*? Ja, wacht eens even. Mijn dochter bracht dat laatst voor me mee. Dat is toch dat tijdschrift waar dat grote groene oog op de voorkant staat?'

'Ja, dat klopt.' Fenna was verbaasd dat de vrouw het tijdschrift kende. Hun blad was meer gericht op mensen die wilden weten wat voor ontwikkelingen er in de wereld van wetenschap en maatschappij waren. Ze vond het nou niet echt een blad voor bejaarde dames, maar misschien vergiste ze zich in de vrouw tegenover haar.

'Wat leuk. Natuurlijk wil ik daaraan meewerken. Dan ben ik op mijn oude dag niet alleen op tv geweest, maar kom ik ook nog in een tijdschrift. Spannend!'

'U gaat zich dus laten opereren?'

'Ja, ik begrijp nog steeds niet waarom ik het zo lang heb uitgesteld. Iedereen zou zichzelf toch moeten verwennen? Jij koopt toch ook leuke kleding voor jezelf en make-up?'

'Ja, natuurlijk.'

'Je wilt er toch goed uitzien?'

'Ja...' Fenna voelde waar het heen ging.

‘Nou, waarom zou je je dan elke dag opnieuw ergeren aan een oneffenheid in je gezicht terwijl dat met een kleine ingreep verholpen kan worden? Ik wilde maar dat ik dat eerder begrepen had.’

* * *

Een kwartiertje later kwam Marjet de spreekkamer uit. De arts gaf haar een hand. Er trok een professionele glimlach over zijn gladgeschoren gezicht, wat de harde kaaklijn echter niet kon verbergen.

Marjet zag mevrouw Ten Kate zitten en begroette haar hartelijk.

‘Mevrouw Ten Kate?’ De arts keek de wachtkamer in.

De vrouw stond op. ‘Nou kind, ik hoop dat ik je voldoende heb kunnen vertellen. Ik vind het allemaal erg spannend. Dat ik dit nog mag meemaken op mijn leeftijd. Ik zal je bellen als ik weer thuis ben na de operatie. Ik bewaar je kaartje. Dan kom je maar een keer een kopje thee drinken, zodat je met eigen ogen kunt zien wat er van mijn spaargeld geworden is. En laat het me weten wanneer het artikel geplaatst wordt.’ Het lachje maakte dat haar onderkin heen en weer flubberde.

‘Sterkte, mevrouw Ten Kate,’ zei Fenna. En ook Marjet zei haar gedag.

Toen de deur achter de gezellig rebbelende vrouw gesloten was, zag Fenna dat Marjet haar een beetje vreemd aankeek. Zou het onderzoek niet opgeleverd hebben wat ze zo graag wilde?

‘Wat is er, Marjet?’

34

Eerst had Marjet stil mokkend naast haar in de auto gezeten. Ze was de kliniek uit gesneld zonder op Fenna te wachten en ze stond met een stugge blik naast de gifgroene twoseater te wachten tot Fenna de deuren geopend had. Ze had geen antwoord op haar vragen gegeven, ze zat stil met de armen over elkaar geslagen en staarde naar buiten.

Uiteindelijk, toen ze Utrecht voorbij waren en op de vierbaansweg richting Den Haag reden, slaakte Marjet een diepe zucht en begon ze te praten.

'Dus toch? En je hebt mevrouw Ten Kate ook al uitgehoord? Waarom?'

'Ben je daar nou zo kwaad over? Het is mijn werk.' Fenna keek even snel opzij en zag dat het gezicht van Marjet eerder verdriet dan kwaadheid uitdrukte.

'Waarom moet je nu net over deze kliniek een artikel gaan schrijven?'

'Waarom zou ik een andere kliniek nemen?' Fenna besloot dat het tijd werd Marjet wat meer te vertellen. 'Weet je waarom ik naar India ben geweest?'

'Ja, natuurlijk weet ik dat. En ik weet heus ook wel dat ik door jou op het spoor van De Witte Lotus gezet ben,' mokte Marjet.

'Ik heb je nog niet verteld dat deze kliniek in verband wordt gebracht met een *hospital* in India waar arme mensen gratis behandeld worden.'

'Die weldoener. Dat is toch hartstikke mooi?'

'Dat lijkt heel mooi. Maar het lijkt ook een heel vies zaakje. Ben is op dit moment bezig om het allemaal uit te zoeken. En ik heb documenten uit India waaruit blijkt dat ze daar experimenteren met een innoverend middel tegen littekenweefselvorming. Ze gebruiken daar menselijke proefpersonen voor, arme mensen die daar geen weet van hebben. Tenminste, dat idee heb ik nu. Maar ik begrijp lang niet alles wat er in die papieren staat. Ik moet nog wat research doen naar dat middel. Niet alles is duidelijk.'

Ze merkte dat Marjet rechter ging zitten en haar belangstellend aankeek.

'Een nieuw middel tegen littekenweefselvorming. En dat zou in verband staan met De Witte Lotus?'

'Daar lijkt het nu allemaal op. Maar nogmaals, ik weet er nog te weinig van. Daarom wil ik meer over deze kliniek te weten komen, ook over hun werkwijzen en waarom hun naam in de documenten van dat *hospital* in India staat.'

'En zat je daarom met mevrouw Ten Kate te praten?'

'Hoe meer mensen me wat kunnen vertellen over de werkwijze van De Witte Lotus, hoe meer ik misschien ga begrijpen. En onder het mom van een artikel geven mensen vaak meer informatie dan wanneer ik gewoon een praatje maak.'

'Oké, dat begrijp ik. Maar nog even over India...' Marjet aarzelde kort. 'Zou ik dat middel ook krijgen?'

De stem van Marjet klonk verlangend, bedacht Fenna verbaasd.

'Ik weet het echt niet.' Haar gedachten gingen terug naar India en naar Ben, die had gemaild dat het een vies zaakje was. Het idee dat ze daar medicijnen testten op menselijke proefpersonen bleef maar rondspoken in haar hoofd.

'Zou het kwaad kunnen om dat middel te gebruiken?'

'Hmm.' Fenna moest even de aandacht bij het verkeer houden. Een vrachtwagen zwenkte net voor haar de rijstrook op en ze moest flink afremmen. 'Het klinkt allemaal wel goed: verbeterde wondheling, vermindering van littekenvorming. En ik geloof dat het allemaal natuurlijke middelen zijn, maar dat moet ik nog verder uitzoeken. Toch zou ik er zelf niet zo snel aan beginnen.'

'Wat ik me zat af te vragen,' ging Marjet verder. 'Gaat mevrouw Ten Kate toch onder het mes?'

Fenna vertelde wat mevrouw Ten Kate haar allemaal had gezegd.

'Weet je, Marjet. Ik begin steeds meer te begrijpen waarom je dit wilt,' zei ze toen aarzelend. 'Mevrouw Ten Kate heeft me misschien wel letterlijk de ogen geopend. Zij vertelde dat ze de stap veel eerder had moeten zetten. Ze heeft al jaren last van haar zware ogen.'

'Ja, en?' reageerde Marjet toen Fenna een tijdje zweeg.

'Ik heb ook hangende oogleden. Ik moet mijn ogen wagenwijd opensperren om nog iets van mijn make-up te kunnen zien.'

'Ga jij nu ook...?'

'Ik weet het nog niet. Maar ik sta er toch wat minder afwijzend tegenover. In ieder geval niet via de televisie.'

Marjet begon hard te lachen en gooide haar hoofd in de nek. 'Dan gaan we samen onder het mes, samen in het verband, en samen naar het herstellingsoord. En zelfs misschien wel samen aan de wonderpillen uit India.'

De lach die op Fenna's gezicht was doorgebroken stierf langzaam weg. India, dacht ze. Ze moest eerst Ben spreken.

* * *

Fenna draaide haar auto overdwars in een minuscule opening tussen twee auto's.

'Wat een ideaal karretje heb je toch,' zei Marjet.

'Dat moet ook wel, want in Leiden is parkeren godsonmogelijk of allejezus duur.'

'O ja, dat heb ik je nog niet verteld,' zei Marjet met het portier al open. 'Ik hoorde dat de bibliothecaresse die ook in het programma zat, al geopereerd is.'

'De bibliothecaresse?' Kennelijk moest zij exact weten wie dat was.

'Je weet wel, met die dikke brillenglazen en die vooruitstekende tanden. Ze hebben haar kaak geopereerd en ze ondergaat binnenkort nog een laserbehandeling. Toen bleek dat ze niet gewonnen had, hebben haar vrienden haar de behandeling cadeau gedaan. Wat kan zo'n programma dan toch een impact hebben, hè?'

'Dat lijkt me wel duidelijk. Kijk maar eens hoe stralend jij eruitziet nu je weet dat je die operatie krijgt. Je hebt hem eigenlijk al niet meer nodig,' lachte Fenna.

'De dokter heeft alleen gezegd dat hij nog niet weet waar ik na de operatie heen ga. Er schijnt een probleem te zijn in hun herstellingsoord.'

'Een probleem?'

'Er schijnt in de Adéla-Hoeve iets gebeurd te zijn. Ach, ik zal het wel horen. Nou, ik ga naar binnen. We bellen!'

Marjet stapte uit en liep naar haar huis, dat er gezellig uitzag met een bankje voor het raam. Fenna draaide haar auto weer de weg op. Een andere auto kwam snel aanrijden om haar vrijgekomen parkeerplek in te nemen. Fenna moest lachen, een vijfdeurs hatchback met kleinheidswaanzin.

Ze bedacht dat ze niet eens precies gevraagd had wat ze allemaal zouden gaan doen bij Marjet. Stom. De naam van het herstellingsoord dook ook weer op. Die kwam haar zo bekend voor.

35

Fenna liep naar haar boot. De zon stond al laag en scheen over haar hoofd op het pad, dat bezaaid lag met eendenstront. Toen ze bij haar boot kwam verbaasde ze zich erover dat haar voordeur openstond. Waarom had Tara de deur niet dichtgedaan?

Er kwam een lichte bezorgdheid opzetten. Was er iets anders aan de hand? Was die jongen bij Tara langsgegaan? Ging het stalken al zo ver? Was haar advies om de jongen te negeren nu de oorzaak van...?

Bij haar loopplank stopte ze abrupt. Door haar open deur zag ze een gigantische bende in haar woonkamer. De stoelen lagen omver en werden omringd door een enorme wanorde aan papieren en boeken. Alle gedachten stonden stil. Ze liep voorzichtig naar binnen en stapte over de neergekwakte spullen. Ze keek om zich heen en was volkomen verbijsterd. Haar kasten waren leeggehaald, laden stonden open, boeken, papieren en pennen en nog veel meer losse spullen lagen door elkaar, alsof er een wervelwind had toegeslagen.

Ze zette haar notebooktas neer en wist niet wat ze moest doen.

Met een schok dacht ze aan Tara. Waar was ze? Was ze naar een vriendin gegaan? Of was ze thuis?

'Tara? Tara!' riep ze luid. Ze bekommerde zich opeens niet meer om de spullen die op de grond lagen. Ze snelde naar de kamer van haar dochter. Ze opende met een ruk de deur, bleef met haar schoen hangen in een bloesje en struikelde over een kruk die als een obstakel in de deuropening bleek te staan. Ze tuimelde opzij en wanhopig probeerde ze haar val te breken. Ze klapte met de zijkant van haar hoofd op de vloer en voelde een steek in haar schouder, terwijl ze doorrolde.

'Shit, verdomme! Au!' Ze kwam half overeind en wreef over haar pijnlijke schouder. Haar hoofd dreunde nu pas door.

'Mam?' Zacht klonk de stem van Tara van onder haar bed. 'Mama, ben jij dat?'

'Tara?' De pijn was opeens weg. Ze staarde naar het bed. Een wal aan truitjes die voor haar bed op de grond lag, werd opzijgeschoven en het hoofd van Tara kwam tevoorschijn. Haar lange blonde haren zaten in de war en de zwarte make-up was doorgelopen. Een angstige blik doorkruiste de kamer. Toen Tara haar moeder zag kroop ze verder onder haar bed uit en begon te huilen.

Fenna sloot haar in haar armen. Een overweldigend gevoel drong tot haar door. De angst die op dat smoeltje lag had in een kort ogenblik alles aangegeven.

'Meisje, rustig maar. Is alles goed met je?' Ze voelde Tara's hoofd knikken op haar schouder. 'Wat is er gebeurd? Heeft iemand...?'

Tara maakte zich los uit haar omhelzing. 'Nee, mama. Hij heeft niets gedaan. Tenminste... niet met mij. Ik was zo bang. Ik hoorde hem tekeergaan en...'

'Was het die jongen? Is hij hier langs geweest? Gaat het al zo ver?'

'Nee, mama. Het was iemand anders. Ik weet niet wie het was. Hij... O, mama ik was zo bang.'

'Rustig maar. Kom, we gaan eerst de politie bellen. Daarna moet je me alles vertellen.' Ze wilde haar dochter helpen opstaan, maar een steek schoot door haar schouder. Een kreun ontsnapte.

'Mam, is het met jou wel goed? Sorry, ik had die kruk voor de inbreker neergelegd. Maar hij stapte er gewoon langs en gooide al mijn spullen in het rond. Gelukkig heeft hij me niet ontdekt. Door mijn rondslingerende kleren lag ik uit het zicht. Daarna ging hij naar jouw slaapkamer. En toen was het een tijdlang stil. Maar toen ik mijn kamerdeur weer open hoorde gaan, dacht ik...'

'Maakt niet uit. De pijn valt mee,' loog Fenna.

In de kamer gingen ze naast elkaar op de bank zitten, die als een rood baken ongehavend in het strijdtoneel stond. Fenna belde de politie. Voor de tweede keer in korte tijd, bedacht ze. Haar dochter zat in elkaar gedoken naast haar.

* * *

'Niet te vinden.' Spottend herhaalde WéJé de woorden van Raoul.

'Nee, echt niet. Ik weet niet waar die bitch ze verstopt heeft. Maar ik heb ze niet gevonden. Ze mag blij zijn dat ze niet thuis was.'

'Verdomme, Raoul. We hebben echt een probleem.'

Het bleef stil aan de andere kant. Wat nu? Hij kon niet helder denken. Hij had gisteravond iets te veel gedronken. Al zijn vragen waren verzopen in de fles. En hij bijna ook. Nu was het extra moeilijk op gang komen. Zijn hoofd leek van blik, galmend leeg.

'Ik moet erover nadenken,' zei WéJé uiteindelijk. 'Misschien komt ze hier nog wel haar nieuwsgierige vragen stellen, dan los ik het wel op. Journalisten duiken altijd overal op waar je ze niet kunt gebruiken. En mocht ze naar de Adéla-Hoeve komen, dan reken ik op jou.'

'Je weet dat je op me kunt vertrouwen.'

* * *

Fenna vond de file niet eens erg. Ze sukkelde achter de rij auto's aan en schoof steeds een stukje op. Het gaf haar tijd om de zaken te overdenken. Ze wilde een kijkje gaan nemen bij het herstellingsoord bij Oosterbeek, en daar had ze de hele middag de tijd voor.

De politie was niet gekomen. Er was niets verdwenen, dus ze moest maar naar het bureau komen om aangifte te doen. Dat had de agent gezegd. Ze had de telefoon neergesmeten, te kwaad om het gesprek op een normale manier af te ronden. Eerst dat broekje op het bureau die beweerde dat er alleen maar een melding kon worden doorgegeven over die smerige stalker en nu dit... Ze had een hele tijd op de bank gezeten en had Tara laten praten. Daardoor was het voor Fenna duidelijk geworden wat zich had afgespeeld.

De man had eerst aangebeld, maar Tara had niet opengedaan.

Ze was bezig met het uitzoeken van haar kleding en had geen zin gehad om de buurman of, erger nog, zo'n verkoper te woord te staan.

Daarna had de man met kracht de voordeur geforceerd en Tara was zich lens geschrokken. Ze had iemand in hun boot horen lopen en had niet uit haar kamer durven komen. Eerst had ze gedacht dat het haar klasgenoot was die haar al die tijd lastigviel, maar toen was de man gigantisch tekeergegaan in hun huis. Ze had niet geweten wat ze moest doen. Haar mobiel lag aan de oplader in de woonkamer, waar die agressieve man de inventaris aan het verbouwen was. Gevloek en getier. Tara was doodsbenauwd onder haar bed gekropen, volledig in de stress. En zo had Fenna haar gevonden.

De auto voor haar reed weer een stukje verder en Fenna gaf gas.

Ze had met Tara afgesproken dat ze na school – ze stond er zelf op om weer gewoon naar school te gaan – met haar vriendin Marja mee naar huis zou gaan. Fenna zou haar dan bellen als ze thuis was. Tara wilde nog niet alleen thuis zijn. Ze had de schrik aardig te pakken.

De afgelopen nacht had Fenna nauwelijks een oog dichtgedaan, haar oren gespitst op vreemde geluiden. Af en toe was ze even weggezakt, maar verder had ze de tijd doorgebracht met piekeren.

De vraag wie in vredesnaam in hun boot was geweest had als een steeds terugkerende mantra door haar hoofd gespookt. En het was pas diep in de nacht tot haar doorgedrongen wat de inbreker had willen hebben: de documenten uit India. Dat was de enige conclusie die ze had kunnen trekken. Er was namelijk niets weggenomen, geen pasjes, geen geld, niets. En dat zou een drugsverslaafde vast niet hebben laten liggen. Er was overduidelijk naar iets speciaals gezocht. Het enige wat waarde kon hebben voor bepaalde mensen waren de onderzoeksverslagen en experimentele gegevens uit India. Ze kon zich goed voorstellen dat de schrijver ervan niet wilde dat die openbaar werden gemaakt. Bovendien waren het berichtje op de redactie en de mail met vragen over het artikel opeens opgedoken in haar gedachten. Een privékliniek probeerde contact met haar te leggen. De Witte Lotus? Zat die dan ook achter de inbraak?

Op de dag van de inbraak had ze haar notebook bij zich, meer uit gewoonte dan dat ze hem echt nodig had. In die tas zaten ook de documenten. Achteraf puur geluk. Ze moest ze snel een keer kopiëren, had ze zich voorgenomen.

Uiteindelijk was ze weggedoezeld totdat de hanen op het erf haar gewekt hadden. Het was nog donker, maar daar trokken die beesten zich niets van aan. Vroeg uit de veren.

Weer was het denkproces op gang gekomen in haar vermoeide hoofd. Alles passeerde de revue. Ook de door Marjet genoemde naam van het herstellingsoord, waar iets gebeurd zou zijn. En opeens wist ze waar ze de naam van kende. Ze was opgestaan en naar de woonkamer geslopen, de angst nog diep in haar lijf. Met haar hart bonkend achter haar ribben had ze de lampen aangedaan en had stijf gewacht tot ze het felle licht goed kon verdragen en de kamer volledig kon overzien. Het thuisgevoel was ver weg. Alles was wel weer enigszins op orde, maar nog lang niet oud en vertrouwd te noemen.

Ze had de krant teruggevonden. Dode in hotel de Adéla-Hoeve. Daar was de naam. Met het artikel naast zich op het nachtkastje was ze weer in bed gekropen. Op dat moment had ze besloten dat ze daarheen moest.

Ze gaf gas. Zonder enige duidelijkheid over een oorzaak van de file kon iedereen opeens ongehinderd doorrijden. Opgelost in het niets, zoals zo vaak. Ze nam de afslag Oosterbeek en volgde de aanwijzingen van de routeplanner.

36

Het was een statig wit gebouw, prachtig gelegen in de bossen. Met aan de voorkant een lange oprijlaan die door een parkachtige tuin naar de ingang leidde.

Fenna volgde de overzichtelijke weg omhoog tot aan de parkeerplaats aan de rand van het bos. Ze parkeerde haar auto en stapte uit. Prachtig uitzicht over de tuin en de lager liggende weilanden. Overal zag ze bos om de weilanden heen en helemaal beneden stroomde de Rijn. Het was rustig weer en de rivier kronkelde door de uiterwaarden, haar binnenschippers de weg wijzend door een rustig rivierlandschap.

Fenna liep naar de brede trap die naar de ingang van het hotel leidde. Boven de vier deuren die de ingang vormden van het hotel stond met zwierige letters ADÉLA-HOEVE. Achter de balie zat een jong meisje. Haar korte haar stond springerig omhoog en een bril hing laag op haar wipneus. Ze stond op toen ze Fenna zag.

'Goedemorgen, mevrouw. Kan ik u misschien helpen?'

'Ik overweeg om een weekje in dit hotel te komen logeren,' loog Fenna.

'Dat kan. Wanneer had u gedacht om te komen?'

'Nou, ik wil eerst nog wat informatie.'

De blik van het meisje gaf aan dat ze op elke vraag antwoord zou geven.

'Ik heb gehoord dat er een gast in het hotel is overleden?'

Het meisje werd een beetje verlegen en pakte een pen die ze tussen haar vingers liet draaien. De open blik was op slag verdwenen. 'Er is inderdaad iemand ziek geworden in het hotel, maar u hoeft zich verder geen zorgen te maken.'

'Geen zorgen te maken?'

'Nee, het had verder niets met ons hotel te maken. Ze was waarschijnlijk al niet helemaal in orde en...'

'Kan ik helpen?' Een vrouw met donker haar was de hal in gekomen en had de laatste zinnen mee staan luisteren voordat ze hun gesprek onderbroken had.

Fenna keek haar vragend aan. 'Bent u de eigenaresse?'

De vrouw begon te lachen. 'Nee, maar ik hoorde toevallig uw gesprek. Ik ben verbonden aan een televisiemaatschappij die een deel van het hotel afgehuurd heeft voor opnames.'

Fenna was verbaasd. 'Was die overleden vrouw dan betrokken bij televisieopnames?'

'U kunt hier zonder problemen een kamer nemen. Ik zal ervoor zorgen dat u geen last ondervindt van onze opnames.'

'Eigenlijk wil ik geen kamer, maar een artikel schrijven over de cosmetische kliniek die bij die opnames betrokken is. Ik werk voor het tijdschrift *Ogen-blik*,' zei Fenna snel.

De blik van de vrouw veranderde. Ze bekeek Fenna nu geïnteresseerd. 'Zullen we verder praten in mijn werkkamer? Ik ben Rachel Cando, psychologe, en als zodanig bij het programma betrokken.'

* * *

Fenna liep achter Rachel de witte marmeren trap op, waarna ze door een lange gang de rechtervleugel in liep. Ze sloeg links af en stopte bij een deur met nummer elf.

'Kom binnen. Dit is mijn tijdelijke werkkamer. Voor mijn werk voor het televisieprogramma moet ik veel in dit hotel aanwezig zijn, vandaar.'

Fenna keek rond. Het was een ruime kamer met twee losse bedden en een zithoekje. De beige vloerbedekking vertoonde pontificaal voor het bed een paar ondefinieerbare vlekken en zag eruit alsof ze hoognodig vervangen moest worden.

'Ga zitten.'

Ze ging zelf tegenover Fenna zitten en sloeg haar benen over elkaar.

'Dus je wilt een artikel schrijven. Gaat dat alleen over de privékliniek of ook over het nieuwe televisieprogramma?'

Fenna bekeek de vrouw kritisch. Het donkere haar golfde langs een gezicht dat verder geen noemenswaardige schoonheid vertoonde. Haar handen waren goed verzorgd met lange, gekleurde nagels.

'Ik wil een artikel schrijven over plastische chirurgie en wat mensen beweegt om in zichzelf te laten snijden.'

'Aha, dat is interessant.' Rachels ogen drukten meer dan beroepsmatige interesse uit. 'Ik heb het idee dat veel mensen die een cosmetische ingreep wensen eigenlijk een psychisch probleem hebben. Ze kunnen zichzelf niet accepteren. En als het slecht met mensen gaat, zie je vaak dat ze hun uiterlijk willen veranderen, alsof dat hun problemen kan oplossen. Vaak beperkt zich dat tot nieuwe kleren, andere make-up of een totaal ander kapsel. Maar soms neemt dat extremere vormen aan en willen mensen hun uiterlijk drastischer veranderen.'

'Dan kiezen ze dus voor plastische chirurgie,' zei Fenna.

'Ja, ik spreek dan liever van cosmetische chirurgie.'

'En dat is wat het televisieprogramma doet?'

'*Bodymorfose* is een programma dat mensen die met hun uiterlijk in de knoop zitten een mogelijkheid biedt om er iets aan te laten veranderen. En dan natuurlijk vooral mensen die daar al jaren naar verlangd hebben,' dreunde Rachel op. 'We zijn een samenwerking aangegaan met een privékliniek die zeer goed staat aangeschreven om haar cosmetische behandelingen, De Witte Lotus. Het programma is net van start gegaan, de eerste uitzending is geweest.'

'En jij bent hier voor het programma? Hebben jullie hier ook behandelruimtes?'

'Nee, de ingrepen vinden plaats in de kliniek. We verzorgen hier alleen een soort nazorg, psychisch en lichamelijk.'

Fenna spitste haar oren. 'Dus de medische behandeling gaat hier verder?'

'Dat niet. Cliënten die medisch gezien uit de kliniek ontslagen kunnen worden, geven we hier in alle luxe en rust de mogelijkheid om verder aan te sterken en hun wonden te laten helen.'

'Dus ze hebben verder geen medicijnen of zo meer nodig?' stelde Fenna. Ze wachtte met spanning de reactie van Rachel af.

'Dat wil ik niet zeggen. Ik weet er niet zo veel van. De medische nazorg wordt door Raoul, de verpleger van de kliniek, uitgevoerd, natuurlijk onder toeziend oog van de arts, WéJé van Zanten. Hij schrijft de benodigde medicatie voor.'

'Maar is hier dan een apotheek of medische afdeling?'

'We hebben hier tegenover een opslagruimte voor medicatie en verbandmiddelen. Loop maar even mee, dan kan ik het je laten zien.' Rachel stond op en liep de gang weer op. Recht tegenover haar kamer opende ze een deur.

Fenna liep langs haar heen en zag een hotelkamer als alle andere kamers. De inrichting was alleen aangepast. Wel was er gewoon een badkamer met douche en wastafel. Maar in plaats van de normale bedden stond er slechts een behandeltafel, met de gebruikelijke papieren afdeklaag, waarachter een paar kasten stonden. Door de glazen ruitjes zag Fenna watten, verbandmiddelen en meerdere potjes met medicijnen. Zonder te nieuwsgierig te lijken schoten haar ogen over de etiketten, op zoek naar een indicatie die op India zou wijzen.

'Het ziet er allemaal gedegen en goed verzorgd uit,' zei ze goedkeurend.

Rachel sloot de ruimte weer af.

'Heb je zin in koffie of thee? Ik zal even bellen.' Zonder op een antwoord te wachten belde ze de receptie.

'Goed, waar hadden we het over? Je wilde dus voornamelijk schrijven over het televisieprogramma, toch?'

'*Bodymorfose* vormt zeker een belangrijk onderdeel van mijn artikel. Maar ik wil het vrij breed aanpakken. Hoe zat het bijvoorbeeld met dat overlijdensgeval hier in het hotel?' gaf Fenna een andere draai aan het gesprek.

Rachel keek opzij en haar ogen lichtten op in de zon die door het raam op haar gezicht scheen. 'Die vrouw werd niet lekker een dag nadat ze hier in het hotel als gast werd ingeschreven.'

'Dat is natuurlijk niet best voor de reputatie van het hotel. Waaraan is ze overleden?'

'Koorts, en diarree. Ernstige diarree. Ze is direct opgenomen in het ziekenhuis in de buurt. De behandeling sloeg niet aan en daar is ze overleden.' De blik van Rachel was op de grond gericht.

'Was die vrouw betrokken bij *Bodymorfose*?'

De blik van Rachel vlamde haar tegemoet. 'Nee, natuurlijk niet. Dan zou het programma direct gestaakt zijn. Een overlijdensgeval tijdens de opnames van een televisieprogramma, dat kan natuurlijk niet.'

'Slecht voor de kijkcijfers,' kon Fenna niet nalaten te mompelen.

'Wat zeg je?'

'Ik vroeg me af of ze in De Witte Lotus behandeld was,' zei Fenna nu luider.

'Ik weet wel dat ze een kaakoperatie had gehad, en ik dacht iets met haar ogen. Ze viel niet onder mijn verantwoording voor het programma. Ik hou me met de psychologische zorg voor de kandidaten bezig.' De afwerende houding was terug.

'Maar ze had dus wel een cosmetische behandeling gehad,' stelde Fenna met nadruk vast.

'Ik heb haar verder niet gesproken. Zoals ik al zei was ze uiteindelijk niet betrokken bij *Bodymorfose*.'

'Uiteindelijk?'

'Dat zei ik, ja.'

'Is de doodsoorzaak bekend?'

'Bacteriële infectie. Dat kan snel gaan, is me verteld. Verder weet ik het niet precies.'

Fenna ging er verder maar niet op in. 'Zijn er volgens uw mening kandidaten bij *Bodymorfose* die eigenlijk meer baat bij een psychologische behandeling zouden hebben?'

Rachel gooide haar hoofd naar achteren en haar lach klonk onnatuurlijk schel. 'Natuurlijk!' riep ze uit.

Een klop op de deur onderbrak haar. Een jonge ober in een zwarte lange broek en het traditionele witte overhemd bracht koffie en thee.

Rachel was op slag weer de voorkomende gastvrouw. 'Thee voor jou? Ik heb graag een kop koffie, dat geeft me nieuwe energie.' Ze pakte het kopje om direct een slok te nemen. De knul sloot bijna geruisloos de deur en Fenna vroeg zich even af of Rachel door zou gaan op de gestelde vraag.

'Ik ben aangetrokken door het programma om daarop toe te zien,' ging die echter met beleefde stem door, alsof ze niet onderbroken waren. 'Dat is mijn functie. Ik heb uitgebreide gesprekken gehad en ik zal de kandidaten ook na de operatie begeleiden. Ze moeten de rust in zichzelf terugvinden.' Ze zweeg even en Fenna zag dat er een vreemde lach om haar lippen krulde. 'En vrede met de situatie die na hun operatie ontstaat,' vulde ze toen aan. 'En natuurlijk is het mijn verantwoording dat de verzorging hier in het hotel ook goed is.'

Die nieuwe situatie is toch de ultieme wens van de kandidaten? dacht Fenna.

'Ik neem aan dat iedereen volledig tevreden is met die nieuwe situatie,' zei ze nadrukkelijk. 'De meesten zullen er al jaren naar verlangd hebben.'

'Je zult je erover verbazen hoeveel mensen nooit tevreden zijn. Sommigen blijven terugkomen voor nieuwe aanpassingen. En er zijn mensen die na hun uiterlijke metamorfose ook innerlijk veranderen. Soms zo ingrijpend dat hun partner het gevoel heeft een compleet andere persoon terug te krijgen, met alle gevolgen van dien.'

'Ik krijg het idee dat je eigenlijk helemaal niet achter dit soort operaties staat. Is dat juist?'

Fenna wachtte gespannen op het antwoord. Het zou wel uiterst vreemd zijn als een psychologe die verbonden was aan een metamorfoseprogramma niet achter de werkwijze zou staan. Ze zag dat Rachel haar hand door haar haren streek alsof ze nare gedachten wilde wegkammen. De zon zorgde voor een felle gloed van de hennakleur in haar bruine haar. Alsof haar hoofd even opvlamde door de gedachten die het verborg.

'Als ik er niet achter zou staan, zou ik deze baan natuurlijk niet aangenomen hebben. Ik probeer een zekere controle te houden op de psychische kant van de zaak.' Haar blik schoof over het lichaam van Fenna, die zich daar enigszins ongemakkelijk bij voelde. 'Weet je, een afwijking die echt lichamelijk ongemak geeft is een fysieke stoornis. Dan doel ik op rugklachten door te zware borsten, eetproblemen door een slecht gebit of misvormde kaak, of zelfs vermoeidheid door te zware oogleden. Maar flaporen of een neus die niet voldoet aan het schoonheidsideaal van de damesbladen, die geven psychische klachten. Mensen voelen zich minder zelfverzekerd en zelfs minder waard dan anderen.'

'Het minderwaardigheidscomplex,' mompelde Fenna.

'Inderdaad, mensen krijgen last van complexen. Volstrekt onnodig. Een eerste vereiste is jezelf te accepteren.'

Fenna keek naar de zelfvoldane blik van de vrouw tegenover haar. Ze kon zich opeens goed voorstellen dat Marjet geen zin had gehad om naar een psycholoog te gaan.

'Jij hebt zelf ook al zware oogleden, valt me op. Heb je daar last van?'

Fenna was volledig overdonderd door de omslag van het gesprek. Ze had geen behoefte om over haar uiterlijk te praten. Ze voelde dat ze opeens erg recalcitrant werd, alsof ze deze vrouw geen gelijk wilde geven. 'Ik heb geen complex over mijn oogleden,' begon ze. Ze werd echter direct onderbroken.

'Nee, ik bedoel fysiek. Ik kan me voorstellen dat je soms doodmoe wordt van die zware ogen. Of hoofdpijn? Heb je er nog nooit aan gedacht om een kleine cosmetische ingreep te ondergaan? Je oogopslag zou zienderogen verbeteren.'

'Nee. Hoewel, ja, ik heb er wel aan gedacht, maar niet echt serieus.' Fenna wist niet hoe ze moest reageren nu het gesprek opeens een totaal andere kant op ging.

'Ik heb een voorstel.' Rachel boog hierbij samenzweerderig naar voren. 'Ik maak nu direct een afspraak voor je bij WéJé, de cosmetisch chirurg van De Witte Lotus. Gewoon om eens te praten. Ook goed voor het artikel dat je wilt schrijven. Voor hem mooie reclame en voor jou misschien een opener blik in de toekomst?'

Zonder een antwoord af te wachten stond Rachel op en pakte de telefoon.

Fenna bleef verbouwereerd zitten.

* * *

Even later liep Fenna door de gang van het hotel. Haar gedachten draaiden om de afspraak die ze opeens had met een cosmetisch chirurg. Ze vond het wel grappig en zou er zeker haar voordeel mee doen. Hij moest haar maar eens uitleggen wat zo'n ingreep inhield en zelf kon ze op die manier meer informatie krijgen over de kliniek.

Ze kwam aan het eind van de gang en sloeg de hoek om. Een man kwam tollend op zijn benen aanlopen. Zijn hoofd was omwikkeld met verband. Een van de patiënten van de kliniek?

Toen hij vlakbij was, keek hij haar met wazige ogen aan. Hij wankelde. Ze greep zijn arm toen hij opzij viel.

'Hé, voorzichtig! Wat is er aan de hand? Voelt u zich wel goed?'

'Nee. Ik moet naar de wc. Help me,' steunde de man. Fenna merkte dat hij erg warm aanvoelde.

'U heeft koorts,' stelde Fenna vast. Ze bekeek hem eens goed en herkende toen de sportman van het tv-programma. 'U bent de sporter.'

De man kreunde en kromp in elkaar. Hij hing zo zwaar op haar arm dat ze hem bijna niet meer kon houden. Ze moest hulp halen, deze man was doodziek.

Op dat moment kwam Rachel de hoek om. Toen ze zag wat er aan de hand was, snelde ze naar hen toe.

'Meneer De Jong, wat doet u hier? U hoort in bed!'

Op haar geroep kwam een verpleger aangerend. Die zag er eerder uit als een worstelaar, met zijn kale hoofd en opgepompte armen, maar hij greep de man op een bijna tedere manier vast.

'Raoul, zorg dat meneer De Jong weer in zijn kamer komt,' zei Rachel gebiedend.

Fenna was blij dat iemand de man van haar overnam. 'Is dit een van jullie patiënten?'

'Gasten, bedoel je. Wij spreken niet over patiënten hier in het hotel,' verbeterde Rachel haar.

'Gast of niet, deze man is ziek. Hij heeft koorts.'

'Wc,' mompelde de man, terwijl hij door de verpleger weggevoerd werd.

* * *

Rachel keek de journaliste na. Wat een nieuwsgierig mens. Maar ze had het idee dat ze het goed aangepakt had. Een artikel in een tijdschrift, media-aandacht, daar was het haar om te doen. Ze zocht alle aandacht die ze maar kon krijgen. En het was een prima zet om haar naar de kliniek te sturen. WéJé zou haar te woord moeten staan. Wie weet waar ze allemaal achter zou komen?

37

'Ha meissie, hoe was het op school?' Fenna stopte met het snijden van de groenten.

'Ging wel.' Tara wilde doorlopen naar haar kamer.

'Heb je er met Marja over gepraat?'

'Over de inbraak wel,' antwoordde ze stug.

'Wat zeiden de anderen?'

'Ik heb het verder aan niemand verteld. Wat denk je wel. Ik, als een angstige kleuter onder het bed. Ze zien me aankomen.'

Fenna was stomverbaasd. Ze was ervan uitgegaan dat Tara het verhaal in geuren en kleuren zou vertellen aan haar klasgenoten. Ook om haar angst en spanning van zich af te praten.

'En dat andere?' Fenna wilde het niet onder woorden brengen.

'Niemand weet ervan.'

'Ook Marja niet?'

'Hallo, ik zei toch "niemand".'

'En die jongen?'

'Hij was vandaag niet op school. Gelukkig.' Eindelijk klonk er wat opluchting in de stem van haar dochter.

'Is het toch niet prettig om er met iemand over te praten?'

'Zeur niet zo, mam. Marja zou het toch niet begrijpen. Ze was er niet bij. Is er wat lekkers?'

'Maar Marja is toch je vriendin?'

'Is er wat lékkers?' vroeg Tara, nu met een dusdanige intonatie dat Fenna begreep dat verder vragen dodelijk was.

'We gaan zo eten,' zei ze dus maar en ze ging verder met het snijden van de courgette.

Ze hoorde dat Tara de koelkast opentrok, maar al snel klapte hij weer dicht. 'Er is ook niets eetbaars in dit supergezonde huis. Heb je al snoep gekocht?' De kast ging open.

'Ga nou niet snoepen, het eten is zo klaar.'
'Wat eten we?'
'Pasta met courgette en hamblokjes.'
'En zeker weer bergen knoflook,' mopperde Tara verder.
'Met een teentje knoflook. Knoflook is...'
'Gezond,' maakte Tara de zin op een spottend toontje af.
'Ik roep je wel als het klaar is,' brak Fenna het gesprek af. Op deze manier had ze liever dat haar dochter op haar kamer zat. Echt niets mee te beginnen.

* * *

Het eten werd zwijgend en stuurs naar binnen gewerkt. Na het eten vertrok Tara weer naar haar kamer. Geen woord meer over de bedreigingen. Zelfs geen woord over angst of het zich misschien niet meer thuis voelen in hun eigen woning. Het moest aan haar knagen, maar ze hield het allemaal voor zichzelf.

Fenna had zelf continu het gevoel dat ze over haar schouder moest kijken. Iemand had tussen haar spullen gesnuffeld. Alles was besmet. Dit was háár plekje, daar moesten anderen van afblijven. Maar de bedreigingen aan het adres van Tara waren erger dan het unheimische gevoel. Dat tastte niet alleen maar Fenna's leefwereld aan, maar zelfs haar diepste wezen. Dat kon ze niet verteren. Dat gebeurde bij anderen, en die zouden het er vast ook naar gemaakt hebben, maar bij haar eigen dochter...?

Fenna schoof achter haar bureau. Ze wilde iets doen. Als de politie dan niets deed, was zij de enige die haar dochter kon helpen. Ze zette haar computer aan en startte haar zoektocht. Na een uurtje wist ze dat het een hopeloze zaak was. Het was bizar hoeveel er digitaal gepest en gestalkt werd. Vaak wisten de jongeren die het overkwam niet eens wie erachter zat. Onvoorstelbaar, dacht Fenna. Maar ze had wel gevonden hoe Tara bewijzen kon verzamelen. Ook zou ze de school inschakelen. Wie weet kon die nog iets doen. Verder was het iets om moedeloos van te worden.

Er zaten op dit moment zo veel zaken in haar hoofd dat ze niet meer wist waar ze zich op moest concentreren. Ze dacht terug aan het bezoek aan de Adéla-Hoeve, en vooral aan de confrontatie met de sporter, ziek en verzwakt. Was het toeval dat er alweer iemand ziek was in het hotel? Rachel had dan wel ontkend dat de overleden vrouw bij het televisieprogramma betrokken was, ze was minder duidelijk geweest over de connectie met een operatie in De Witte Lotus. Een bacteriële infectie, dat kon natuurlijk zo veel zijn, zelfs een voedselvergiftiging. En hoe zat het met die middelen die in India ontwikkeld waren? Werden die al gebruikt?

Kon ze er maar met iemand over praten. Maar degene met wie ze altijd haar problemen besprak, was Marjet, en dat was nou net degene die ze hiermee niet lastig kon vallen. Juist Marjet zou ze angst aanjagen met al haar verdenkingen.

Toen ze aan Marjets operatie dacht, had ze helemaal geen rust meer. Ze moest te weten zien te komen of ze spoken zag of dat er echt wat aan de hand was. En het liefst zo snel mogelijk.

Zou ze David kunnen bellen? Die wist in ieder geval van de bijwerkingen van dit soort operaties. Ze vroeg zich af waarom hij nog niet gebeld had. Hij had het beloofd. Misschien zag hij een verdere kennismaking niet zitten? *Bullshit*, dacht ze toen. Ze had hem nodig.

* * *

'David? Met Fenna. Fenna Faassen, je weet wel van…' begon ze weifelend.

'Fenna! Wat fijn dat je belt,' onderbrak hij haar enthousiast. 'Ik heb me al tientallen keren voorgenomen om de redactie van je tijdschrift te bellen, maar steeds kwam het er niet van.' De stem met het Limburgse accent klonk vrolijk.

'Waarom wil je de redactie bellen? Ik heb je toch mijn telefoonnummer gegeven?'

'Ja, maar dat ben ik kwijtgeraakt. Ik weet het, erg slordig,' zei hij er snel achteraan. ‘Maar fijn dat ik je nu toch aan de lijn heb. Hoe is het met je?’

Ze wisselden wat niet-belangrijke informatie uit. Waarom begon ze nou niet over haar twijfels? Over de zieke man in het hotel en over India? Over haar bezorgdheid over Marjet? Eindelijk schraapte Fenna haar keel. ‘David, ik wil je wat vragen.’

‘O jee, wat officieel,’ zei David lachend.

‘Heb je zin om een kop koffie te komen drinken?’ flapte ze er tot haar eigen verbazing uit.

38

Nog geen halfuur later klonk haar deurbel. Fenna was als een wervelwind door de kamer heen gegaan, maar de kapotte glazen deurtjes van haar kast en de stapels papieren die nog schots en scheef op de grond opgestapeld lagen tot ze een keer verder uitgezocht zouden worden, kon ze niet verbergen.

Ze had snel een fris truitje aangetrokken en wat gel in haar haren gekneed. En muziek moest de rest van de sfeer maar verhogen.

Hij is er wel heel snel, dacht Fenna, met een blik op haar kitscherige klok.

Toen ze de deur opende, zag ze een uitgestrekte arm met een fles wijn. Meteen daarachter het lachende gezicht van David.

'Kom binnen,' zei ze en ze deed een stap opzij om hem binnen te laten. Een vage geur van aftershave trok langs. Dat was lang geleden, dacht Fenna, een mannengeur in huis.

'Wat woon je hier prachtig, op een woonboot,' zei David bewonderend.

'Ja, het is jammer genoeg al te donker om nog veel van de omgeving te zien. Koffie?'

Ze liep door naar de keuken en kwam terug met twee mokken koffie. Ze zag dat David precies in haar lievelingshoekje van de bank was gaan zitten. Ze onderdrukte een glimlach en ging naast hem zitten. Ze volgde zijn blik over de vele stapels papieren en mappen die op de vloer lagen.

'Ik kan wel zeggen "kijk maar niet naar de troep", maar ik denk dat ik beter kan uitleggen wat er gebeurd is,' zei Fenna.

* * *

‘Zo, dat is heftig,’ zei David nadat Fenna het hele verhaal in korte bewoordingen had verteld. ‘Heb je enig idee wat die vent hier te zoeken had?’

Fenna twijfelde net even te lang.

‘Ach, daar heb ik eigenlijk ook niets mee te maken,’ zei hij snel. ‘Excuses, ik ben veel te opdringerig. Het is de diagnosticerende eigenschap van een arts, ben ik bang.’

Juist door die opmerking besloot Fenna gewoon volledig open kaart te spelen. Ze kon er niets mee verliezen, alleen maar mee winnen. Want als ze meer te weten wilde komen over medische zaken die met De Witte Lotus te maken hadden, dan was David wel een heel makkelijke bron. Bovendien een erg aantrekkelijke.

Toen ze alles had verteld, over India, de gestolen documenten, de middelen die daarin beschreven werden en haar vermoeden over de schuldige van de inbraak, bleef het een hele tijd stil. Ze zag dat zijn ogen werden omringd door denkrimpels.

‘Nieuwe gezondheidsbevorderende medicatie. Er is zo veel troep op de markt. Ze maken met slimme marketing misbruik van de goedgelovigheid van de mensen. En of de middelen echt werken zal toch eerst door wetenschappelijk onderzoek bewezen moeten worden.’

‘Ik weet niet hoe goed dat is gedaan,’ gaf Fenna toe. ‘De middelen zijn wel op mensen getest. Op arme sloebers in India, die geen idee hebben wat ze te slikken krijgen.’

‘Als ze het alleen maar gezondheidsbevorderend noemen, mag heel veel. Pas als je een middel als medicijn wilt verkopen worden er veel strengere regels gesteld. Kijk maar eens in al die reformhuizen, in drogisterijen, hoeveel potjes staan daar niet met schitterende claims? Nachtrustbevorderend, bloedvatreinigend, geheugenstimulerend, je kunt het zo gek niet bedenken of er is een middel voor. Of tenminste, er is een potje te vinden met de claim erop, of het middel echt werkt is natuurlijk zeer de vraag.’

‘Ik weet niet zeker of ze deze middelen nu al gebruiken. Maar kunnen dit soort middelen in het algemeen kwaad?' vroeg Fenna.

'Als je er maar genoeg van neemt, zijn bijna alle middelen gevaarlijk. Maar dat geldt voor heel veel zaken. Veel alcohol, veel paracetamol, zelfs veel water kan je behoorlijk ziek maken. Toxicologen hebben daar een goede uitdrukking voor: "*Toxicity is a matter of dose*." De hoeveelheid is dus bepalend.'

Fenna dacht terug aan de documenten waarin hoeveelheden vermeld stonden. En de link naar De Witte Lotus. 'Ik kan me niet voorstellen dat een kliniek haar naam zal verbinden aan een middel dat onveilig is.'

'Ik zou me er niet zo over verbazen. Privéklinieken zijn vooral gericht op geld. Als iemand bij mij geopereerd wordt, krijgt hij nazorg en medicatie die goed getest is en dus safe.'

'Denk je echt dat ze bij een privékliniek onzorgvuldig werken?'

'In de serieuze plastische chirurgie, zoals bij mij in het ziekenhuis, maken artsen zich bezorgd over hun patiënten. Ze willen dat het goed gaat met de patiënt. Natuurlijk zijn er particuliere klinieken die op dezelfde manier werken, maar er zijn voldoende bewijzen van prutsers. Ze zullen zich bijvoorbeeld niet bezighouden met een psychische screening. Want stel je voor dat die psycholoog hun patiënt wegstuurt? Daar gaat hun winst.'

Fenna dacht na. Op de achtergrond speelde zachte gitaarmuziek die met religieus aandoende zang ingevuld werd. Ze dacht aan het gesprek dat ze had gehad met Rachel, aangesteld om die mensen eruit te pikken. Al was dat dan voor de televisie. Het verhaal van David leek overtrokken.

'Is het normaal dat iemand na een operatie koorts krijgt?'

'Natuurlijk komt dat voor. Er kan altijd een infectie optreden. Als het goed is krijgt de patiënt antibiotica, waardoor veel infecties en besmettingen tegengehouden worden. Maar helemaal tegengaan kun je het natuurlijk nooit.'

Het leek erop dat ze zich te veel zorgen maakte. En ze wist dat dat kwam omdat ze zich verantwoordelijk voelde. Als zij de kliniek niet bij name had genoemd, was Marjet nooit in dat tv-programma terechtgekomen, en dus ook niet op de operatietafel van een privékliniek.

'Ik heb ook een afspraak,' bedacht Fenna hardop.

'Jij? Een afspraak? Ik neem aan niet voor een operatie?' De zachte ogen spetterden opeens. Bezorgdheid en verbazing wisselden elkaar af.

Fenna moest lachen. 'Nog wat drinken?'

'Nee, ho even. Vertel eerst eens wat je daarmee bedoelt?' Hij greep haar arm toen ze op wilde staan. Ze liet zich weer naast hem vallen en hij liet zijn hand op haar arm rusten. Het voelde warm en vertrouwd.

'Ik heb een afspraak met de chirurg om te praten over een artikel dat ik ga schrijven over privéklinieken. Maar daarnaast wil ik graag zijn mening over het laten liften van mijn oogleden.'

De ogen van David knepen iets samen. Fenna kon niet zien of hij haar in de ogen keek of dat hij zijn doktersblik over haar oogleden liet gaan. Ze voelde dat ze onbewust haar ogen iets verder opende. Net zoals je je buik opeens in ging houden als je een blik van een ander op je lichaam voelde.

'Onzin. Grote onzin, Fenna. Met jouw ogen is niets aan de hand. Ik weet niet wie jou dat heeft wijsgemaakt, maar degene die heeft gezegd dat je je ogen zou moeten laten liften is volslagen idioot.'

Fenna staarde hem aan. Ze probeerde het als een compliment te beschouwen, maar tegelijkertijd voelde ze zich onbegrepen. Ze had zelf toch al regelmatig voor de spiegel gestaan met opengesperde ogen. Make-up was zinloos en onzichtbaar. Was zij een volslagen idioot?

David ging verder. 'Die ogen horen bij je, zo ben je. Besef je niet dat aan elke operatie een risico kleeft? Waarom zou je onnodig risico's lopen? Bovendien, waar wil je die operatie dan laten doen? In zo'n particuliere kliniek, waar we net over hebben zitten praten? Ga je af op hun mening? Zie je dan niet dat ze mensen willen laten geloven dat ze lelijk zijn? Ze willen klanten. En ze willen alleen maar klanten om er zelf rijk van te worden. Zelfs de mooiste mensen gaan daar onder het mes. Volslagen belachelijk. Alsof je geluk en schoonheid kunt afdwingen door je maar te laten opereren. En natuurlijk zijn er goede klinieken. Maar ik heb afschuwelijke voorbeelden gezien van mensen die door knoeiers zijn behandeld. Soms zijn die mensen voor hun leven getekend. Dan is er meer kwaad dan goed gedaan bij mensen die onzeker en kwetsbaar zijn. Operaties uitvoeren is geen kinderspel, maar een doodserieuze zaak.'

Op de achtergrond kwam de muziek tot een crescendo, terwijl David stilviel.

Fenna schrok van de heftigheid waarmee hij zijn argumenten naar voren bracht.

'Ik heb alleen nog maar een afspraak,' bracht ze er zacht tegen in.

Ze zag dat hij met zijn hand over zijn ogen wreef. Het bleef een tijdlang stil, waarbij alleen de muziek doorspeelde. Uiteindelijk stootte de muziek zijn laatste tonen de kamer in en zweeg toen ook. De stilte hing zwaar tussen hen in.

'Sorry,' zei hij. 'Ik bedoelde niet...'

'Je bedoelde niet dat ik onzeker en kwetsbaar ben?' Ze zag dat hij knikte. 'Dat hoop ik. Ik ga daar praten en zie wel hoe het loopt. Misschien dat ik slechts informatie voor mijn artikel probeer te krijgen en niet inga op welk voorstel dan ook voor een operatie.'

Nu was het Davids beurt om aan te geven dat hij dat hoopte.

'Zullen we die fles die je meegenomen hebt maar opentrekken? Ik heb wel behoefte aan wat sterkers.'

* * *

De avond was al overgegaan in nacht toen ze afscheid nam van David. De rest van de avond hadden ze niet meer over privéklinieken en operaties gesproken. Het was duidelijk dat ze beiden het onderwerp wilden mijden om de sfeer prettig te houden. En die sfeer was erg prettig geweest, dacht Fenna, terwijl ze de glazen omspoelde. Ze dacht terug aan de kus die ze bij het afscheid van hem had gekregen, onwennig maar warm. Er was een heerlijke dronkenschap doorgedrongen. Dronken van iets waarvan ze bijna was vergeten hoe het aanvoelde: verliefdheid.

Ze zette de glazen in het afdruiprek, de lege fles op de grond naast de koelkast en droogde haar handen af. Ze voelde zich licht in haar hoofd. En dat was niet alleen van de verliefdheid.

Tara was halverwege de avond de woonkamer binnengekomen, had David een hand gegeven maar was er niet bij komen zitten, ondanks aandringen van David. Fenna was nog even naar haar toe gelopen om welterusten te zeggen.

Tara had David een 'leuke vent' genoemd. Het had Fenna meer goed gedaan dan ze had gedacht. Net alsof ze goedkeuring van haar dochter nodig had.

Ze deed de voordeur op slot, duwde de grendels goed naar beneden en controleerde haar terrasdeuren aan de zijkant van de boot. Alles zat goed dicht. Maar de extra controle was voor haar gevoel nodig.

Ze liep naar de kleine badkamer en keek naar zichzelf in de spiegel die boven de wastafel hing. Buiten een stomme glimlach was er niets veranderd aan haar uiterlijk. Het bleef vreemd hoe je je toch zo anders kon voelen, alsof je hele leven op zijn kop gezet was, terwijl je er vanbuiten nog precies hetzelfde uitzag.

Ze bekeek zichzelf peinzend. Was dat wat David bedoeld had? 'Alsof je geluk en schoonheid kunt afdwingen door je maar te laten opereren.' De zin drong in alle hevigheid tot haar door. Mooie mensen waren vast ook weleens strontongelukkig, terwijl minderbedeelden konden stralen van geluk.

Net zoals zijzelf nu naar haar peinzende spiegelbeeld staarde en iets anders zag dan ze voelde. Haar ogen waren hetzelfde als vanmorgen. Maar haar gevoel zei haar dat haar ogen straalden, haar buik danste en haar hoofd gonsde. Wat een vreemde gewaarwording dat innerlijk en uiterlijk soms compleet verschillende zaken aangaven.

Ze draaide haar gezicht weg van de spiegel en poetste haar tanden. Het was al laat, maar ze voelde zich niet moe. Alsof haar energie eindeloos leek te zijn.

Ze kroop in bed. Haar gedachten dwaalden door het gesprek van die avond en tastten de zinnen opnieuw af. Alles wat gezegd was over de klinieken, de verschillende chirurgen en de pillen uit India. Ze moest aan Ben denken. Ze had nog steeds geen nieuwe mail van hem ontvangen. Niet echt iets om je druk over te maken, daarvoor was Ben een te grote globetrotter, te onafhankelijk van alles en iedereen. Maar als hij wat beloofde, dan kon je daarop bouwen. En hij had beloofd haar snel meer te laten weten. Dat was nu al dagen geleden. Ze hoopte maar dat alles in orde was en dat hij genoot van land en zee in India.

39

Fenna draaide zich voor de zoveelste keer om in haar bed. Ze had het warm en ze had geen rust in haar lijf. Elke keer als ze haar ogen sloot zag ze het gezicht van David, de rimpels rond zijn ogen, zijn gladgeschoren kin en zijn grijzende haar. Zijn lippen vormden woorden die ze niet kon verstaan. Daarna vervormde zijn gezicht tot de grijnzende kop van Ben. De brede inhammen op zijn hoofd en zijn bruine ogen die normaal achter zijn dikke brillenglazen zaten. Alleen, nu waren zijn ogen open en bloot. De lachrimpels waren verdwenen en ook hij leek haar wat te willen zeggen. Zijn ogen vlogen wagenwijd open en…

Fenna ging rechtop zitten. Dit had geen zin. Ze kon niet slapen. Alles speelde door haar hoofd. Een draaimolen aan gegevens cirkelde onafgebroken rond in haar gedachten en gaven haar geen rust. Vragen eisten een antwoord. Ze kon maar één ding doen: meer te weten zien te komen.

Ze knipte haar bedlampje aan en schoof uit bed. Ze deed een vest en een paar sokken aan, het was fris. Daarna liep ze naar de woonkamer.

Het was er stil en donker. Hoe lang zou het duren voor ze zich weer veilig voelde in haar eigen woning? Ze deed de lamp boven haar bureau aan om de duisternis te verjagen.

Haar blik schoot automatisch naar de klok. Halfdrie. Ze pakte de stapel papieren uit India, waarvan ze nu duplicaten op de redactie had liggen. Ze had ze al vaker doorgenomen, maar misschien niet grondig genoeg. Ze moest nog meer informatie zien te krijgen over de samenstelling van het middel en daarom moest ze heel gestructureerd te werk gaan.

De documenten bestonden grofweg uit drie gedeeltes. Eén gedeelte had ze eerder doorgenomen, daar werden de patiënten in experimentnummers verdeeld, de menselijke proefkonijnen. Dat was duidelijk. De stoffen die genoemd werden leken allemaal uit de natuur te komen, maar dat moest ze nog opzoeken. De neemboom was bekend, maar de andere namen niet.

Een tweede gedeelte bestond uit experimentele gegevens, er stonden technieken beschreven waarvan ze niet veel begreep. Het waren laboratoriumtechnieken, beschrijvingen van methodes om stoffen te isoleren en de uiteindelijke verwerking tot de medicijnen. Indien nodig moest ze daar een deskundige bij halen.

Het derde gedeelte had ze nog niet zo uitgebreid gelezen. In dat deel had ze de coördinaten gevonden die ze aan Ben had doorgegeven. Misschien verstandig om daar eerst eens naar te kijken, bedacht ze.

Haar computer was snel opgestart en ze opende Google Earth. Een wereldbol leek vanuit de ruimte op haar af te zweven en ze liet met haar muis de wereld bewegen tot ze India voor zich had. Daarna zorgde ze al scrollend dat het gebied waar ze was geweest steeds dichterbij kwam. Ze bleef het onvoorstelbaar vinden. Steeds meer details werden zichtbaar toen ze het gebied verder uitvergrootte. Zelfs de Chinese visnetten waren te zien. Maar wat haar nog meer fascineerde was dat ze de coördinaten tot in de kleinste waarden links onder in het scherm zag staan. Ze liet haar muis langzaam over de kaart bewegen totdat ze exact de getallen had gevonden die ze ook aan Ben had doorgegeven.

Weg was het betoverende gevoel. Dat kon niet kloppen. Het was ook te mooi om waar te zijn, dacht Fenna. Weer keek ze naar het scherm, waar het handje van haar muis boven zee hing. De zee, wat vreemd.

Fenna liet zich tegen de leuning van haar stoel zakken en dacht na.

Ze bladerde door de papieren van het eerste gedeelte en ze zocht de voor haar onbekende namen op. De neemboom kende ze. Ze vond op Google dat de bladeren ervan vooral goed waren voor het herstellend vermogen van de huid van binnenuit. Guduchi was de tweede naam die ze intypte. Een site over kruiden. Guduchi: versterkt de weerstand. Haritaki bracht haar ook bij een ayurveda-site. Een grote lofzang op deze gedroogde vrucht, die de darmfuncties zou ondersteunen en de darmwerking zou stimuleren. Fijn, maar ze werd er verder niets wijzer van. Toen zag ze in haar papieren een Latijnse naam: *Acanthella cavernosa*. Ze typte de naam in op Google.

Terwijl ze wachtte wat het zoekprogramma zou brengen, bedacht ze dat Google haar werk toch wel heel wat makkelijker maakte.

Een hele reeks resultaten werd op het scherm getoond. '*The sponge Acanthella cavernosa was extracted with ethanol and fractionated by solvent partitioning.*' *Sponge*, dacht Fenna verbijsterd. Het was een spons uit zee. Daarom kwam ze met Google Earth ook in zee uit. Verdomd. Ze isoleerden chemische stoffen uit een zeespons, maar niets over verwerking tot medicijnen. Ze opende een paar links en zag naast wat wetenschappelijke artikelen ook een mooie foto van de spons. Een oranje, op gatenkaas lijkende structuur zat op de rotsen geplakt.

Zou Ben dat ook ontdekt hebben? Zou Ben weten dat het om een spons gaat? Ze keek op de klok. Het was intussen over drieen, dat betekende dat Ben al aan het ontbijt moest zitten. Ze pakte haar mobiel.

De telefoon ging over. Een keer, twee keer. Fenna dacht terug aan de vorige keer dat ze Ben had geprobeerd te bellen. De vreemde stem die haar geantwoord had. Vier keer, vijf keer. De telefoon werd opgenomen. Het bleef stil. Ben zei niets, geen naam of groet, niets.

'Hallo? Ben, ben jij daar?'

Stilte.

'Ben, ik ben het, Fenna!'

Met een klik werd de verbinding verbroken.

Fenna keek naar haar mobiel, alsof die er wat aan kon doen. Geen Ben. Maar ook geen vreemde stem meer. Wat was er aan de hand daar in India?

Fenna opende de laatste mail die ze van Ben had gekregen en las hem opnieuw.

> Ha Fenna,
> Die coördinaten die je me gaf zijn voor mij nu duidelijk.
> Muthumari helpt me bij mijn volgende stap. Hij is op dit moment op zoek naar een compressor.
> Tis een vies zaakje.
> Je hoort snel meer van me. Ciao, Ben.

Fenna staarde naar het scherm. 'Tis inderdaad een vies zaakje, Ben,' zei ze toen hardop. Hij wist dat hij in zee moest zijn, dacht ze toen. Een compressor om de lucht samen te persen voor de duikflessen. Geen generator voor elektriciteit, zoals ze eerst had gedacht. Ze had de termen door elkaar gehaald. Wat een muts was ze toch. Ze was er automatisch van uitgegaan dat de elektriciteit een probleem was geweest, zoals zo vaak in India. Verdomme, hij wilde gaan zoeken in zee en was dus gaan duiken. Maar dat was al dagen geleden. Zou er iets gebeurd zijn?

Ze zocht in het adresboek van haar mailprogramma en vond het adres van Bens broer. Ze wist dat Ben altijd veel contact onderhield met Joep. Ben was idolaat van hem en hield hem als enige altijd op de hoogte. Als hij in de problemen zat, zou Joep het moeten weten.

Ze had net de eerste zin getypt toen ze dacht dat ze buiten iets hoorde. Ze verstijfde.

40

Fenna keek tegen een zwarte duisternis aan. Zelf zat ze in een koepel van licht, dat boven op haar bureau scheen. Ze zag verder niets.

Snel knipte ze het licht uit. Ze had luxaflex voor haar grote ramen, maar de ramen voor haar terras waren onbedekt. Ze voelde zich opeens naakt.

Weer hoorde ze het. Gestommel op haar loopplank. Haar ogen konden nog niets onderscheiden. Wat moest ze doen? Ze liet zich van haar stoel op de grond glijden en kroop over de grond naar de gang. Haar hart klopte zo luid dat ze er zelf bang van werd. Wat deed ze hier midden in de nacht op de grond, zelfs over de grond kruipend, in de richting van die inbreker? Degene die laatst haar hele interieur door de mangel had gehaald, liep op haar loopplank en zij kroop naar hem toe! Bovendien had ze de documenten hier, op tafel, in haar boot. Ze leek wel niet goed wijs. Ze moest de politie waarschuwen!

Opeens voelde ze haar boot bewegen, een teken dat er iemand op de gangboord was gaan staan. Shit, shit, shit, dacht ze benauwd. Toen bedacht ze dat ze alle deuren van de boot driedubbel op slot had gedaan, alle grendels vastgezet had en ook de openslaande deuren verankerd had alsof ze de grootst mogelijke storm moesten doorstaan. Dus die vent kon niet binnenkomen!

Tenzij…? Er was natuurlijk altijd de mogelijkheid om haar ramen in te gooien, maar dat maakte dan ook meteen zo'n herrie dat de hele buurt wakker zou worden. Dat zou hij vast niet doen. Toch?

Ze lag plat op de grond bij haar bureau en een zenuwachtige kriebel drong omhoog. Ze begreep opeens hoe Tara zich gevoeld moest hebben op die middag dat de man op vrij eenvoudige wijze binnengedrongen was. Maar nu was er nog niet eens iemand binnen en ze lag al te trillen.

Haar spieren volledig gespannen en haar ogen priemend in het donker wachtte ze af. Ze voelde elke trilling van haar boot, hoorde elke stap die de man zette, maar zag niets.

Dat veranderde echter op slag. Een schaduw kroop omhoog langs haar terrasdeur. Ze had geen gordijn dat de schaduw dimde. Sterker nog, ze zag de contouren van een man die zijn hand naar de klink uitstrekte.

Fenna sloeg een hand voor haar mond om de schreeuw tegen te houden. Haar ogen waren opengesperd en registreerden alles feilloos. De hand op de klink, de elleboog die omhoogkwam om kracht te zetten en daarna het stotend heen en weer bewegen om de deur met kracht te forceren.

Nee, nee! klonk de onderdrukte schreeuw hees in haar keel. Ze moest nu direct de politie bellen. Ze strekte haar hand uit om haar mobiel te pakken.

'Fenna,' hoorde ze opeens fluisterend. 'Fenna!' iets luider nu.

De angst week als een schaduw die door het licht verdrongen werd. Ze herkende de stem. Of vergiste ze zich? Ze kroop achter het bureau vandaan.

'Fenna, is alles goed?'

Ze stond op, haar hart sprong op en neer.

'John? Ben jij dat?' Fenna liep met een paar snelle passen naar haar terrasdeur en keek recht in het gezicht van haar buurman.

'Fenna! Alles oké?'

'Shit, John. Wat maak je me aan het schrikken.' Fenna strekte zich uit, schoof de grendel weg, haalde het pinnetje uit de stang, zodat de blokkering van de openingsstang wegviel, en duwde de deur open.

'Is alles goed, meid? Ik zag licht en...' De bezorgde kop van John kwam tussen de twee deuren naar voren.

Fenna schoot in een zenuwachtige lach. Gekke nieuwsgierige John, dacht ze. 'Wat ben ik blij je te zien. Kom binnen. Ik kon niet slapen.' Ze knipte een lamp aan.

'O, sorry Fenna. Ik moest piesen. Ja, weet je, ik moet er altijd even uit 's nachts. Dat heb je als je ouder wordt, hè?' begon John op zijn eigen uitgebreide manier uit te leggen. 'Maar ja, toen ik dus uit de plee kwam, zag ik dat er licht bij je brandde. Dat klopt niet, dacht ik bij mezelf. Vandaar dat ik maar effe kom kijken.'

'Fijn dat je het in de gaten houdt, John. Maar ik ben me helemaal wezenloos geschrokken. Ik dacht dat die inbreker was teruggekomen.'

'Ja, dat dacht ik dus ook. Ik geloof dat we mekaar een beetje bang hebben zitten maken, niet?'

'Ja, John. Dat is een ding dat zeker is. Ik ben blij dat jij het bent.'

'Nou, meid, ik gaat weer. En doe me een lol, duik lekker tussen de lakens. Ik kom er wel uit.' John draaide zich om en verdween in het donker. Opeens draaide hij zich weer terug. 'En schuif al die veiligheidsknoppies er weer goed op, hè? Truste!'

'Slaap lekker, John. En bedankt voor je goede zorgen.'

Toen alle grendels er weer op zaten, liep Fenna terug naar haar computer. Ze schreef de mail aan Bens broer en sloot toen af. Morgen maar verder, dacht ze. Morgen? Zo meteen al, zag ze op de klok.

41

'Vandaag?' Fenna keek vragend om naar Marjet, die achter haar aan de keuken in liep. Die knikte.

'Ja, mevrouw Ten Kate is al geholpen en ze mag vandaag naar de Adéla-Hoeve. Ik benijd haar wel een beetje. Verdorie, ík heb gewonnen, maar de een na de ander gaat vóór mij de operatiekamer in. De sporter is al geholpen en nu is mevrouw Ten Kate ook nog voorgegaan.'

'Dus ze gaat gewoon naar dat herstellingsoord? Je vertelde toch dat daar een probleem was?' probeerde Fenna te vissen.

'Dat is kennelijk opgelost, anders zou mevrouw Ten Kate daar niet heen gaan.'

'Daar zit wat in. Staat er voor jou al een datum gepland?'

'Ja, volgende week. Ze moeten natuurlijk voldoende tijd hebben om alle opnames te maken, dat begrijp ik ook wel.'

Dat begrip klonk niet door in haar stem, vond Fenna. Ze overwoog Marjet te vertellen over haar bezoek aan de Adéla-Hoeve en de ontmoeting met de zieke sporter, maar besloot dat maar niet te doen. Ze kon zich voorstellen dat Marjet al zenuwachtig genoeg was.

'Nou, mevrouw Ten Kate zal wel blij zijn. Volgens mij is die lachend onder het mes gegaan. Ik vind het een prachtig mens.'

'Ja, weet je wat ze tegen me zei?' vroeg Marjet.

Fenna wist dat ze geen antwoord hoefde te geven. Ze liepen met elk een kop koffie terug naar de kamer.

'Ze zei dat ze toch maar mazzel had dat ze terecht kon bij het neusje van de zalm op het gebied van de cosmetische chirurgie,' ging Marjet inderdaad verder.

'Volgens mij is het neusje van de zalm niet zo best.'

'Huh, wat bedoel je? De Witte Lotus staat erg goed bekend. Het is niet voor niets dat het tv-programma deze kliniek heeft uitgekozen.'

'Ik heb liever een stukje zalmfilet dan een stukje zalmneus,' zei Fenna onverstoorbaar.

'Ach, barst,' zei Marjet lachend. 'Jij ook met je uitdrukkingen.'

'Zal ik je eens een nieuwtje vertellen?'

Ze zag dat Marjet haar boven haar koffiekop vragend aankeek. Het steile haar hing strak langs haar gezicht.

'Ik heb morgenmiddag een afspraak met die fantastische zalmneus van je.'

Het gezicht van Marjet kwam omhoog. Haar wenkbrauwen trokken zich samen in een diepe denkrimpel.

'Ik ga morgen naar De Witte Lotus,' verduidelijkte Fenna.

'Zeker voor dat artikel van je.'

'Nee. Er is door de psychologe van jouw televisiecrew een afspraak voor me gemaakt.'

'Door Rachel? Maar hoe ken je die dan?'

'Ach, die kwam ik toevallig tegen,' praatte Fenna er snel overheen. 'En we maakten een praatje. Psychologisch goed onderbouwd en heel opwekkend. Ze gaf namelijk aan dat ik er veel beter uit zou zien als ik een ooglidcorrectie zou laten doen. De afspraak was al gemaakt voordat ik met die zware oogleden kon knipperen.'

'Ik zei toch dat we samen die operatiekamer in zouden worden gereden? En je merkt dus nu zelf ook dat de benadering van zo'n privékliniek heel wat anders is dan die duffe artsen van het ziekenhuis. Geen medische indicatie... Pfff. Stelletje conservatieve klojo's.'

Fenna hoorde de veroordeling die voor David bedoeld was. Ze wilde reageren en hem verdedigen, maar hield zich in.

* * *

Zoals Fenna had verwacht reageerde Joep, de broer van Ben, snel. Ook hij had al een tijdje niets gehoord van Ben. Hij gaf zelfs aan dat hij zich ook zorgen begon te maken omdat het wel een record was. Normaal schreef Ben hem op zeer regelmatige basis een mail, gewoon bijkletsen, het uitwisselen van ervaringen, of soms om wat te vragen zoals laatst over de medische bevoegdheid van Mark.

Hij zou erachteraan gaan.

42

'Mevrouw Faassen?' Het symmetrische gelaat van dokter Van Zanten stak om de deur. Fenna schrok op. Ze was aan de beurt. Ze was er nog niet uit of ze zou beginnen over het artikel of over een eventuele operatie. De beslissing werd haar uit handen genomen doordat de arts direct het woord nam.

'Oogleden, zie ik?' Toen pas keek hij op van zijn papieren.

'Dat klopt,' zei Fenna. Alsof ze wat anders kon zeggen, dacht ze een beetje gepikeerd.

'Eens even kijken...' Hij stond op. De man gaf haar verschillende opdrachten – ogen open, ogen dicht, wenkbrauwen optrekken – die ze braaf en zwijgend opvolgde. 'Ik denk dat het inderdaad een wenselijke ingreep is.' Hij legde uit wat hij zou gaan doen. 'U kunt vast al snel terecht.'

'U bedoelt voor de operatie?' vroeg ze dom.

'Ja, het is slechts een kleine incisie, wat weefsel verwijderen en een nette hechting, daarna zult u weer open de wereld kunnen aanschouwen.'

'Vindt u het een overdreven verzoek? Ik bedoel, begrijpt u waarom ik deze ingreep wil?' Fenna besloot via een omweg achter de informatie te komen voor haar artikel.

'Natuurlijk, mevrouw. Niet iedereen is behept met een natuurlijke schoonheid. En de leeftijd gaat natuurlijk een rol spelen. Als ik kan helpen met een klein steuntje in de rug, dan is dat toch prachtig.'

'Ik zit al zo lang met dit probleem, maar durfde er niet mee naar een ziekenhuis te gaan, bang om weggestuurd te worden. Of erger nog, dat ze me eerst een afspraak met een psycholoog hadden laten maken.' Fenna loog de boel lekker bij elkaar. Ze kroop een beetje in de huid van Marjet om het gesprek aan te dikken.

'Een psycholoog voor zo'n kleine ingreep. Nee, belachelijk. Bovendien is een psychologische behandeling langdurig. En hoe langer de weg in de medische molen, hoe kostbaarder die is voor de patiënt.'

'Maar een privékliniek is ook niet goedkoop,' bracht Fenna er gemaakt verontwaardigd tegen in.

'Door een gerichte behandeling zijn we heus niet duurder. En een nieuw uiterlijk kan een verrijking van uw leven zijn. Dat is toch heel wat waard?'

'Dus dat mensen laten snijden in hun gezonde lichaam vindt u geen psychische stoornis?'

'Nee, meestal niet. Bovendien heb ik er niets aan om psychisch zieke mensen te behandelen. Voor hen is niets goed genoeg. Zelfs perfectie niet. Die zullen altijd iets nieuws vinden om aan te laten passen.'

'Dus die worden er niet gelukkiger van,' stelde Fenna vast.

'Je kunt van tevoren nooit met zekerheid zeggen of iemand echt gelukkiger wordt van een ingreep, maar dat kunnen psychologen ook niet. Maar ik zou me als ik u was niet zo veel zorgen maken. Dit is echt maar een kleine ingreep. Binnen een paar weken trekken de littekens weg en ziet u er jaren jonger uit.' Hij zweeg en keek haar afwachtend aan. De plastic glimlach leek vastgeplakt op zijn gezicht. 'Dus...? Zal ik u maar op de lijst zetten?'

Fenna stemde toe. Het was inderdaad maar een klein sneetje, en dan toch jaren jonger, dat kon toch niet verkeerd zijn. Ook al beweerde David wat anders.

Toen ze langs de receptie liep, kwam ze Rachel tegen. Ze vertelde dat ze zich op de operatielijst had laten zetten.

'Dat is mooi. Je zult zien dat het je goed zal doen,' zei Rachel.

'Dus geen psychologisch gesprek om een opener blik te krijgen?' kon Fenna niet nalaten te zeggen.

Rachel gooide haar hoofd achterover en lachte. 'Nee, in dit geval kan ik met gesprekken niets oplossen.'

'Hoe gaat het met die zieke man in het hotel?'

‘O, meneer De Jong. Die is volledig opgeknapt. Hij is zelfs al naar huis. Die fietst straks als een knappe *dandy* rond.’

‘Gelukkig. Hij was er echt beroerd aan toe.’

‘Ja, ik schrok daar ook van. Maar het schijnt gewoon te zijn dat er na een operatie een terugslag komt. Dat vertelde Raoul me.’

Ze namen afscheid en even later zat Fenna in haar auto terug naar huis. Ze was blij dat de sportman weer opgeknapt was.

De woorden van de arts hadden echter ook een onrust in haar losgemaakt. Een tweestrijd. Haar gevoel voor de persoon David vocht met de ideeën van de arts David Cohen. Hij had Marjet eerst naar een psycholoog gestuurd. Met welk doel? Wilde hij haar in een langdurige medische molen laten meedraaien? Waarom niet gewoon een operatie? En waarom was David zo negatief over privéklinieken? Alsof in de meeste klinieken prutsers werkten. Hoe kon ze uitzoeken of daar wat achter zat? Zou ze de broer van Ben kunnen vragen om wat over David uit te zoeken?

* * *

WéJé was blij dat zijn spreekuur klaar was. Het gesprek met de journaliste had hij netjes afgerond, vond hij zelf. Geen teken dat hij haar naam herkende. Het was gewoon een open gesprek.

Maar zij had net gedaan of ze voor een consult kwam. Op geen enkel moment had ze aangegeven dat ze journaliste was en over zijn kliniek een artikel wilde schrijven. Achterbaks. Ze had vreselijk zitten vissen. Normaal zou hij nooit zo uitgebreid antwoord hebben gegeven aan een cliënt.

Hij zag dat zijn handen licht trilden. Spanning, het meest voor de hand liggend.

WéJé besloot slechts een klein slokje te nemen. Hij moest straks nog wat kleine ingrepen uitvoeren, dus hij kon zichzelf niet te veel toestaan. Hij wist exact wat hij kon hebben.

Hij pakte de fles, die verleidelijk op zijn zij in de kast lag, en zakte onderuit in zijn stoel.

Hij dacht terug aan het korte onderzoek van haar oogleden. Dat kwam goed uit. Ogen dicht, had hij haar opgedragen. Zijn eigen ogen waren als razende zoekmachines aan het werk gegaan. Maar hij had geen Indiase papieren gevonden. Niet in haar schoudertas. En haar notebooktas had hij noodgedwongen met rust moeten laten. Te opvallend.

De teleurstelling was hij nu aan het wegslikken. Misschien waren de documenten op dat moment wel binnen handbereik geweest, maar hoe had hij dat moeten aanpakken? Hij was arts, geen tasjesdief.

'Verdomme,' riep hij voor zich uit. De frustratie kwam terug. Hoe dichtbij... en nu was de kans weer weg. Had hij toch maar... Zijn gedachten maakten hem gek. Raoul moest ingrijpen. Die was gebouwd voor dit soort zaken. Zelf was hij een simpele arts, die alleen maar...

De scherpe invloed van de alcohol liet zich gelden. Oplossingen die net nog ver weggedoken zaten, kwamen nu opduiken. Problemen vertroebelden en hij zag beelden van een vrouw op een tafel met de ogen gesloten. Hij kreeg een scalpel aangereikt en naderde haar gezicht.

Hij liet zijn hoofd achterover zakken en grijnsde. Daarna lachte hij voluit en greep het operatierooster.

* * *

Fenna had Joep direct een mail gestuurd. Misschien kon hij achterhalen of er een reden was voor de antipathie van David tegen privéklinieken. Mensen die vakmatig met het medische vak bezig waren, hadden vaak ook hun eigen informatiebronnen. En aangezien Ben had verteld dat Joep redacteur was bij het *Nederlands tijdschrift voor geneeskunde*, was hij een mooie ingang.

Ze staarde naar haar scherm waar het antwoord van Joep te lezen was. Simpele zinnen met een harde waarheid. Dit had ze nooit verwacht.

43

De dagen vlogen voorbij. Alsof er geen vierentwintig uren maar slechts een kwart van dat aantal te besteden was.

De verjaardag van haar moeder was rustig verlopen. Het was heerlijk geweest om al haar kinderen weer om zich heen te hebben. Tijdens het rustuurtje van haar moeder hadden ze een lange boswandeling gemaakt. Ze hadden gedold en herfstbladeren naar elkaar gegooid totdat ze allemaal zand in hun kleren hadden zitten. Het maakte niet uit, het waren heerlijke momenten. Simpel genieten.

Maar daarna barstte de drukte weer los. Fenna had een paar deadlines en was blij dat alle andere zaken even niet om aandacht gilden. Wel had ze alle tijd genomen om met haar dochter te praten over het verzamelen van bewijzen tegen de jongen op school. Daarna was Tara rustiger geworden. Ze vertelde dat ze hem zo veel mogelijk probeerde te negeren. Maar omdat hij bij haar in de klas zat, was het naar school gaan erg confronterend. Toch kreeg Fenna het idee dat ze weer in haar velletje kroop. De normale koppige buien staken de kop weer op, met de vertrouwde 'je begrijpt me toch niet'-aanvallen. Maar ze werden nu afgewisseld met de normale gezelligheid die er altijd tussen hen geweest was. De sfeer was dus verbeterd.

De vorige dag had Fenna haar artikel over het *hospital* ingeleverd. Het had haar veel innerlijke gevechten gekost. Maar ze had uiteindelijk besloten om niets over de waarschijnlijk onfrisse activiteiten van Mark te schrijven. Mocht er meer bekend worden, dan kon ze daar later altijd nog op terugkomen. Voorlopig had ze het nobele streven benadrukt.

Ze had net de laatste hand gelegd aan het artikel over de kruiden. Het was een gevecht met woorden geworden. Het was haar eerst niet gelukt om de goede toon te vinden. Tot ze uiteindelijk een mooie ingang had gevonden in de ayurveda, de oosterse ontspanningstherapie. Dat 'ayus' leven en 'veda' kennis betekende had haar een mooie titel opgeleverd, 'De kruidige kennis van het leven'. Een foto gaf bijna geurend beeld aan het artikel.

Net toen ze op *send* had gedrukt, hoorde ze de sleutel in het slot. De deur zwaaide open en Tara draaide met al haar energie de rust de nek om.

'Mam, gelukkig ben je thuis,' klonk haar opgeluchte zucht. Ze had blosjes op haar wangen en haar lange haar zat behoorlijk in de war.

Er drong een diepe ongerustheid door in elk weefsel dat Fenna ook maar kon voelen, totdat ze de blik van haar dochter zag. Haar zwart opgemaakte ogen straalden en haar volle lippen krulden zich op tot een glimlach.

'Wat is er, meisje? Vertel.'

'Ik denk dat het allemaal opgelost is,' zei Tara, terwijl ze Fenna naast zich op de bank trok.

'Wat is er gebeurd?'

'Ik heb met hem gepraat. Ik ben gewoon op hem afgestapt en heb duidelijk aangegeven wat ik van de hele zaak vond,' zei Tara. De trots blonk van haar gezicht.

'Hielp dat?'

'Nou ja, het ging iets anders. Ik heb hem eigenlijk omgekocht. Ik heb hem geholpen met een paar verslagen voor maatschappijleer en economie. Ik weet dat hij daar een grondige hekel aan heeft. Hij moest me in ruil daarvoor beloven om dat filmpje weg te gooien.'

Fenna wist niet hoe ze moest reageren. Zou haar dochter echt zo naïef zijn dat ze dacht dat die jongen zich daaraan zou houden?

'Ik weet wat je denkt, mam,' ging Tara verder. 'Je denkt toch niet dat ik gek ben, hè? Ik heb hém nu in de tang. En dat weet hij. Als hij ook maar iets met dat filmpje doet, ga ik doorgeven dat zijn verslagen gejat zijn. Ik heb namelijk hele stukken van het net gekopieerd en zonder enige wijziging in zijn verslagen opgenomen, en dat mag niet. Dat is fraude. Hij heeft ze al onder zijn naam ingeleverd, dus als ze daarachter komen krijgt hij een paar vette onvoldoendes en blijft hij waarschijnlijk zitten.' De triomfantelijke blik was goud waard. Tara had de rollen omgedraaid en had de macht overgenomen.

'Weet hij dat hij dat risico loopt?'

'Ja, inmiddels wel. En hij weet dat ik niet zal aarzelen om hem te naaien. Je had zijn gezicht moeten zien.'

'Meisje, ik ben trots op je,' zei Fenna.

'Hé mam, niet janken.'

'Nee, niet janken,' zei Fenna toen en ze haalde haar neus op. 'Dit moeten we vieren.'

Tara veerde direct van de bank op.

'Even mijn computer afsluiten, dan gaan we,' zei Fenna. Tijdens het geratel van haar pc zag ze de envelop liggen die ze die ochtend had ontvangen. Rond de bloem die de envelop sierde stond in strakke letters: DE WITTE LOTUS. Later, dacht ze, toen ze de op en neer hippende benen van haar dochter zag.

Toen ze even later uit de auto stapten, gaf Tara haar een arm. Dit was belangrijk. Haar kinderen, en hun gezondheid en geluk, die stonden bovenaan. Al dat gezeik over het liften van oogleden, het rechtzetten van neuzen en het laseren van ogen kwam nu over als achtergrondgeneuzel. Waar maakten mensen zich druk om?

'Hoe gaan we het vieren, mam?'

De stralende blik was voor Fenna eigenlijk al genoeg. Maar voor Tara moest er iets tastbaars tegenover staan, vond ze.

'Een stuk chocoladetaart van Bakkerij Bult,' zei Fenna, terwijl het speeksel al begon te stromen.

'Hè ja, mam. Lekker.' Samen wiegden ze heup aan heup naar het pand waar ze volgens Fenna de lekkerste taarten ter wereld verkochten.

44

Fenna draaide de brief om en om tussen haar vingers. Ze wist dat ze een beslissing moest nemen. Het genoemde tijdstip kwam nu zo dichtbij dat ze misschien niet eens meer af kon zeggen. Van uitstel kwam afstel?

Ze liep voor de zoveelste keer naar de spiegel en bestudeerde haar ogen, die zich verschuilden achter de kleine brillenglazen. Kraaienpootjes schoten vriendelijk alle kanten op en gaven haar leeftijd weer. Geen probleem, toch?

Ze liep weer terug naar haar hoekje op de bank. Een simpel sneetje, beetje weefsel verwijderen en dichtnaaien. Meer was het niet, had de arts gezegd. Was het echt zo simpel? Ze dacht terug aan de protesten van David. Risico's die kleefden aan elke ingreep. En natuurlijk aan de mail van Joep, met de schokkende mededeling.

Weer keek ze naar de voor haar gemaakte afspraak, steriel uitgedrukt in zwarte letters op wit papier. Ze dacht aan Marjet, die al zo lang wachtte op zo'n brief. Die al jaren dezelfde wens koesterde.

Ze kon sowieso niet voorgaan, dat kon ze niet maken tegenover haar vriendin. Ook al had Marjet er zelfs de grap van ingezien als ze samen de operatiekamer in gereden werden. En buiten dat, Fenna durfde een operatie toch niet aan. Snijden in een gezond lichaam. De risico's waren misschien wel erg groot. Ze pakte resoluut de telefoon en zegde de afspraak af.

'Het kan wel even duren voordat u een nieuwe oproep krijgt, mevrouw Faassen,' zei de vriendelijke telefoniste. 'Het is momenteel erg druk in de kliniek.'

'Geen probleem,' zei Fenna uit de grond van haar hart.

* * *

De dag vergleed. Klusjes klitten samen tot een complete werkdag. Zelfs de avond leverde geen opzienbarende zaken op. David belde vroeg in de avond. Hij gaf aan dat hij dit weekend tijd voor haar zou vrijmaken. Het klonk als een belofte, maar Fenna had een dubbel gevoel.

'Mam, ik ga slapen,' kwam Tara om de hoek van de kamer zeggen. Fenna wierp gewoontegetrouw een blik op de klok.

'Dat is goed, lieverd,' zei ze. Ze klapte haar boek dicht. 'Ik duik er ook zo in. Morgen lekker uitslapen. Heb je nog afspraken?'

'Nee, niets.'

'Welterusten meisje.'

Op dat moment ging de telefoon. Ze keken elkaar verbaasd aan. Zo laat belde er normaal niemand meer.

Fenna nam op. Een snelle, hoge stem klonk aan de andere kant. Het duurde even voordat Fenna doorhad wie het was. Daarna gaf ze een seintje aan Tara om aan te geven dat het voor haar was. Ze zag dat Tara naar haar kamer vertrok.

'Wat is er precies aan de hand met uw moeder?' vroeg Fenna toen.

'Het gaat helemaal niet goed met haar. Ze heeft buikkrampen en enorme diarree. Ze houdt echt niets binnen.' De stem klonk klagend.

'Zijn er geen artsen die het in de gaten houden?'

'De verpleger is geweest. Die heeft contact gehad met de dokter en nu heeft ze een infuus met vocht. Maar het gaat niet goed. Ze zeggen dat het normaal is, maar ik weet niet wat ik moet doen. Mijn moeder is oud en ik maak me grote zorgen.'

Dat was wel duidelijk, dacht Fenna. Alleen haar stem gaf dat al aan. Fenna had mevrouw Ten Kate leren kennen als een pientere, maar ook broze vrouw. Ze was zeker op een leeftijd dat heftige diarree een extra risico meebracht.

'Mijn moeder klaagt eigenlijk nooit,' ging de dochter verder, 'maar nu is ze bang en dat laat ze blijken ook. Ze vroeg me of ik u wilde bellen. Ze heeft er een rotsvast vertrouwen in dat u haar kan helpen. U weet er zo veel van, zei ze. Ze gaf me uw kaartje.'

Het was opeens stil aan de andere kant. Er werd wat van haar verwacht, begreep Fenna. Maar wat kon ze doen? Zij was geen arts.

'Waar bent u?' vroeg Fenna toen.

'Ik ben bij mijn moeder, in de Adéla-Hoeve.'

Fenna nam een beslissing. 'Ik kom naar u toe.'

De dankbaarheid van de dochter was al voldoende voor Fenna om haar beslissing door te zetten. Ze liep naar Tara's kamer en legde uit dat ze nog wegging. Even blonk er angst in Tara's ogen, maar ze hield zich groot.

'Hier is een briefje met de naam en het adres van het herstellingsoord. Leg je mobiel naast je bed. Als je wat hoort, bel je John. Ik zal nog even bij hem langsgaan, zodat hij weet dat ik weg ben. Verder niet opendoen, voor niemand,' gaf Fenna haar dochter instructies.

'Het zal wel goed gaan, mama,' zei Tara, moediger dan ze eruitzag. 'Doe jij ook voorzichtig?'

* * *

Het rimpelige gezicht was onherkenbaar door het verband rond haar hoofd en de opgezwollen ogen. Mevrouw Ten Kate was er niet op vooruitgegaan, dacht Fenna.

'Fijn dat u er bent,' zei Julie ten Kate. 'Mijn moeder is zo slap geworden.'

De klagende stem was nog hoger dan door de telefoon. Julie was een jongere versie van de oude vrouw, een onderkin en dikke oogleden.

'Mevrouw Ten Kate, ik ben Fenna, de journaliste van het tijdschrift,' zei ze op een te luide toon.

'Ogenblik,' zei de vrouw kreunend.

Julie keek Fenna vragend aan. 'Een ogenblik? Wat bedoelt ze toch?'

'*Ogen-blik*, dat is de naam van het tijdschrift waar ik voor werk,' legde Fenna uit. Ze wendde zich weer tot de vrouw. 'Ik zal u proberen te helpen. Hebt u speciale medicijnen?'

'Pil,' zei de vrouw zacht. 'Neem...' de vrouw kuchte even. De rochel was akelig om aan te horen. 'Neem-Complex,' zei ze opeens helder.

Fenna keek verbaasd op. 'Neem-Complex?' herhaalde ze.

De vrouw knikte en een nieuw gehoest kondigde zich aan.

Julie pakte een vochtig washandje en koelde het voorhoofd van haar moeder. 'Daar heeft ze het al de hele avond over. Maar ik begrijp niet wat ze wil.'

Fenna negeerde de opmerking. De naam was haar akelig bekend. Ze had hem zwart op wit op meerdere plaatsen in de documenten uit India zien staan. De medicijnen uit India, die daar op meerdere patiënten getest waren. Het middel uit India werd dus al aan de patiënten van De Witte Lotus gegeven.

Even kwamen de vreemde ziektegevallen in haar gedachten op, eerst de overleden bibliothecaresse en daarna de sporter. En nu ook nog deze oude vrouw. Maar de sporter was hersteld, en was gezond en wel naar huis. Geen enkele aanwijzing dus dat het middel niet goed zou werken. Bovendien waren er zo veel experimenten uitgevoerd in India. Deze medicijnen waren aan alle kanten getest, zelfs op mensen. En David had gezegd dat infecties of koorts wel vaker voorkwamen na een operatie.

Ze probeerde zich de informatie uit de documenten voor de geest te halen. De neemboom met zijn herstellende vermogen van de huid, natuurlijk fantastisch na een cosmetische operatie. Daarna de plant waarvan de naam met een G begon. Die bevatte weerstandversterkende stoffen. En dan de vruchten die goed zouden zijn voor de darmfuncties. Darmfunctie? Dat moest ze hebben. Het Neem-Complex.

'Mevrouw Ten Kate? Heeft u die pillen hier?' Fenna boog zich ver over de zieke vrouw heen. Er kwam geen antwoord. Een diepe kramp zorgde voor een samentrekking van het broze lichaam en ze stootte een pijnlijke zucht uit haar keel.

'Heb jij enig idee?' vroeg ze aan Julie. 'Heeft ze ergens een voorraadje?'

Julie haalde vertwijfeld haar schouders op. 'Ik weet niets van pillen. Ik heb echt geen idee. Maar ik denk dat je dat wel aan Raoul, de verpleger, kunt vragen.'

Fenna wist genoeg. 'Blijf bij je moeder. Ik ga op zoek.'

Ze liep de kamer uit en de gang in. Het was intussen al midden in de nacht en de gangen waren donker. Een rood lampje verraadde de plaats van de lichtknop. Fenna drukte erop en opeens baadde de gang in het licht. Tijdelijk, wist ze.

Ze liep de gang uit en vond de pompeuze trap die beneden in de ruime hal uitkwam. Ze boog over de reling en zag dat ze geluk had. Het meisje, dat ze bij aankomst al had begroet, zat nog bij de receptie.

Heel zelfverzekerd daalde ze de trap af. Haar gedachten draaiden in de hoogste versnelling. Ze moest die pillen zien te bemachtigen. Ze dacht terug aan de opslagkamer die Rachel haar had getoond. Maar hoe kwam ze daar binnen? Een sleutelkaart vragen? Een leugentje om bestwil. Of bluffen.

'Hallo, kun je me misschien helpen?' begon Fenna.

Het meisje zat televisie te kijken, opzij van de balie.

'O, was u nog niet naar huis?' Het meisje duwde haar bril wat hoger op haar wipneus. 'Hoe gaat het nu met mevrouw Ten Kate?'

'Daar kom ik voor. Het gaat niet best. Ze heeft enorme darmkrampen. Ik maak me echt zorgen. Ze is ook al zo oud.'

'Ik kan kijken of Raoul nog in het hotel is?'

'Kan er niet beter een arts komen?'

'U hebt denk ik gelijk. De vorige keer...' Het meisje schrok en sloot haar mond.

'Ja, dat was met die vorige vrouw ook gebeurd, hè? Ik weet er alles van, Rachel Cando heeft me later alles verteld,' loog Fenna.

'Ja, afschuwelijk. Ik durfde niets te zeggen. Ze hebben volgens mij veel te lang gewacht. De dag nadat ze hier aangekomen was, begon die ellendige diarree. Alles zat onder. Je had de schoonmaaksters moeten horen.'

'Ja, het is vreselijk,' deed Fenna mee. 'Maar ik weet dat er pillen in de opslagruimte liggen die de diarree kunnen onderdrukken. Rachel heeft me die zelf laten zien. Ze zei nog tegen me: "Als we deze pillen nou direct hadden kunnen geven, dan had die arme vrouw nog geleefd." Maar als jij me nu de sleutelkaart geeft van de opslagruimte, dan hoeven we helemaal niemand uit bed te bellen. Ik weet waar de pillen liggen. Mocht het over een uurtje nog niet beter gaan, dan kunnen we alsnog een arts bellen. Niemand hoeft het te weten.'

Het meisje leek even te aarzelen, maar al snel draaide ze zich om en pakte een sleutelkaart van het rek. 'Hier, tegenover kamer elf, maar dat weet u dan zeker wel.'

'Ja, dankjewel. Ik breng de kaart zo terug.' Fenna draaide zich om en dwong zichzelf om zo rustig mogelijk de trap op te lopen.

45

Even later stond Fenna voor de opslagruimte. Ze keek schichtig heen en weer en opende toen de deur.

Het rook muf in de kamer, net of er al dagen niet gelucht was. Snel liep ze de kamer in, en sloot de deur achter zich. Voor de ramen hingen luxaflex en overbodige gordijnen. In het duister zag Fenna de behandeltafel als een marteltafel in het midden staan. Een prikkeling jengelde langs haar ruggengraat naar beneden. Ze knipte het licht aan en het akelige beeld vervaagde.

De kast met medicijnen stond achter de tafel. Haar ogen schoten over de etiketten. Pijnstillers en verbandmiddelen in overvloed. Niets oosters te bekennen. Toen zag ze onderin een doos staan. De krullerige letters waren bekend maar volslagen onleesbaar. Voorzichtig zette ze hem op de behandeltafel.

Het was een vreemde gewaarwording dat ze nu oog in oog stond met de middelen die in India in het *hospital* vervaardigd waren. Ze dacht terug aan Ben en aan hoe hij zijn neus bijna plat tegen de ruit van het laboratorium had gedrukt. Daar waren ze waarschijnlijk ontwikkeld, bedacht Fenna.

De doos was halfvol. Ze pakte een doosje en draaide het om. 'Collageen-Complex' stond op het etiket. Ze keek erin. Verpakte stukjes gaas, daar leek het tenminste op. Dat had ze niet nodig, dacht ze en ze legde het terug.

Meerdere glazen potjes stonden naast elkaar onder in de doos. 'Neem-Complex' stond op een etiket. Die moest ze hebben. Ze greep een potje en deed snel de doos dicht en zette hem terug. Ze had geen tijd om verder te kijken. Mevrouw Ten Kate nog minder.

Voordat ze de kamer uit ging, keek ze de gang af. Niemand, gelukkig. Ook al had ze de sleutelkaart officieel gekregen, toch voelde ze zich niet op haar gemak.

Ze liep de gang door en sloeg de hoek om. Hier ben ik de sporter tegengekomen, bedacht ze, terwijl ze zacht maar haastig doorliep. Opeens stopte ze abrupt en keek achter zich. Ze had voetstappen gehoord, daar was ze zeker van. Maar de gang was leeg en duister.

Eerst maar beneden de kaart teruggeven. Ze wilde sowieso voorkomen dat het meisje van de receptie in de problemen zou komen.

Ze daalde de majestueuze trap af naar de receptie. Het voelde vreemd na haar heimelijke bezoek aan de opslagruimte om nu open en bloot in het volle licht naar beneden te lopen.

'Gelukkig dat u terug bent,' zei het meisje, terwijl ze schichtig naar de trap keek. Haar springerige haar zat wilder dan eerst. 'Raoul bleek nog niet naar huis te zijn en kwam naar de sleutelkaart vragen. Ik moest een smoes bedenken.'

Fenna schrok. Raoul, de tedere kleerkast. De kale verpleger, die de sporter had opgevangen. Was hij degene geweest die ze in de gang had horen lopen?

'Wat heb je gezegd?'

'Ik heb gezegd dat mevrouw Cando de sleutelkaart niet had teruggegeven en dat de kaart misschien op haar kamer lag. Wat moest ik anders? Ik kon hem toch niet vertellen dat u daar was om pillen te pakken?'

'Nee, ik denk dat je de juiste beslissing hebt genomen,' stelde Fenna haar gerust. Toen dacht ze aan de voetstappen. Ze had de verpleger zo in de armen kunnen lopen. Een rilling liep over haar rug.

'Ik breng eerst de pillen naar mevrouw Ten Kate en ga dan naar huis. Misschien kun je Raoul vragen om straks nog even bij haar te gaan kijken. Mochten de pillen toch niet aanslaan, dan kan hij er een arts bij roepen.'

'Ja, dat zal ik doen,' knikte het meisje ijverig.

In een veel hoger tempo dan net beklom Fenna de treden.

Julie pakte de pillen dankbaar aan en gaf er maar direct twee aan haar moeder. Fenna geloofde dat het positieve effect van de pillen op de darmfunctie goed getest moest zijn, ook al was de manier waarop op zijn minst discutabel. Fenna nam afscheid, ze kon hier verder niets doen. Ze drukte Julie op het hart om er vooral een arts bij te halen als de toestand van haar moeder in het komende uur niet verbeterde of zelfs verslechterde.

Bij de trap gekomen hoorde Fenna luide stemmen van beneden komen.

Ze boog zich over de balustrade. Onder zich zag ze Raoul tegenover de balie staan. 'Jij moet jouw werk doen en ik het mijne! Je hebt niets met onze spullen te maken, verdomme!' Fenna hoorde een kletsend geluid, gevolgd door een hoge gil van pijn.

Shit, die vent had losse handjes. Ze moest haar helpen.

'Ik zal dat wijf te pakken krijgen,' hoorde ze hem verder schreeuwen. 'Een nieuwsgierige journaliste is het laatste wat we hier nodig hebben. En probeer haar maar niet te waarschuwen, want dan kom ik terug! En dan was dit een aai vergeleken met wat je dan te wachten staat!'

Een hoog gehuil galmde over de marmeren treden naar boven.

Fenna deinsde terug. Ze moest maken dat ze wegkwam, maar de enige uitweg naar buiten was geblokkeerd. Ze hoorde stampende passen naar boven komen. Weg, ze moest weg!

Waar moest ze heen? Ze draaide zich resoluut om. Een nooduitgang. Aan de uiteinden van de twee vleugels moesten nooduitgangen zijn, en een brandtrap. Het gehamer op brandveiligheid was hoteleigenaren altijd een doorn in het financiële oog, maar wel een eis waar ze volledig aan moesten voldoen om hun vergunning te kunnen behouden. Dat was haar redding.

Vastberaden begon Fenna te lopen, zacht maar snel. De eerste bordjes met UITGANG die ze tegenkwam wezen terug naar de trap. Natuurlijk, de kortste route naar buiten. Ze moest verder.

Bij de eerstvolgende zijgang ontdekte ze het bekende witte mannetje dat stil rende over een groene achtergrond. Die moest ze hebben. Algauw kwam ze bij een deur met een horizontale stang. Een pijl wees naar beneden.

Het was nog stil achter haar. Ze duwde de stang naar beneden en was gigantisch opgelucht dat de deur openging. Hoe vaak zaten nooduitgangen niet op slot? Ze moest er op dit moment niet aan denken. Er was dan wel geen brand, maar de vurige kwaadheid van een opgepompte verpleger was minstens zo erg.

Een metalen wenteltrap kronkelde een donkere afgrond in. Fenna aarzelde een kort moment, maar begon toen al draaiend af te dalen. Op het moment dat ze het gras onder zich zag verschijnen hoorde ze gestommel op de trap, waarna het metalen gevaarte trillend aangaf dat zich nog iemand op de trap bevond. Fenna versnelde. Nog twee treden en ze sprong op het gras. Ze nam geen tijd om zich te oriënteren, maar rende weg. Weg bij de trap, weg bij het hotel. Ze vluchtte een breed pad in dat naar de zijkant van het hotel leidde.

Toen ze besefte dat ze de verkeerde kant op was gegaan, was het te laat. Raoul belemmerde de mogelijkheid om terug te gaan naar de parkeerplaats, waar haar Smart stond te wachten.

'Ik kom je halen! En als ik je heb...' Een sardonische lach klonk door de nachtelijke duisternis.

Fenna liep gebukt door. Een hek blokkeerde opeens de doorgang. Ze kon nergens heen. Verdomme, dat kon toch niet waar zijn?

Ze onderscheidde in het weinige licht een sluippaadje dat langs het hek liep. Het was in de duisternis nauwelijks te zien. Ze keek nog een keer achterom en dook het paadje op. Ze duwde de struiken opzij en snelde voort. Weg!

Een tak met stekels striemde langs haar mouw. In een reflex trok ze haar arm terug, maar de tak bleef haken en trok haar jas kapot. Ze besteedde er geen aandacht aan maar rende verder.

Raoul wist vast de weg in dit bos, terwijl zij heg noch steg kende en bovendien gezegend was met het typische vrouwelijke oriëntatiegevoel. Binnen *no time* had ze geen idee meer welke kant ze op moest. Dit kon niet werken. Ze moest stil zijn en zich verstoppen. De tijd was haar enige kans. Tijd en geduld. Als Raoul haar niet kon vinden zou hij zeker teruggaan en dan kon zij ontsnappen. Zacht sloop ze verder, af en toe luisterend of ze iemand achter zich aan hoorde komen. De herfstbladeren maakten zo veel geluid onder haar voeten dat ze de natuur vervloekte. Hoe kon ze op die manier ooit stil door het bos sluipen? Ze moest op zoek naar een goede plek om zich te verbergen.

Het begon te regenen, zacht en miezerig. Opeens zag ze een bouwwerk van takken voor zich opdoemen. Het was zo'n hut van padvinders, die voor hun spelactiviteiten vaak diep het bos in trokken. Ze kroop naar binnen en ging op haar hurken zitten. De regen druppelde er gestaag doorheen, zich niets van de takken van het bouwwerk aantrekkend.

Fenna zat stil en spitste haar oren. Het onregelmatige gedrup van de regen en de suizende wind klonken onvoorstelbaar luid in de nacht. Ze hield het zeker vijf minuten uit, daarna kwam er een angstaanjagende gedachte in haar op. In deze hut zat ze volledig afgesloten en hoorde of zag ze niemand aankomen. Het leek wel een bescherming, maar het was schijnveiligheid. Bovendien was deze hut bij iedereen die hier weleens een wandeling maakte, bekend. Een stomme plek om te kiezen als schuilplaats. Wat een sukkel was ze.

Ze sloop de hut uit. Zachtjes kroop ze weg tussen de druipende struiken op slechts een tiental meters van de hut.

Stil bleef ze wachten. De tijd ging voorbij zonder dat ze wat hoorde, haar jas was intussen doorweekt en begon te lekken. Ze kreeg het koud. Ze moest terug naar het hotel, waar ze kon proberen om ongezien bij haar auto te komen. Raoul had vast de zoektocht al gestaakt. En ze kon zich niet voorstellen dat hij de hele nacht op de parkeerplaats op wacht zou zitten.

Nu kwam het volgende probleem om de hoek kijken. Ze wist niet welke kant ze op moest. Haar richtingsgevoel was abominabel en ze had zelfs bij benadering geen idee. De enige mogelijkheid was om systematisch te gaan zoeken. Verdomme, waar was ze toch in verzeild geraakt?

Net op dat moment hoorde ze het knappen van een tak. Er was

iemand vlakbij. Fenna dook in elkaar en wachtte af. Ze was onzichtbaar, tenzij iemand toevalligerwijs door dit bosje struiken wilde lopen.

Fenna kon precies horen waar de ander was. Ze gluurde over de struiken heen en zag een brede gestalte gebukt voor het takkenbouwwerk staan. Raoul.

Ondanks haar benarde positie moest ze glimlachen. Mis poes. En opeens bedacht ze ook de oplossing van haar oriëntatieprobleem. Ze zou gewoon Raoul volgen. Ze moest voorzichtig zijn, dat wist ze, maar hij had geen idee dat zij zo dicht achter hem zou zitten, dat gaf haar een voorsprong.

Na een zenuwslopende tocht door het bos, waarbij ze hem zo stil mogelijk op een afstand volgde, zag ze de contouren van het hotel weer verschijnen. Hij had niets in de gaten gehad. Ze stopte en dook weg achter een bosje. De kou was enigszins verdrongen door de spanning. Maar nu ze weer stil en in elkaar gedoken zat, onbeschermd tegen de miezerregen die haar tot op het bot verkleumde, kon ze het rillen niet meer onderdrukken. Tot haar schrik zag ze echter dat Raoul op de trap bij de ingang ging zitten en een sigaret opstak. Ze kon het gloeiende puntje regelmatig zien oplichten.

En nu? vroeg ze zich af. Nu kon ze nog niet naar haar auto. Ze begon wanhopig te worden. Ze had het vreselijk koud en wist dat de man alleen maar geduldig hoefde te gaan zitten wachten om haar te pakken te krijgen. Ze kon niet weg zonder auto.

Opeens zag ze de oplossing voor haar probleem. Het was wel laat om iemand te bellen, maar dat kon niet anders. Ze werd anders doodziek hier in de natte kou.

Ze pakte haar mobiel en zocht het nummer van David.

'Ja?' klonk het onverwacht helder.

Fluisterend vertelde ze waar ze was en wat er allemaal gebeurd was. Ze was blij dat David direct aanbood om naar haar toe te komen. Hij wist het hotel wel te liggen, gaf hij aan. Verbaasd verbrak ze de verbinding en wachtte af.

46

Ze rilde alleen maar. Ze wilde net flink gaan bewegen om zichzelf op te warmen toen ze een auto hoorde aankomen. Ze kroop wat verder weg achter de struiken en zag een grote wagen stoppen. Het portier ging open en ze herkende de gestalte van David. De opluchting drong diep door de kou heen. Nu zou Raoul niets meer durven doen.

Ze stond stram op en voelde hoe stijf ze was. David liep naar de ingang, waar Raoul nog steeds zat te roken. Hun stemmen drongen tot haar door. Toen zag ze dat beide mannen naar binnen verdwenen. Slim van David, dacht ze. Het gaf haar de gelegenheid naar haar auto te gaan.

Ze liep linea recta naar haar Smart, die al die tijd zo aanlokkelijk dichtbij had gestaan. Dichtbij, maar onbereikbaar. Ze opende haar portier en ging zitten. Even overwoog ze om de motor te starten en de kachel hoog aan te zetten, maar ze hield zich in.

* * *

Ze had niet tegengestribbeld toen David haar vroeg om op te schuiven. Als ze zich niet zo hondsmoe had gevoeld had ze een gevatte opmerking gemaakt over de grote gestalte van David achter het stuur van haar kleine twoseater. Hij was waarschijnlijk gewend in een limousine te rijden, tenminste, als je zijn wagen vergeleek met haar Smart. Maar hij had de smaak snel te pakken gekregen en was met een noodvaart over de A12 naar het westen gereden.

Zodra ze in de woonboot waren ging ze allereerst naar Tara, die echter zo lekker lag te slapen dat Fenna het bijna jammer vond om haar wakker te maken. Zacht fluisterde ze dat ze weer thuis was. Een kreun met glimlach was het antwoord.

Daarna gaf ze zich over aan de zorgen van David. Zonder enige schaamte liet ze toe dat hij haar kleren uittrok en haar onder de warme douche zette. Door de tintelende warmte leken de angstige momenten te verdampen.

Even later zat ze met een warme kop thee naast hem op de bank en vertelde wat er precies gebeurd was. Hij luisterde geduldig zonder te onderbreken. Slechts één maal trok hij smalend zijn wenkbrauwen op, toen ze de pillen uit India noemde. Maar hij hield een reactie voor zich.

'En jij wilt je door deze mensen laten behandelen?' vroeg hij alleen maar.

Ze gaf geen antwoord.

'Denk je dat het stom was om naar buiten te vluchten?' vroeg ze slechts. Ze leunde gloeierig tegen hem aan.

David sloeg zijn arm om haar schouder en dacht lang na. 'Ik weet het niet. Toen ik de verpleger sprak, was hij rustig en beheerst. Maar zijn forse gestalte laat niets te raden over hoe hij zal reageren als hij in een staat van razernij is. Ik kan me voorstellen dat je dan liever vlucht. De keuze tussen de twee bekende acties "vechten" of "vluchten" was in jouw geval niet zo moeilijk. Je zou het nooit tegen hem hebben kunnen opnemen. En hulp kon je nergens verwachten. Het meisje achter de receptie leek hem ook niet te vertrouwen. Bovendien vertoonde haar gezicht behoorlijke striemen. Ze was bang voor hem, maar ik kon er op dat moment niets aan doen.'

'Ik wilde haar wel helpen, maar...' Ze schrok en ging rechtop zitten. 'Mevrouw Ten Kate. Heb jij nog gevraagd hoe het met haar ging?'

'Natuurlijk ben ik even gaan kijken. Ik schrok van de kracht die de krampen op dat oude lichaam uitoefenden. Bovendien had ze behoorlijke koorts. Haar dochter was in alle staten van bezorgdheid. Behalve de goede. Ze was lamgeslagen en zou nooit actie ondernomen hebben. Ik heb de receptioniste dus een ambulance laten bellen. In een ziekenhuis weten ze wat ze moeten doen.'

'Ik ben blij dat je meteen gekomen bent. Het was misschien wel stom van me om daar naartoe te gaan.'

'Ze had een dokter nodig of een verpleger die weet wat hij moet doen.'

'Het is wel opvallend dat mevrouw Ten Kate niet de eerste was.'

David draaide zich naar haar toe en fronste zijn wenkbrauwen.

'Ja, ze is zelfs de derde al die problemen krijgt na een ingreep.'

'Wat een stelletje kwakzalvers. Aanklooien met de gezondheid van mensen. Verdomme, daar kan ik me zo kwaad over maken. De juiste nazorg vergeten ze gemakshalve maar even. Tot er doden vallen, dan zullen ze wel anders gaan piepen.'

'Dat is dus ook al gebeurd,' zei Fenna.

'Al een dode? Het is echt een schande! Het ziektebeeld van dat oude mensje leek mij een overduidelijk geval van een infectie. In ziekenhuizen waart soms een bacterie rond, MRSA, die vooral toeslaat bij een verzwakte weerstand. Het is de schrik van alle ziekenhuizen omdat hij tegen veel antibiotica resistent is. Hij is dus moeilijk aan te pakken.'

'Maar dit is geen ziekenhuis, het is een hotel,' bracht Fenna zwakjes in.

'Het is wel een hotel, maar er worden ook mensen verpleegd. Mensen die verzwakt zijn door een operatie. De naam is dus misschien verwarrend.'

'Heb je dat ook doorgegeven aan de ambulance?'

'Dat is niet nodig. In het ziekenhuis zullen ze adequaat reageren. Ze gaan direct op zoek naar de infectiebron en geven de juiste antibiotica. Daar kun je van op aan.'

'Hoe sporen ze de oorzaak op? Ik bedoel, hoe weten ze of de boosdoener echt die bacterie is?'

'Ze maken een kweek van de ontlasting. Dan is het snel vast te stellen.'

'Maar hoe weten ze dat de oorzaak van de besmetting in het hotel ligt?'

'Waar zou het anders vandaan moeten komen?'

Fenna gaf niet meteen antwoord. Opeens waren er zo veel vragen. Ook over de pillen die in India ontwikkeld waren. Daar kon het ook aan liggen, dacht ze vertwijfeld.

'Kan het door verkeerde medicatie komen?' Eindelijk durfde ze haar angst onder woorden te brengen.

'Nee, dat geloof ik niet,' zei David gedecideerd. 'Het ziektebeeld leek duidelijk op een bacteriële besmetting. De vraag is alleen welke bacterie ervoor verantwoordelijk is. Maar dat zullen we snel genoeg weten. Ziekenhuizen testen dat soort zaken bijna standaard, en nu zeker. En wees gerust, ziekenhuizen zijn daarop ingesteld, in tegenstelling tot dit soort tweederangsklinieken en amateuristische verpleeginstellingen. Een hotel nota bene, als nazorginrichting van een operatie. Het zou echt verboden moeten worden. Mensen zouden beschermd moeten worden tegen dit soort kwakzalvers.' De zucht van David kwam diep uit zijn hart.

Fenna reageerde niet. De informatie die ze van Joep had gekregen bleef door haar hoofd spelen, maar leek zo tegengesteld aan wat David allemaal zei. Hij had alles voor zijn patiënten over en maakte zich kwaad over de slechte medische kennis van sommige klinieken. Hoe kon het dan dat David voor het medisch tuchtcollege was gedaagd? Hij had zelfs een officiële waarschuwing gekregen. Ze kon het niet rijmen.

'David? Waarom ben je voor het medisch tuchtcollege gedaagd?' De vraag was eruit.

Ze voelde dat hij verstrakte.

'Heb je navraag naar me gedaan?'

Fenna antwoordde niet.

'Heb ik je ooit verteld waarom ik plastisch chirurg ben geworden?'

Fenna schudde haar hoofd.

'Vrienden van mij hadden een dochtertje, toen twee jaar oud. Ik was vaak bij hen en was erg gesteld op dat meisje. Op een dag stootte ze tegen de arm van haar moeder, die net een kop thee had ingeschonken.' Het bleef even stil. Zijn ogen staarden in de verte. ‘De zijkant van haar gezichtje was getekend voor het leven. Er was een dokter die alles op alles heeft gezet om haar nog enigszins toonbaar te maken. Plastische chirurgie. Noodzakelijke operaties. Vanaf dat moment wist ik welke specialisatie ik zou kiezen.’

‘Is het goed gekomen met het meisje?’

‘Ja, het is een zeer zelfbewuste vrouw geworden. Misschien bezit ze niet de uiterlijke schoonheid die ze had kunnen hebben, maar ik vraag me af of ze anders zo goed in haar vel had gezeten.’

‘Dus dat zijn de mensen die jij wilt helpen,’ stelde Fenna vast.

Het bleef een tijd stil. Daarna ging hij met dezelfde monotone stem verder.

‘Een paar jaar geleden kwam er een vrouw bij me. Haar benen waren afschuwelijk verminkt. Ze vertelde dat een arts van een privékliniek vet uit haar bovenbenen en heupen had weggezogen. Daarna was ze ook nog veel afgevallen waardoor het vel rond haar benen flubberde. De arts had voorgesteld om het overtollige vel te verwijderen. Dat is altijd riskant omdat de doorbloeding van uitgerekt vel niet goed meer is en je maar af moet wachten of de heling van de wonden goed gaat. Daarna begonnen de problemen en keer op keer was ze naar die kliniek teruggegaan. Het werd er echter niet beter op. De etterende wonden op haar benen wilden niet meer helen. Toen kwam ze bij mij. Ik kon het prutswerk van die malafide praktijken opknappen. Ik heb gedaan wat ik kon, maar de gangreen was al te ver doorgezet. Haar ene been kon niet meer gered worden. Ik moest wel amputeren om haar leven te redden. Ze heeft me aangeklaagd. Ik kon niet bewijzen dat de problemen begonnen waren in die privékliniek, omdat zij dat opeens ontkende. Ze gaf mij de schuld van alles. Ik kwam eraf met een waarschuwing.’

Het pijnlijke verhaal bleef tussen hen in hangen.

Hij draaide haar gezicht naar zich toe. ‘Begrijp me goed, er zijn ook goede klinieken. Maar veel klinieken werken alleen maar voor het geld en dan kunnen dit soort problemen ontstaan. En ik kan die mensen niet laten stikken als ze bij me komen omdat een ingreep ergens anders mislukt is. Ik zal ze altijd helpen.'

Fenna liet het verhaal tot zich doordringen. Als dat waar was, was hij op een vreselijke manier gestraft voor zijn hulp. Maar zou een medisch tuchtcollege de wraak van een patiënt niet kunnen doorgronden? Was er toch niet meer aan de hand geweest?

'Een schoonheidsingreep bij een oude vrouw als mevrouw Ten Kate vind ik onbegrijpelijk,' ging hij verder voordat ze meer had kunnen vragen. 'Dan doe je het echt alleen voor het geld. Ik had die operatie nooit uitgevoerd. Op die leeftijd is de kans op complicaties erg groot. Maar maak je niet te veel zorgen, met een goede behandeling en een beetje geluk komt die vrouw er wel weer bovenop. Ze is nu in goede handen.'

Heel zacht drukte hij zijn lippen op haar mond. Twee keer en daarna nog een aantal keren. Fenna gaf volledig toe aan de begeerte die ze op voelde komen. Hoe lang was het geleden dat ze een man gezoend had? De vraag vervaagde in zijn opeisende aandacht. De warmte die ze na het douchen had gevoeld was niets vergeleken met de hitte die nu in haar lichaam gloeide. Alsof haar lijf tot leven werd gewekt en ontvlamde in een vuurwerk van gevoelens.

David liet haar los. Ze hing krachteloos in zijn armen. Ontspanning en een jachtige staat van opwinding streden in haar verwarde lichaam.

'Lieverd? Er is nog een probleem.'

De stem van David drong slechts half door in haar benevelde brein. Kon ze altijd maar zo blijven liggen. Probleem, dacht ze, weer een probleem? 'Wat is er dan aan de hand?'

'Ik kan niet naar huis. Mijn auto staat nog in de buurt van Arnhem. We zijn in jouw Smart hierheen gereden, weet je nog?'

Fenna ging rechtop zitten.

'Er zit maar één ding op,' ging hij verder. Er klonk iets ondeugends door in zijn stem.

'O ja?'

'Ik blijf gewoon hier slapen. Ik moet wel.'

Nu vielen de twinkelende lichtjes in zijn ogen haar pas op.

'Bovendien moet ik als arts mijn verantwoordelijkheid nemen en een vinger aan de pols houden. In dit geval misschien wel letterlijk. Ik zal ervoor zorgen dat je vannacht weer goed doorwarmt.'

'Ik kan niet anders dan gehoorzamen aan dit doktersvoorschrift,' antwoordde ze lachend.

Ze stond op van de bank en begon haar boot af te sluiten. De extra controle liet ze achterwege.

David lag al in haar bed. Zijzelf handelde een aantal nodeloze zaken af die haar enig uitstel gaven. Het feit dat iemand bij haar in bed bleef slapen was opeens wel erg vreemd. Uiteindelijk kroop ze tegen zijn naakte lichaam aan.

David voelde koel en zacht, zijn borst was bedekt met krullerig haar, wat ze niet verwacht had. Zijn lijf was stevig, maar bezat niet meer de gespierde hardheid van een jonge vent. Hij sloeg zijn arm om haar heen en begon haar langzaam te strelen. Haar lichaam reageerde alsof het niet anders gewend was.

47

Fenna lag op haar rug en luisterde naar de diepe ademhaling van David. Ze dacht terug aan de momenten van diepe intimiteit. De strelende handen op haar lichaam en de tong die op zoek was gegaan naar plekjes die haar genot konden geven. Het was onwennig geweest. Ze kenden elkaars lichaam niet en wisten niet wat de ander prettig vond. Maar op een of andere manier had dat niets uitgemaakt. Het hoogtepunt was voor Fenna veel te snel gekomen. Als een stormvloed was het door haar binnenste geraasd, in een enorm tempo naar de top geklommen, waarna het veel te snel afgelopen was. Een tong was heel wat anders dan een stel eigen vingers waarmee ze zich de afgelopen jaren tevreden had moeten stellen.

Daarna was hij in haar gekomen. Het leek eerst alsof hij bang was geweest om haar pijn te doen, maar daarna was hij opeens hard stotend klaargekomen. Er kwam geen geluid aan te pas, maar zijn gezicht had alles getoond wat ze wilde weten.

Ze hadden stil naast elkaar gelegen, maar toen ze hoorde dat hij wegzakte had ze zich losgemaakt. En al snel had ze zijn ademhaling dieper horen worden. Ontspanning ten top. Bij haar was de ontspanning niet gekomen, ondanks de bevrediging.

Er kwamen flarden uit hun gesprek naar boven die ze nu pas nuanceerde. En andere zaken waaraan ze nu pas een betekenis gaf. Vragen doemden op, die eerder volstrekt afwezig waren geweest. Het piekeren begon weer.

Ze kon er toch van uitgaan dat een medisch tuchtcollege een aanklacht grondig uitzocht. Waarom kreeg David dan alle schuld? Zat er toch een grond van waarheid in? Of was hij uit op wraak omdat de officiële waarschuwing niet terecht was? Had hij misschien zelfs te maken met de problemen in de Adéla-Hoeve? Want hoe kon hij daar zo snel aanwezig zijn? Er was echt maar een halfuurtje verstreken tussen haar telefoontje en zijn komst, veel te kort om de afstand Leiden-Oosterbeek te overbruggen.

Haar wantrouwen groeide met de minuut. Ze gaf zelf antwoord op de vragen die in haar hoofd zaten en die antwoorden waren lang niet allemaal vleiend voor David. Ze draaide haar hoofd opzij en ze zag de man naast haar opeens met andere ogen. Zijn ademhaling leek opeens zelfvoldaan, alsof hij tevreden was met de manier waarop hij dit allemaal aangepakt had. Hij had haar volledig ingepakt met zijn mooie woorden over zijn filantropische beweegredenen om dit vak uit te gaan oefenen. Lag ze nu in bed met de man die met de problemen in de Adéla-Hoeve te maken had?

Ze schoof uit bed en liep naar de keuken om thee te zetten. Gelukkig was het bijna ochtend, ze hoefde dus niet terug in bed. Niet terug naar hem. Even kreeg ze de neiging om David wakker te maken en hem vriendelijk te verzoeken weg te gaan. Maar ze onderdrukte het, wetend dat ze haar veranderde houding niet aan hem zou weten uit te leggen.

* * *

Ze zat nog steeds met opgetrokken benen op haar bank te dagdromen toen een ongewassen hoofd om de hoek stak.

‘Goedemorgen, ben je al lang wakker?’ David zag eruit alsof hij dat nog maar net was. Zijn rimpels leken dieper en zijn ongeschoren wangen vertoonden een ruwheid die geheel tegenstrijdig was met wat ze de vorige nacht gevoeld had.

‘Al even. Heb je goed geslapen?’ Ze voelde zich een hypocriet. Alsof het haar echt interesseerde hoe hij geslapen had. Als hij te maken had met de problemen in het herstellingsoord, dan lag hij wat haar betreft de hele nacht wakker, denkend aan de slachtoffers die hij op zijn geweten had.

‘Hmm, zeker, ik heb prima geslapen.’ Hij ging naast haar zitten.

Fenna schoof onbewust een stukje op. Prima geslapen, dacht ze wrevelig. Ze had zelf geen oog dichtgedaan. Het kolken van alle nare gedachten was urenlang doorgegaan. Maar nu ze hem weer zag, leek haar wantrouwen zijn hoogtepunt voorbij. Wat zat de geest toch vreemd in elkaar. Alsof je gedachten veranderden als je iemand weer onder ogen kwam. Voordat ze hem beschuldigde van allerlei dingen moest ze zeker van haar zaak zijn. Nu waren het alleen nog maar verdenkingen. De enige zekerheid die ze had was de waarschuwing die hij op zijn naam had staan. Dat was alles.

'Wil je thee? Ik heb net verse gezet.'

'Ik ga eerst even douchen. Heb je een handdoek voor me? Een scheerapparaat wordt lastig denk ik.' Hij lachte zijn regelmatige gebit bloot.

Ze hoorde daarna de bekende huiselijke geluiden. Het bleef een vreemde gewaarwording om weer een man in huis te hebben. Ze liet zich op haar vertrouwde plekje op de bank zakken, alsof dat haar houvast kon geven.

* * *

Een uurtje later was hij weg. Na een simpel ontbijt was hij vertrokken, een beetje ongerust omdat hij vond dat ze er pips uitzag. Na wat diagnostische vragen die betrekking hadden op haar nachtelijke avontuur in het bos, had hij een taxi gebeld om hem naar het station te brengen. Hij had beloofd in het ziekenhuis navraag te doen naar mevrouw Ten Kate.

Fenna was er nauwelijks op ingegaan. Ze was hetzelfde van plan. Afhankelijkheid had ze in de afgelopen jaren afgeleerd. Maar David had een gave om mensen op een subtiele manier te domineren. Dat kon misleidend zijn. Als hij zei dat hij iets zou doen, haalde je het al bijna niet meer in je hoofd om het zelf na te vragen. Maar zij zou daar niet intrappen.

Ze pakte een reep chocola en brak er een stuk af. Als ze de vettige zoetheid tussen haar gehemelte en tong voelde wegsmelten, kon ze nadenken. Het leek alsof de stoffen die erin verwerkt waren haar een shot gaven. Ze wist dat chocola in staat was om de aanmaak van endorfine te stimuleren en maakte dankbaar gebruik van die wetenschap. De endorfine die door haar hersens werd gevormd en daarna in haar lichaam rondgepompt, leek een pijnstillende werking te hebben. Net als de chemisch verwante stof morfine. Een goed excuus, smakelijk en misschien zelfs verslavend. En op dit moment van verwarring en gevoelsconflicten een uitkomst.

* * *

Ze werd ruw uit haar overdenkingen getrokken door het rinkelen van haar telefoon.

De stem aan de andere kant van de telefoon klonk mat. 'Ze heeft het niet gered.'

Fenna had een kort moment nodig om de bezorgde hoge stem te herkennen, maar daarna sloeg de bom in. 'Niet gered? Dat kan toch niet? Ze is toch naar het ziekenhuis gegaan?'

'Ja, maar alle onderzoeken kwamen te laat. Het antibioticum dat ze daar gegeven hebben, sloeg niet aan, of het had geen tijd meer om aan te slaan. Ik weet het niet.' Julie zuchtte. 'Wat er ook gebeurd is, mijn moeder is er niet meer. Ze had zo veel plannen als ze er eenmaal weer mooier en jonger uit zou zien. Ze wilde nog op reis en...' Opeens snikte ze. Hoge uithalen snerpten door de telefoon.

Fenna wist niet wat ze moest doen of zeggen. Hoe kon je iemand troosten door de telefoon? Er was geen lijfelijk contact mogelijk, geen hand op een arm, geen schouder om aan te bieden.

Na wat gesnuf en het overduidelijk snuiten van een neus, ging Julie weer op een doodse toon verder. 'Misschien had ik je eerder moeten waarschuwen. Maar ik vertrouwde de verpleger. Ach, eigenlijk had ze helemaal niet aan deze waanzin moeten beginnen. Op haar leeftijd zo'n operatie laten uitvoeren is vragen om ongelukken.'

'Julie, hebben ze verteld waaraan ze overleden is?'

'Nee, ze hebben wel allerlei onderzoeken gedaan. Maar wat heeft het voor zin gehad? Ontlasting, bloed, urine, alles is haar afgenomen. En nu ook nog haar leven.'

'Als er iets is wat ik kan doen, waarmee ik kan helpen...'

'Dankjewel. Je hebt al zo veel voor haar gedaan. Ze vond het prachtig al die aandacht op haar leeftijd. De televisie en later dat artikel in je tijdschrift. Machtig mooi, noemde ze dat. Nee, verder is er niets meer wat we voor haar kunnen doen.'

Fenna wenste haar veel sterkte en hing op.

Een nieuw stuk chocola maakte haar denken draagbaar. Mevrouw Ten Kate, het dappere mensje, was ten onder gegaan aan de wens om mooi te zijn. De keuze om een simpel geluk te kopen, om zich op haar leeftijd weer jong en mooi te voelen. Door wie was haar dat afgepakt? Kwam het echt alleen maar door haar hoge leeftijd?

Fenna nam zich voor om alle gegevens op te vragen. Ze moest te weten komen waaraan ze uiteindelijk overleden was. Maar de medische geheimhouding zat tussen haar wens en de werkelijkheid. Ze zou het via Julie moeten achterhalen. Ze moest het weten voordat Marjet onder het mes zou gaan.

Ze had net de krant gepakt toen Tara nog geurend naar slaap de kamer in kwam sloffen.

'Wie was dat aan de telefoon, mam?'

'Geen goed nieuws.' Fenna vertelde van het overlijden van mevrouw Ten Kate. Tara leefde mee. Ze had *Bodymorfose* ook gevolgd.

'Dat was toch die vrouw waar jij gisteravond nog heen moest?' Tara kwam in haar gekreukte bigshirt bij haar op de bank zitten.

'Ja, vreselijk. Ze was zo ziek. Ik kon niet veel doen. Ik heb haar alleen nog wat medicijnen kunnen geven.' Het was inderdaad pas gisteravond geweest. Er was alweer zo veel gebeurd. David was gelukkig al naar huis. Anders had ze meer uit moeten leggen.

'Mam, is die dokter alweer naar huis?'

Fenna staarde haar aan.

'Ja, dacht je dat ik achterlijk was of zo. Ik heb jullie heus wel gehoord. Hij is toch blijven slapen?' De grimas van haar dochter was bijna lachwekkend.

'Ja, hij is blijven slapen, wijsneus,' zei Fenna met nadruk. 'En ja, hij is ook alweer weg. Zo, dan ben je weer op de hoogte.'

Op dat moment klonk er een hoog gegiebel uit de slaapkamer van Tara.

'Wie zijn dat?' vroeg Fenna onthutst.

'O, dat is de nieuwe ringtone van mijn mobiel.' Tara veerde soepel op van de bank en kwam druk toetsend op haar kleine telefoon weer binnen. De glimlach gaf de sfeer van de digitale communicatie weer. 'Marja vraagt of ik vanmiddag mee naar de stad ga,' zei ze, terwijl ze driftig verder communiceerde.

'Gezellig. Hoe laat ga je?'

'Dat ben ik nu aan het afspreken.'

Fenna zag vol verbazing dat de vingers van Tara soepel hun werk deden, terwijl ze intussen gewoon doorpraatte.

'Kun je blind sms'en?' vroeg ze toen Tara klaar was.

'Tuurlijk. Da's toch niet zo moeilijk. Gewoon een kwestie van vaak doen, het gaat vanzelf. Kijk, je weet toch welke letters bij welke toets horen?'

Fenna knikte.

'Nou, dan kun jij het ook,' besloot Tara.

'Zijn die letters dan op elke mobiel hetzelfde?'

'Ja, dûh! Wat dacht je dan? Dat op elke telefoon een andere letter-cijfercombinatie zat?'

Fenna zag in dat het een stomme opmerking was. Sms'en, mailen en msn'en, allemaal zaken die ze wel machtig was maar niet in de mate waarin haar dochter ze beheerste.

'Mam, wil je het eens proberen? Eerst een bericht maken terwijl je kijkt en daarna blind. Leuk, mam!'

Fenna vond het prettig dat Tara lekker open en enthousiast was en zou het dus wel uit haar hoofd laten om nee te zeggen. 'Goed, welk bericht?' vroeg ze, terwijl ze haar eigen mobiel pakte.

48

Tara was naar de stad vertrokken. Fenna had haar geld meegegeven om samen met Marja wat te gaan drinken. Het was erg leuk geweest om samen met hun mobiele telefoons te stoeien. Eerst waren de berichten nauwelijks te ontcijferen: verkeerde toetsen. Maar algauw was het beter gegaan. Het ging nog erg langzaam, maar toch. Blind sms'en… dat ze dat ooit zou leren, dacht ze grinnikend.

De telefoon ging en Fenna drukte op haar mobiel. Daarna had ze pas in de gaten dat het hun gewone telefoon was die om aandacht gilde.

'Spreek ik met Fenna?' klonk een bekende stem.

'Ben! Jeetje Ben, hoe gaat het? Ik maakte me ongerust over je. Waar ben je? Zit je nog in India?'

'Nee, niet met Ben,' onderbrak de stem haar. 'Je spreekt met Joep, de broer van Ben.'

'O, sorry. Wat lijken jullie stemmen op elkaar, zeg. Ik zou zweren dat ik Ben aan de lijn had.' Een angstig voorgevoel bekroop haar opeens. 'Ik neem aan dat je niet belt over dat medisch tuchtcollege. Heb je nieuws van Ben?'

'Ja, ik ben bang van wel,' zei de stem. De intonatie leek op een herhaling van het telefoongesprek eerder die ochtend. Alle hoop werd ingehaald door de angst die Fenna al een tijdje bij zich gedragen had. 'Ik werd gebeld door een speciale afdeling van het ministerie van Buitenlandse Zaken. Ze waren benaderd door de ambassade in India. Ben is gevonden.'

'Gevonden? Wat is er gebeurd? Is hij…?'

'Hij heeft een ongeluk gehad met duiken.'

'Hoe kan dat? Hij kan toch goed duiken?' De vragen tuimelden door het hoofd van Fenna. Dit telefoontje raakte haar keihard. Ben dood?

‘Het moet allemaal nog verder uitgezocht worden,’ ging Joep verder. ‘Hij is gevonden met zijn duikapparatuur nog aan. Zijn fles was leeg, dus het lijkt erop dat hij zijn luchtvoorraad niet goed had ingeschat. Ze noemden het “mannelijke onbedachtzaamheid”, dat komt vaker voor, zeiden ze. Het deed me pijn dat ze zo over mijn broer spraken. Alsof hij ondoordacht te werk zou gaan. Als er eentje was die secuur met de veiligheidsvoorschriften omging, dan was hij het wel. Maar ja, wat kun je antwoorden zonder ze tegen je in het harnas te jagen? Want ik heb ze nog wel nodig om echt uitsluitsel te krijgen over wat er gebeurd is.’

‘Dus jij denkt niet aan een ongeluk?’

‘Iedereen kan een ongeluk krijgen. Zo ervaren was Ben nou ook weer niet. Maar de manier waarop ze zomaar die conclusie trokken maakte me vreselijk kwaad. Bovendien is Ben altijd zo’n perfectionist. Ik ben bang dat er iets anders is gebeurd.’

Fenna vertelde alles wat ze wist over India en de gebeurtenissen bij het *hospital*. Ze deed uit de doeken wat ze allemaal te weten was gekomen, de namen van de sponzen, het middel dat nu in een Nederlandse privékliniek werd gebruikt, de menselijke proefkonijnen. Ze vertelde zelfs dat ze in het bezit was van de documenten die Ben en zij gejat hadden, en haar toenemende angst dat er misschien wel wat met dat middel aan de hand was.

Joep onderbrak haar geen enkele keer. En toen ze uitgepraat was, zuchtte ze diep. ‘Ik weet eigenlijk niet meer wat ik moet doen. Ik heb ook geen idee meer wie waar verantwoordelijk voor is. Het enige wat ik op mijn Nederlandse klompen aanvoel is dat Mark geen zuiver spelletje speelt. En dat Ben daar de dupe van geworden kan zijn.’ Opeens kwam een beangstigende gedachte bij haar op. ‘Misschien ben ik zelf maar net op tijd weggegaan uit India. Als ik langer was gebleven was ik misschien ook ergens op de bodem van de oceaan geëindigd.’ De rillingen liepen over haar rug toen ze het onder woorden bracht.

‘Je wilt dus eigenlijk beweren dat Ben te veel wist? Dat hij uit de weg geruimd is?’

'Ja, dat denk ik. Die man zit echt niet met een dode meer of minder, dat is me wel duidelijk geworden uit de verslagen van zijn experimenten. Ik weet bijna zeker dat Mark verantwoordelijk is voor zijn dood. En hij werd daarin bijgestaan door dat hulpje van hem, Muthumari, want die zou met Ben gaan duiken. Dat heeft Ben zelf geschreven.'

* * *

Fenna had de kriebels. Mevrouw Ten Kate overleden en Ben gevonden, vermoord. Ze had geen rust in haar lijf en kon zich nergens op concentreren. De enige manier om rust te vinden was door actief te zijn, wist ze. Lichamelijke activiteit maakte dat je geest geen overuren kon maken.

Ze moest wat gaan doen om haar draaiende gedachten tot rust te brengen. Huishoudelijk werk. Ze had er een hekel aan, maar nu zou het haar rust geven. Nu zou het echt nut hebben. Ben vermoord door die vreemde freak met zijn lange haar en enge blauwe ogen. Hen eerst vriendelijk ontvangen met een lunch en hem daarna ombrengen, gruwelijk. De kwaadheid borrelde net zo hard naar boven als het sop in de emmer die onder de kraan stond.

Wat kon het Mark nou schelen dat een simpele fotograaf wist hoe hij te werk ging? Ben deed er toch niemand kwaad mee?

Opeens bedacht ze wat anders. Zij wist net zo veel als Ben. Meer zelfs. Liep zij ook gevaar? Zou die inbreker niet alleen voor die papieren langsgekomen zijn? Was hij naar haar op zoek geweest en zou hij nog terugkomen om zijn werk af te maken? Wie was die inbreker? Was hij ingehuurd door De Witte Lotus? Het was om paranoïde van te worden.

De emmer was vol en Fenna deed de kraan dicht. Het geraas van haar geiser stopte en de zeepbellen plopten uit elkaar. Lucht in het water, dacht Fenna. Had Ben het maar gehad. En opeens liepen de tranen over haar wangen.

Ze veegde ze weg, liep naar haar badkamer en begon de diepe douchebak uit te soppen. Met kracht ging ze het vuil te lijf. Het schuim zat rond haar armen en droop naar beneden toen ze aan de tegels begon. Tranen drupten mee. De tegels kregen een nog steviger beurt. De spons ging over de tegels alsof ze er dwars doorheen wilde boenen. Spons, verdomme! Harder! De kwaadheid zocht een uitweg en de kraan moest eraan geloven. Al snel glom hij tussen de zeepbellen door. Daarna werd ze rustiger. Met schoon water spoelde ze alles af en net toen ze met een doekje de kraan afdroogde ging de telefoon.

Weer de telefoon, die vandaag al zo veel ellende had doorgegeven. Toch nam ze op.

'Fenna, ik heb geen goed nieuws voor je,' klonk de zachte g van David.

O nee, niet nog meer ellende, dacht Fenna alleen maar.

'Mevrouw Ten Kate heeft het niet gehaald, ze is vanmorgen overleden.' De stem viel stil alsof hij haar overdonderd had.

'Ik weet het, David. Haar dochter heeft me gebeld.' Ze wist dat ze nu net zo mat klonk als al die andere stemmen die al door de draad gegaan waren.

'Ik heb net contact gehad met de arts die haar in het ziekenhuis behandeld heeft. Hij heeft echt van alles geprobeerd, maar ze reageerde niet op de behandeling.'

'Weten ze welke bacterie het was?' vroeg Fenna.

'Ze weten alleen dat het niet de MRSA-ziekenhuisbacterie is, die ik vermoedde. Maar ik heb een andere vraag. Heb je misschien nog een paar van die pillen die je haar hebt gegeven?'

Het toontje beviel Fenna niet. De achterdocht was opeens volledig terug. Waarom wilde David die pillen hebben? Om ze te laten onderzoeken? En dan? Zocht hij iets om die privéklinieken zwart te maken?

'Nee, ik heb die pillen niet. Verdenk je nu toch de pillen?'

'Ik weet het niet, ze vroegen ernaar in het ziekenhuis. Maar ik ben toch nog in de buurt van Arnhem, dus dan rijd ik wel even langs de Adéla-Hoeve. Ik vraag er wel een paar aan die verpleger.'

Het lag Fenna op de lippen om hem te vragen wat hij toch wilde bereiken. Maar opeens drong tot haar door wat hij zei. 'Was je gisteravond soms ook in de buurt? Je was zo snel ter plekke?' De toon was sarcastisch.

'Gisteravond? Je bedoelt om je op te halen bij het hotel?' Hij klonk verbaasd.

'Hmm,' humde Fenna bevestigend.

'Ik was inderdaad in de buurt. Ik was bij een vriend die net buiten Arnhem woont. Ik stond overigens toch op het punt om weg te gaan, dus het was geen enkele moeite.'

De uitleg kwam zo snel dat Fenna niet meer wist of ze hem nu wel of niet moest geloven. Maar tijd om daar langer over na te denken kreeg ze niet.

'Kunnen we dit weekend nog wat afspreken? Ik wil je graag weer zien.' Hij overdonderde haar met zijn vraag, waarin verlangen doorklonk.

Fenna voelde hoe ze ondanks haar wantrouwen vanbinnen hunkerde. Ze zou zo graag willen toestemmen, zijn armen weer om zich heen voelen en alle ellende vergeten. Ze was in haar eentje aan het vechten tegen een onzichtbare vijand die hoe langer hoe meer mensen om haar heen weghaalde en die haar steeds dichter naderde. Het maakte haar angst steeds intenser. Maar misschien wilde ze nog niet weten wie die tegenstander was. Stel je voor dat...

'Ik ben bang dat het dit weekend niet gaat lukken, David. Ik heb voor vanavond afgesproken met Marjet,' loog ze benepen.

'Jammer. Nou, ik bel wel als ik meer weet. Een gezellige avond met je vriendin.' De klik was als een mes dat een lijn doorsneed.

49

Fenna keek in het programmaboekje van het theater en zag tot haar opluchting een aankondiging van een voorstelling van de Ashton Brothers. Ze belde Marjet of ze zin had om mee te gaan. Toen die direct toestemde, klaarde haar humeur op. Ze moest haar zinnen verzetten. Wat begonnen was als een misleiding voor David eindigde nu vast in een gezellige avond. Ze zette zich met frisse tegenzin aan de rest van haar poetswerk.

Het werd een heerlijke avond. Ze genoot van de gekke bekken en lachwekkende acrobatische capriolen afgewisseld met gevoelige zang van de vier jonge knullen.

Na de voorstelling doken ze samen nog even bij Einstein naar binnen. Het was druk in het café, er waren veel studenten en de tafeltjes waren voor een groot deel bezet. Op de verhoging achter in de zaak was nog een tafeltje vrij en al snel zaten ze elk met een groot glas wijn voor hun neus.

'Dit is voorlopig de laatste avond dat ik aan de alcohol kan,' zei Marjet langs haar neus weg.

'Hoezo dat?'

'Ik ga maandag onder het mes.' Marjets gezicht straalde. 'Eindelijk ben ik aan de beurt. Morgen word ik al in De Witte Lotus opgenomen. Ze willen het goed onder controle houden. Alles wordt natuurlijk gevolgd door een camerateam en ik word compleet in de watten gelegd.'

'Watten en verband,' mompelde Fenna.

'Haha, ja, zo kun je het wel zeggen,' reageerde Marjet ontspannen.

Fenna voelde zich echter in één klap niet meer zo ontspannen. Marjet zou maandag geopereerd worden in de kliniek. Kon ze haar maar tegenhouden. Zou Marjet het volgende slachtoffer worden? Ze zou het zichzelf nooit vergeven als haar vriendin zou komen te overlijden terwijl zijzelf al zo veel informatie had die erop wees dat er van alles mis leek te zijn in De Witte Lotus.

'Marjet, je weet toch dat mevrouw Ten Kate al in de Adéla-Hoeve lag?'

'Hmm,' humde haar vriendin goedgeluimd.

'Ze is vannacht overleden.'

Fenna keek naar het gezicht van Marjet, dat in een oogwenk vertrok. De glans verdween. 'Hoe kan dat nou?'

'Ze kreeg een infectie van een of andere bacterie en die is haar fataal geworden.'

'Een infectie? Net als de sporter?' De blik van Marjet was opeens op oneindig ingesteld.

'En de bibliothecaresse,' mompelde Fenna.

'Maar de sporter is volledig opgeknapt. Misschien was het een andere infectie?' De stem van Marjet klonk hoopvol. Ze negeerde Fenna's opmerking over de bibliothecaresse, alsof ze het niet gehoord had. 'Het is vast toeval.'

'Toeval of niet. Ze is overleden. Het is jammer dat zij niet meer betrokken was bij het televisieprogramma,' zei Fenna hard.

'Juist niet. Stel dat ze bij *Bodymorfose* betrokken was geweest, dan hadden ze het programma vast stopgezet!'

'Inderdaad,' beaamde Fenna.

'Maar dan...' Opeens viel Marjet beschaamd stil. Ze boog haar hoofd. 'Sorry, dat is egoïstisch van me. En dat meen ik ook niet. Ik vind het echt vreselijk dat dit gebeurd is. Ik mocht de vrouw erg graag.'

'Dat weet ik, Marjet. En ik begrijp je reactie ook wel. Je verlangt al zo lang naar die operatie.'

'Het is vast toeval. Ik heb de sporter laatst gezien, zijn kaak was zo mooi gereconstrueerd. Echt een kunstwerkje!'

Niet doorheen te komen, dacht Fenna.

* * *

Alweer een infectie, dacht WéJé totaal overdonderd door het bericht dat hem thuis bereikt had. En weer fataal. Hoe was dat in vredesnaam mogelijk?

Hij hing onderuit in de leren bank van zijn woonkamer en keek naar de wind die buiten met de dorre bladeren in de tuin speelde. Een doffe pijn duwde zwaar op zijn ogen. Ook al was er van mevrouw Ten Kate nog geen doodsoorzaak bekend, wel gingen ze ervan uit dat het om een bacteriële infectie ging. Dat was het bericht geweest. Nog nooit had hij te maken gehad met een sterfgeval na een operatie. En nu een tweede binnen zo'n korte termijn. Onvoorstelbaar. Vooral omdat het geen zware ingrepen waren geweest. Misschien had hij het verhoogde risico onderschat dat de hoge leeftijd van de vrouw meebracht. Normaal waren zijn cliënten stukken jonger. Maar dan nog…

Toen dacht hij aan het tweede deel van het bericht. Tot nader orde mochten er geen geopereerde patiënten opgenomen worden in de Adéla-Hoeve. Ze wilden eerst onderzoek doen. De nazorg in het hotel was daarom voorlopig uit den boze.

Hij zat dus met een probleem.

Wat was er verkeerd gegaan? Hij kon zich niet voorstellen dat Raoul het gevaar van infecties onderschat had. De man werkte al tijden bij hem en hij had nooit eerder problemen met hem gehad.

Hij moest op korte termijn een oplossing vinden voor de winnares van de hoofdprijs. De vrouw zou direct na het weekend geopereerd worden, maar kon nu dus niet naar de Adéla-Hoeve. Hij moest contact opnemen met de producente om te overleggen. Waarschijnlijk was het het beste als de vrouw gewoon volledig verpleegd werd in de kliniek. Hij moest wel wat regelen om voldoende plek te creëren, zodat er ongestoord opnames gemaakt konden worden, maar dat zou hij wel organiseren. En dat moest vóór maandag!

Het bleef voor hem echter onduidelijk waar deze infectie vandaan kwam. De kliniek was schoon, en de zorg van Raoul was onbetwistbaar goed, dus dan bleven de middelen uit India over, bedacht hij. Hij stond op en liep voor de schuifpui heen en weer. De rubberen zolen van zijn pantoffels hoorde hij nauwelijks op het donkere parket.

Hij dacht terug aan alle berichten die hij uit India had ontvangen. Rapporten over de resultaten die Mark had doorgegeven. En elke keer waren infecties de boosdoener geweest waardoor een bepaalde samenstelling van het Complex niet goedgekeurd werd. Mark was juist erg gespitst geweest op infecties, en natuurlijk al helemaal in India, waar de hygiëne slecht was. Het uiteindelijke Complex dat hij toegestuurd had gekregen had aan alle voorwaarden voldaan.

WéJé begreep er niets van. Hij bleef voor het raam staan en staarde naar buiten. Twee koolmeesjes hingen met hun klauwtjes aan de vetbol die hij gisteren had opgehangen. Tussen het gepik door draaiden de zwart bedekte kopjes continu heen en weer om hun omgeving in de gaten te houden. Continu, alsof er altijd een levensbedreigend gevaar op de loer lag, zelfs in zijn eigen tuin.

Hij kon niet anders doen dan de vogels gelijk geven. Gevaar dreigde altijd, en misschien juist wel in zijn eigen kliniek. Dat was maar weer gebleken.

Hij schrok van de telefoon die rinkelde. Een schel geluid door het verder stille huis.

'Van Zanten.'

'Hoe is dit mogelijk?' Hij herkende de stem van de producente direct. Zij was dus al op de hoogte.

'Ik heb geen idee,' antwoordde WéJé naar waarheid.

'Dit is het tweede sterfgeval!'

'Beiden zaten niet in *Bodymorfose*.'

'Niet in *Bodymorfose*? Nee, dat zou er nog bij moeten komen.' Ze was kwaad, dat was duidelijk. 'Maar ga er maar van uit dat er een verband wordt gelegd. Via de Adéla-Hoeve en jouw kliniek is het een kleine stap naar ons programma. En dus is er een probleem.' Haar stem werd steeds scherper.

'Ik heb al een oplossing. Nu het niet meer mogelijk is dat mijn cliënten naar het herstellingsoord kunnen, dacht ik...'

Hij werd ruw onderbroken. 'Niet naar het herstellingsoord? Hoezo? Onze prijswinnaar móét naar de Adéla-Hoeve. We hebben alle achtergrondopnames al gemaakt, dágen camerawerk. Je dacht toch niet dat we dat zomaar weggooien en opnieuw gaan beginnen?'

WéJé probeerde rustig te blijven onder de schelle aanval. 'Er is een verbod. Dus het spijt me, maar...'

'Het spijt je? Ik heb niets te maken met een verbod. Is het een risico voor de vrouw om daar opgenomen te worden?'

'Neuh, dat denk ik niet,' zei WéJé weifelend.

'Is de Adéla-Hoeve gesloten?'

'Nee, maar...'

Weer werd hij onderbroken. WéJé kreeg behoefte aan een borrel.

'Nou, dat is dan afgesproken. De vrouw wordt gewoon volgens planning maandag geopereerd en gaat de dag erna naar Oosterbeek. Ben je het daarmee eens?'

'Ik had eigenlijk bedacht dat het beter was om haar gewoon hier in de kliniek verder alle nazorg te geven. Ik zal vandaag nog regelen dat er ruimte voor gemaakt wordt. Misschien is het juist wel een soort koninginnenbehandeling. Alleen de ster van de show krijgt deze klinische nazorg.'

Het bleef even stil. Hij hoopte dat hij haar overtuigd had.

'Geen sprake van,' kwam toen het stellige antwoord. 'Het programma is juist zo speciaal omdat er een huiselijke sfeer wordt gecreëerd. In een kliniek lijkt het veel te medisch en steriel. Daar houden onze kijkers niet van. Ik moet aan de kijkcijfers denken. Dus het zal gewoon doorgaan zoals gepland, in het herstellingsoord.'

Het contact werd verbroken. De diagnose over zijn oplossing was gesteld en de patiënt was overleden. Hij kon er niet onderuit. Als hij niet instemde wist hij zeker dat hij nooit meer aan een make-overprogramma zou mogen meewerken.

Hij ging weer op de bank zitten en speelde met een pen. Hoe moest hij dit oplossen? Het verbod negeren zou betekenen dat hij zichzelf grote problemen op de hals haalde en dat mogelijk zelfs zijn kliniek gesloten zou worden. Maar niet naar het herstellingsoord betekende geen televisie meer. Tenzij…

Hij wist het. Hij zou haar in het geheim toch onderbrengen in de Adéla-Hoeve, in een andere gang dan ze met het programma afgehuurd hadden, onder een andere naam, zodat er geen haan naar kraaide. Gewoon een registratie van een nieuwe hotelgast.

Eigenlijk was het maar goed dat die journaliste had afgezegd, dacht hij opeens. Geen pottenkijkers, geen nieuwsgierige aagjes. Des te beter.

De pen belandde in de hoek van de kamer.

50

De steriele ruimte was een toonbeeld van efficiëntie. Fenna was net binnen geroepen bij Marjet, die naar de laatste aanwijzingen van de verpleegster luisterde.

'U wordt morgenochtend al heel vroeg geholpen. Als het goed is kunt u de dag erna al naar het herstellingsoord. Dat is hier vlakbij. Daar wordt u heerlijk in de watten gelegd.'

De blik van Marjet schoot naar Fenna. Ze probeerde een lach te onderdrukken.

'U kunt daar in alle rust herstellen van uw operatie en natuurlijk mag uw familie u in die tijd niet zien. Dat zijn de regels van het programma.'

Fenna had van Marjet begrepen dat slechts één persoon bij haar mocht in de komende zes weken. En dat mocht geen familie of partner zijn. Ze zou Peter dus al die tijd niet zien. Daarna zou ze in alle pracht en praal getoond worden aan man en kinderen. En natuurlijk aan heel Nederland.

'U bent de ster. Iedereen zal eerst met u mee lijden en daarna meegenieten. Uw uiterlijk zal totaal veranderd zijn, daar kunt u zeker van zijn.' De verpleegster klonk alsof ze jaloers was, terwijl het mooie jonge ding vast geen enkel moment bezig was met een eigen cosmetische operatie. Ze liep wiegend de ruimte uit, waar Fenna alleen achterbleef bij Marjet.

'Hoe ging het?' vroeg ze. Ze had de neiging om te fluisteren door de kale steriliteit in de ruimte.

'Ja, goed, denk ik.'

'Wat gaan ze nu allemaal doen?'

Marjet zuchtte diep voordat ze aan de opsomming begon. 'Het is wel erg veel, toch Fenna?'

Fenna kon alleen maar knikken.

'Ik krijg bijna een heel nieuw lichaam.'

'Daar lijkt het wel op. Maar dat wilde je toch ook?'

'Ja, dat wel, maar...' Marjet aarzelde. 'Weet je, ik ben bang dat ik toch wel een behoorlijke klap zal krijgen van al die ingrepen. Volgens de dokter zijn het allemaal kleine incisies en simpele ingrepen. Behalve natuurlijk de liposuctie en mijn borstvergroting.'

'Gaan ze ook wat met je borsten doen? Maar daar ben je toch best tevreden over? Ik heb je daar nog nooit over gehoord.'

'Volgens de dokter is de verhouding tussen mijn heupen en mijn borsten belangrijk voor mijn uiteindelijke houding en uitstraling. Bij mij klopt die verhouding niet, daarom heb ik ook op die punten gewonnen. Dus gaat hij dat aanpassen. Slechts één cupmaat groter zou een wereld van verschil maken, zei hij.'

'Zei hij. Zei hij,' mopperde Fenna. 'Maar wat wil je zelf?'

'Ik vind het wel goed. Het maakt me niet zo veel uit. Misschien is Peter er wel blij mee.'

Fenna slikte een opmerking in.

'Bovendien gaf de arts aan dat ik de ster van het programma ben, en dat ik aan de kijkcijfers moet denken. Zij betalen alle kosten en willen dan ook een opzienbarend resultaat.'

'Dat kan wel zijn,' barstte Fenna toch los. 'Maar je laat toch geen operatie uitvoeren die je zelf niet nodig vindt?'

'Kom op, Fenna. Ik kan er nu toch niets meer aan doen. Morgen gaat alles gebeuren. De opnames van het preoperatieve onderzoek zijn al gemaakt, dus ik kan niet meer terug.'

Fenna duwde haar irritaties weg. Ze was hier om Marjet te steunen, niet om het haar moeilijker te maken.

'Marjet, sta je er nog wel achter?' Ze probeerde te vissen naar wat er in haar vriendin omging.

'Ja, dat wel. Ik wil nog steeds heel graag geopereerd worden. Maar ik ben wel bang geworden. Zeker na al dat slechte nieuws uit de Adéla-Hoeve. Als ik maar niet zo'n terugslag krijg als mevrouw Ten Kate.' Marjet huilde bijna. 'Bovendien, moet je dit zien.' Marjet tilde haar shirt wat op. De zwarte viltstiftstrepen gaven een macabere afspiegeling van alle ingrepen.

'Wat veel lijnen,' zuchtte Fenna.

'Ja, maar zie je dat dan niet? De arts had bevende handen. Hier, die lijnen zijn niet strak en recht. Het lijkt wel een landschap met een trillende horizon.'

Fenna zag nu wat Marjet bedoelde. 'Komt dat niet gewoon doordat hij op een zachte ondergrond moest tekenen?' probeerde ze.

'Nee, ik heb gezien hoe zijn vingers trilden. Ik hoop maar dat hij tijdens de operatie een vastere hand heeft.'

Fenna zweeg. Ze voelde zich voor een levensgroot dilemma geplaatst. Het liefst zou ze haar vriendin uit dit verdomd steriele gebouw willen slepen, haar mee naar huis willen nemen en op haar inpraten dat haar uiterlijk niet belangrijk was, dat het ging om hoe je was. De dreiging die ze voelde door de dood van mevrouw Ten Kate leek om Marjet heen te hangen, alsof hij wachtte om toe te slaan. Moest ze haar vriendin niet beschermen? Moest ze haar niet overtuigen van het gevaar dat ze zou kunnen lopen? Maar hoe zeker was ze van het feit dat de kliniek onzorgvuldig werkte? Het televisieprogramma had toch niet voor niets De Witte Lotus geselecteerd om de cosmetische chirurgie voor haar rekening te nemen? Die gingen vast niet in zee met de eerste de beste. Ze had jarenlang op Marjet ingepraat dat schoonheid slechts de schil was van ieder mens. Ze hadden het samen al zo vaak gehad over innerlijk en uiterlijk. En elke keer weer was Marjet geëindigd met de opmerking dat ze ervan droomde ooit nog eens een normale neus te hebben. Fenna kon dus eigenlijk niets anders doen dan haar vriendin steunen in wat haar nu te wachten stond. Wie was zij dat ze haar beste vriendin haar droom zou ontnemen?

'Marjet, denk er maar aan dat je droom eindelijk zal uitkomen. Je bent sterk en nog niet zo oud en bovendien oergezond. Jouw lichaam kan die operaties heus wel aan. En anders zou de arts ze toch ook niet uitvoeren? De ster van *Bodymorfose*! Dacht je nou echt dat ze daar ook maar enig risico mee willen lopen? Tuurlijk niet. Veiligheid staat bij jou al helemaal voorop. De kijkcijfers hangen als een guillotine boven hun hoofden. Een klein foutje en de scherpe scalpel van de publieke opinie knalt door hun nek.'

Het gezicht van Marjet klaarde zienderogen op. Er brak een zwakke glimlach door. 'Je hebt gelijk, Fenna. Ze zullen met mij wel heel voorzichtig omspringen. Ik ben de ster, de hoofdprijs.'

Opeens viel Fenna's oog op wat potjes op een tafeltje. Ze kwamen haar heel bekend voor. Ogenblikkelijk wist ze wat ze moest doen. De vraag van David had haar op een idee gebracht.

Ze liep naar het tafeltje. 'Neem-Complex' stond in mooie sierlijke letters op het etiket.

'Fenna, wat doe je?' fluisterde Marjet.

'Moet je kijken. Dit zijn die medicijnen uit India. Ik heb je toch verteld dat...'

'Leg terug. Dat kun je toch niet zomaar pakken?'

'Marjet, ik moet weten wat voor spul dit is,' zei ze, terwijl ze het potje liet zien. 'Ik wil weten wat de werking is en of het wel goed voor je is. Hebben ze je verteld dat je medicijnen moet slikken?'

'Nee, maar ik neem aan dat ik wel antibiotica zal krijgen.'

'Wil je me één ding beloven?'

De ogen van Marjet werden samenzweerderig donker.

'Neem niets van deze pillen.' Fenna liet haar het etiket zien. 'Ik wil eerst zeker weten wat het precies voor spul is dat in deze capsules zit.'

'Maar ik kan toch niet zomaar medicatie weigeren?'

'Je neemt ze gewoon aan en verstopt ze. Maar niet innemen totdat ik je kan vertellen dat ze veilig zijn. Oké?'

'Zo, mevrouw Faassen. Ik moet u nu verzoeken om weg te gaan. Ik ga onze cliënt naar haar kamer brengen. Morgen is het vroeg dag. Wilt u nu afscheid nemen?' De verpleegster liep bedrijvig om hen heen.

Fenna liet snel het potje in haar zak glijden en boog zich over Marjet om haar een zoen te geven. 'Nou, veel sterkte. En word maar een mooie meid. Ik ben er weer zodra je je ogen open hebt.' Ze boog

zich naar haar oor. 'Niet vergeten wat ik gezegd heb, hè?'
De knipoog van Marjet zei voldoende.

* * *

Onderweg in de auto naar huis bedacht Fenna hoe ze het ging aanpakken. Ze zou Julie bellen en haar de pillen geven. Die kon ze dan aan de artsen geven die onderzoek deden naar de doodsoorzaak van haar moeder. Dan wist ze of de pillen besmet waren of een gevaarlijke samenstelling hadden. En dat laatste was voor haar eigen gemoedsrust belangrijk.

Bovendien had zij dan, als David met bepaalde informatie op de proppen kwam, haar eigen, onafhankelijke uitslag.

Toen dacht ze terug aan de lijnen op Marjets lichaam, lijnen vol beweging. Zou WéJé van Zanten een van die prutsers zijn aan wie David zo de pest had? Maar hoe kon zijn kliniek dan uitverkoren zijn voor het televisieprogramma?

* * *

Toen Rachel een klop op de deur hoorde, deed ze open. Ze zag dat Raoul met zijn heerlijke lijf tegen de deurpost geleund stond.

'Ha lekkere vent van me, kom binnen. Heb je al nieuws van WéJé? Mogen we hier in de Adéla-Hoeve blijven?'

'Hij belde net dat alles gewoon doorgaat. Onze winnares wordt morgenochtend geopereerd en als zich geen complicaties voordoen, komt ze daarna hierheen. We moeten echter wel het verbod omzeilen. Dus ik heb met de receptioniste geregeld dat er een aparte gang voor ons wordt gereserveerd en dat nergens in de boekhouding een connectie te vinden zal zijn met de kliniek. De winnares wordt opgenomen als normale gast. Geen haan zal ernaar kraaien. Alles blijft dus verder bij het oude.'

'Dat heb je goed geregeld. Ik zal haar met open armen ontvangen.'

'En verder natuurlijk de normale zorg voor onze hoofdprijs. Ik heb al een nieuwe zending gaasjes gekregen.'

'Dat kan ik met een gerust hart aan jou overlaten,' grinnikte Rachel. 'Kom eens lekker bij me.' Ze trok het gespierde lichaam tegen zich aan, sloeg haar armen om zijn sterke rug en hief haar hoofd op. Direct voelde ze zijn lippen die de hare omsloten. Zacht en teder, volkomen tegengesteld aan de hardheid die ze ergens anders voelde. Begeerte ten top. 'Wat heb je toch een prachtig lijf,' mompelde ze.

'Allemaal dankzij jou,' gromde hij terug. 'Als jij me niet uit de klauwen van de drank had gered, was mijn lijf verzopen. Ik verdenk je ervan…' Hij duwde zijn tong even speels bij haar naar binnen voordat hij verderging. 'Ik verdenk je ervan dat je mij alleen maar geholpen hebt omdat je mijn lijf wilde hebben.'

'Ik wil je lichaam, je armen, je lippen, en vooral je kracht. Ik vind je heerlijk. Bovendien zijn we geestverwanten, wat misschien wel het allerbelangrijkste is.'

'Niet meer praten,' fluisterde hij geil. Hij tilde haar op, bracht haar naar het bed en trok haar kleren uit. Op het moment dat hij haar beha losmaakte en haar borsten met zijn grote handen omvatte, voelde ze zich volkomen tevreden. Gelukkig konden ze gewoon in de Adéla-Hoeve blijven. Alles kon bij het oude blijven. Toen gaf ze zich over aan zijn heerlijk knedende vingers.

51

Marjets gezicht was onherkenbaar. Niet alleen haar hoofd was omwikkeld met verband, ook haar neus was volledig verborgen onder een gipsen kapje. Haar ogen waren opgezet en de gezwollen randen waren blauw.

'Hoe voel je je?' vroeg Fenna, onder de indruk van het geweld dat toegepast moest zijn op het gezicht van haar vriendin.

'Goed, hoor,' zei een nasale stem.

'Heb je pijn?'

'Hmm.'

'Alleen aan je gezicht?'

'Nee, alles voelt beurs aan.'

Marjet sloeg het laken weg en Fenna zag hoe haar bovenlichaam met stretchverband was omwonden, een fiks volume omsluitend. Het feit dat Marjet op zo'n korte termijn al naar de Adéla-Hoeve was overgebracht was voor Fenna niet erg geruststellend geweest. Ze zou Marjet goed in de gaten houden en bij het minste of geringste direct een dokter inschakelen.

'Vooral mijn heupen doen zeer, alsof ik nergens meer op kan liggen.'

'Word je wel goed verzorgd?'

'Prima. De verpleging verwent me schandelijk.'

'Dat mag ook wel, want je moet nu snel opknappen.'

'Ik vind het wel moeilijk dat ik helemaal geen contact mag hebben met Peter. Ik geloof dat we alleen een keer mogen bellen. Jij bent mijn enige lijntje naar de buitenwereld. Bel je hem straks even op?'

'Tuurlijk. Je moet die tijd even door. Ze willen die show afmaken en jou tonen aan heel Nederland.'

'De eerste opnames zijn hier al gemaakt. Afschuwelijk. Ik zie er natuurlijk niet uit. Dat duurt wel een week of zes. De arts zou vanmiddag even langskomen om te kijken of de wonden er goed uitzien en ze opnieuw te verbinden met speciaal verbandmateriaal. Ze doen er alles aan om infecties te voorkomen.'

'Heb je al gezien hoe je eruitziet?'

'Nee. Morgen. Ik ben erg benieuwd. Maar het voelt nu al geweldig. Het idee dat ik eindelijk van die enorme neus af ben geeft me vleugels. Zelfs met gipskapje is hij al kleiner naar mijn idee. De tijd gaat me veel te langzaam. Maar ja, geduld is een schone zaak.'

'Een schoonheidszaak, zul je bedoelen,' lachte Fenna.

Op dat moment ging de deur open. Fenna deinsde achteruit. Met een brede grijns kwam Raoul in een wit verplegersuniform de kamer binnenstappen. Hij had een bakje in zijn handen, dat hij op het nachtkastje zette. 'Uw medicijnen, mevrouw Houtman.' De stem klonk opgewekt. Hij keek Fenna aan maar het leek alsof hij dwars door haar heen keek. Geen enkele blijk van herkenning.

Fenna stond als aan de grond genageld en ontspande pas toen hij zich weer tot Marjet wendde.

'Wilt u nog wat drinken? Wat vruchtensap misschien?'

'Ja, heel graag. Dankjewel,' antwoordde Marjet dankbaar.

'U krijgt over een uurtje uw lunch.' Raoul draaide zich om en liep de kamer weer uit, zijn gespierde armen losjes naast zijn lichaam.

Fenna liet een zucht ontsnappen. 'Is dat jouw verpleger?' vroeg ze bijna ademloos.

'Ja, wat een schatje, hè? Hij is duidelijk in de wieg gelegd voor de verpleging.'

Schatje? dacht Fenna onthutst. Hadden ze het wel over dezelfde persoon? Toen herinnerde ze zich weer hoe hij de sporter had opgevangen toen die koortsig in de gang liep te dwalen. De zorg waarmee hij de zieke man had beetgepakt en meegenomen had toen ook indruk op haar gemaakt. Later had ze hem echter anders leren kennen.

'Smaakt het eten je een beetje?'

‘Het gaat wel. Mijn lichaam moet nog even wennen, denk ik. Het voelt alsof alles overhoopgehaald is door die liposuctie. Alles borrelt in mijn buik.’ De dichte neus van Marjet vervormde haar stem op een bijna lachwekkende manier.

‘Je neus doet ook lekker mee,’ zei Fenna met een glimlach.

‘Ja, alles is van slag. Het is vooral lastig met eten en drinken, zo’n dichte neus, maar ik heb het er allemaal graag voor over. Ik ben zo gelukkig, Fenna.’

Fenna zag dat de ogen van Marjet vochtig waren.

‘Je zult straks zien hoe mooi je geworden bent. Ik hoop dat ik je nog herken,’ zei ze schertsend. ‘Wat heb je voor medicijnen gekregen?’

Marjet kwam moeizaam iets overeind. ‘Ik heb op jouw advies exact nagevraagd wat voor pillen het zijn. Dit is een pijnstiller en die grote is een breedspectrumantibioticum, bedoeld om alle infecties buiten mijn lichaam te houden. Verder neem ik nog wat extra vitamines, die slikte ik thuis ook al. En die twee capsules die erbij liggen heb ik al die tijd maar niet ingenomen. Ze zeiden dat het voor een snellere heling is, maar ik durfde het toch niet in te nemen na jouw waarschuwingen. Kijk,’ Marjet schoof haar laatje open en pakte een doosje bonbons.

‘O lekker,’ zei Fenna.

‘Nee, kijk. Hierin bewaar ik al die pillen.’

Toen pas zag Fenna dat er geen bonbons in zaten maar een aantal capsules. ‘Heel goed, Marjet. Ik ben bezig om het uit te zoeken. Ik hoop snel een uitslag te krijgen van het ziekenhuis. Zodra ik weet of ze veilig te gebruiken zijn, laat ik het je weten.’

‘Ja, graag.’ De zucht van Marjet kwam diep uit haar keel. ‘Ik moet zeggen dat ik een aantal keren zwaar geaarzeld heb. Ik wil natuurlijk dat alles zo snel mogelijk heelt.’ Met een kreun zakte Marjet weer onderuit in haar bed.

‘Ik ga dan maar,’ zei Fenna. Ze zag dat Marjet moe werd, wat zo kort na de operatie natuurlijk niet zo vreemd was. ‘Hou je taai, morgen kom ik weer.’

Fenna liep de gang door tot aan de massieve trap. Ook al lag Marjet nu op de bovenste verdieping, toch was het vreemd om hier weer te lopen na de vervelende gebeurtenissen van de vorige keer. Overdag zag alles er gelukkig totaal anders uit. Haar nachtelijke avontuur leek ver weg.

Ze daalde de trap af en zag de receptioniste achter de balie staan. Haar ogen keken haar schuw aan.

'Die mevrouw heeft het niet gehaald, hè?' zei ze direct toen Fenna voor haar stond.

Fenna beaamde het.

'Maar ja, ze was natuurlijk ook al erg oud.'

Fenna ging er niet op in. 'Wil je wat voor me doen?'

'O nee, ik kan die sleutelkaart niet meer geven,' zei het meisje meteen. Haar blik schoot naar de trap.

'Nee, dat bedoel ik ook niet. Ik wil je vragen of je mevrouw Houtman een beetje extra in de gaten wilt houden. Als je wat hoort van de verpleging of van de kamermeisjes over koorts of diarree, wil je me dan waarschuwen?' Fenna zag het meisje knikken en ze gaf haar haar kaartje.

'Ik kom morgen weer langs. Prettige dag verder!'

'Tot morgen, mevrouw Faassen.'

52

Fenna drukte op Ctrl+S om haar artikel op te slaan en begon de papieren die naast haar computer lagen op te ruimen. Ze had zich niet goed kunnen concentreren, waardoor het haar veel tijd had gekost om er een acceptabel verhaal van te maken. Het leek wel of ze alleen maar starre zinnen kon vormen. Haar geest was niet creatief genoeg om woorden te vinden die de juiste sfeer konden oproepen. Het was dus een stijf verhaal zonder enige kwinkslag geworden. Misschien kon ze er morgen nog wat aan schaven. Voor vandaag kapte ze ermee.

Op dat moment ging de bel. Onbewust wierp ze een blik op de klok. Ze verwachtte niemand.

'Ik heb belangrijk nieuws,' viel David met de deur in huis. Hij drukte een vluchtige kus op haar mond en liep langs haar heen naar binnen.

'Wil je wat drinken?' bood ze aan.

'Nee, nee,' zei hij gehaast. 'Moet je horen wat er ontdekt is.' Zijn gezicht stond zo serieus dat Fenna doorkreeg dat hij iets belangwekkends gevonden moest hebben.

'Heb je nieuws over de pillen?'

'Nee, maar wel over de waarschijnlijke doodsoorzaak van mevrouw Ten Kate. Zoals je weet werk ik in het Diaconessenhuis in Leiden. Daar werken we nauw samen met het Leids Universitair Medisch Centrum. Dat centrum doet veel aan research en heeft dus veel meer onderzoeksfaciliteiten dan wij. In het LUMC is veel meer expertise aanwezig om verschillende micro-organismen te herkennen.'

'Kan Arnhem dat niet?'

'Natuurlijk heeft Arnhem ook een laboratorium waar op veel verschillende bacteriën getest kan worden. Maar je kunt je voorstellen dat de wetenschap steeds wat nieuws ontdekt. En die allernieuwste tests worden alleen nog maar uitgevoerd op specifieke plaatsen.'

Fenna knikte om aan te geven dat ze dat begreep.

'Ik heb aan mijn collega's in Arnhem wat materiaal meegevraagd om in het LUMC te laten onderzoeken. Arnhem was er namelijk al snel achter gekomen dat het om de *Clostridium*-bacterie ging.'

'Dat klinkt ernstig,' zei Fenna met een vies gezicht. David schoot in de lach.

'Nee, dat is op zich niet zo erg. *Clostridium* is een bacterie die normaal ook in ons darmkanaal zit. Maar het is ook de veroorzaker van bijvoorbeeld tetanus of een wondinfectie.'

'Jeetje, dus ze is aan een wondinfectie overleden. Maar ze kreeg toch antibiotica?' Fenna dacht terug aan het pillendoosje van Marjet.

'Ja, maar dat zou in dit geval zelfs de oorzaak kunnen zijn van alle problemen.'

Fenna begreep er niets van. 'Bacteriën bestrijd je toch juist met antibiotica?'

'Dat klopt. Onze darmen zitten normaal vol bacteriën in een goed uitgebalanceerde samenstelling. Ze helpen bij de spijsvertering en bieden weerstand tegen andere bacteriën. Door antibiotica wordt die darmflora verstoord. En je krijgt problemen als voornamelijk de goeie om zeep geholpen worden waardoor de vervelende bacteriën uit kunnen groeien.'

'Dus goeie bacteriën vechten tegen foute bacteriën, antibiotica werken ook tegen bacteriën maar zijn daardoor ook weer gunstig voor sommige slechte bacteriën. Wat een zooitje daar in onze darmen,' zuchtte Fenna. Ze begreep er niet alles van, maar was ervan overtuigd dat er iets goed mis was geweest in de darmen van mevrouw Ten Kate.

'Ja, het klinkt nogal verwarrend. Er zijn nu eenmaal gunstige bacteriën en gevaarlijke bacteriën. En van die laatste groep moeten we zo snel mogelijk af zien te komen. En in dit geval ging het om een gevaarlijke variant van de *Clostridium*-bacterie, de *Clostridium difficile* ribotype 027. Dat is een agressieve variant die in dit geval de dood tot gevolg heeft gehad.' David zakte achteruit in de bank. Hij had zijn zegje gedaan, maar Fenna zat nog vol vragen.

'Maar hoe kan het dan dat de dochter van mevrouw Ten Kate en ik niet ziek zijn geworden?'

'Als jouw darmflora gezond is, loop je geen risico. De gezonde bacteriën in je darmen zorgen ervoor dat die gevaarlijke variant geen kans krijgt om tot gevaarlijke proporties uit te groeien. Mensen die verzwakt zijn na een operatie, en vooral als ze antibiotica slikken, lopen juist wel risico om ziek te worden en dus zelfs te overlijden.'

Fenna stond op. De opwinding door het opzienbarende nieuws over de doodsoorzaak maakte plaats voor een enorme onrust. Ze dacht aan Marjet, die gehoorzaam haar pillen slikte. Ook antibiotica, die misschien wel sommige infecties tegenhielden, maar ook haar gezonde darmflora om zeep hielpen en zo een kans gaven aan gevaarlijke varianten zoals deze zevenentwintig-bacterie. Breedspectrumantibiotica had ze nog wel gezegd.

'David, ik begrijp het niet. Als je nou toch een antibioticum slikt dat een breed spectrum heeft, dan zou dat toch juist tegen heel veel soorten infecties moeten werken?' Ze voelde dat de wanhoop haar bij de keel greep. Hoe kon het toch dat er maar zo weinig fout ging in ziekenhuizen als antibiotica je ook ziek konden maken?

'Ja, heel veel infecties worden aangepakt door die antibiotica. Maar juist die breder werkende antibiotica geven ook meer kans op besmetting met deze gevaarlijke variant, omdat ze meer goede bacteriën om zeep helpen. En je moet natuurlijk niet vergeten dat vooral zieke, verzwakte en juist ook oudere mensen gevaar lopen. En mevrouw Ten Kate was verzwakt door de operaties die ze had ondergaan, en ze was natuurlijk al behoorlijk op leeftijd.'

'Maar in Arnhem wisten ze toch al dat ze een infectie had met die *Clostridium*?'

'Ja, maar het antibioticum dat meestal bij een gewone *Clostridi-*

um-infectie wordt gegeven is bij de 027-variant minder effectief. En toen was nog niet bekend dat het om die variant ging. Als ze dat hadden geweten hadden ze een specifieker werkend antibioticum gegeven, hoewel dat een heel zwaar middel is. En alleen het LUMC heeft de expertise om die variant te herkennen.'

Fenna was volledig onder de indruk van alle verschillende varianten en antibiotica. Was dit de oorzaak van alle problemen? Het lag niet aan de pillen uit India, maar aan een stomme bacteriële infectie? Ze keek naar de man naast zich. Hij staarde in de verte.

'Nou, het raadsel is dus opgelost,' zei Fenna.

'Nee, er is nog niets opgelost,' zei David donker. 'De vraag blijft hoe die besmetting in vredesnaam in dat hotel komt. Het is een variant die niet vaak voorkomt en al helemaal niet in een doodnormaal hotel. Het is geen ziekenhuis, geen verpleegtehuis, maar gewoon een hotel. Dus dat blijft op z'n zachtst gezegd erg vreemd. Hoe komt die bacterie daar in de Adéla-Hoeve? Daar moeten we achteraan. Bovendien is die besmetting nu nog steeds aanwezig in de Adéla-Hoeve, of misschien wel in die verdomde privékliniek.' Hij zweeg en leek na te denken. 'We moeten erachter zien te komen of die privékliniek besmet is. Als dat zo is, moet die zo snel mogelijk gesloten worden.'

Fenna keek hem weer aan. Zag ze nu voldane trekken op zijn gezicht? Weer zijn offensief tegen particuliere klinieken?

'Jij moet niet bij je vriendin op bezoek gaan, want jij bent nu ook besmet door mevrouw Ten Kate,' ging David fanatiek verder.

Fenna sloeg haar ogen neer. 'Ik ben al bij haar geweest,' zei ze zacht. 'Maar ze ligt in een andere gang, op de bovenste verdieping en dan de achterste kamer. Dus ver weg van de kamer van mevrouw Ten Kate. Is het gevaar op besmetting dan niet veel kleiner?'

Ze schrok van de heftigheid van David.

'Ik hoop het van ganser harte. Die verdomde kloteklinieken. Ze zouden ze allemaal moeten sluiten. Ze veroorzaken alleen maar problemen.'

53

Het schoot maar niet op, het verkeer leek muurvast te zitten. Fenna tikte nerveus op het stuur en schoof weer een stukje vooruit in de file. 'Ongeluk met een gekantelde vrachtwagen', had ze net gehoord op de radio.

'Waarom net nu?' vroeg ze zich hardop af.

David was vrij snel na zijn uiteenzetting over de bacteriële besmetting vertrokken. Ze dacht terug aan zijn heftige omhelzing. Ze had zijn zoen graag net zo intens willen beantwoorden, maar haar verdenking zat in de weg. Probeerde hij met zijn verdachtmakingen en zijn onbegrijpelijke verhaal over een gevaarlijke variant van een bacterie niet zijn eigen gevecht tegen de particuliere klinieken voort te zetten? Hij was er zo goed in om mensen te overtuigen. Trapte ze nu met open ogen in zijn plan om de kliniek zwart te maken? Was zij als journaliste misschien wel een gewenste prooi? Probeerde hij haar te overtuigen om een artikel te wijden aan de misstanden in de particuliere klinieken?

Toch had zijn verhaal haar direct in de auto doen stappen om bij Marjet te gaan kijken. Stel dat hij inderdaad gelijk had, dat risico kon ze niet lopen. Ze moest controleren of met Marjet alles in orde was.

David wilde het Rijksinstituut voor Volksgezondheid en Milieu, het RIVM, inlichten, dat een speciaal centrum had voor infectieziektebestrijding. Daarna moest hij terug naar het ziekenhuis, waar hij spreekuur had. Maar het liefst was hij persoonlijk naar De Witte Lotus gegaan. Als arts voelde hij zich verantwoordelijk voor de wetenschap die hij net had opgedaan en daarom ook voor de patiënten die in die kliniek behandeld werden. Natuurlijk had Fenna hem voorzichtig gevraagd of het met zijn afkeer van particuliere klinieken te maken had, maar dat had hij zeer stellig ontkend. Alles wat hij kon doen om zo'n besmetting zo snel mogelijk in de kiem te smoren moest aangepakt worden, had hij aangegeven. En het RIVM zou secuur en adequaat te werk gaan, dat wist hij van vorige keren dat hij het centrum ingeschakeld had.

Hij was minder blij geweest met haar voornemen om terug te gaan naar de Adéla-Hoeve. 'Wees voorzichtig, meisje,' had hij haar op het hart gedrukt. De onstuimige zoenen waren doorspekt met bezorgdheid, maar ook met herinneringen aan de nacht die ze samen hadden doorgebracht. Fenna ging met haar tong over haar lippen toen ze eraan terugdacht. Alles kwam weer boven, ook haar tobberige gedachten.

Ze schakelde door naar de derde versnelling. De auto's voor haar maakten iets meer vaart. Ze had thuis totaal geen rust meer gehad. Ze moest weten hoe het met Marjet was en of ze ook besmet was met de agressieve vorm van die bacterie in dat stomme hotel waar ze lag te herstellen onder het oog van de camera. En als ze ook maar het geringste vermoeden had dat Marjet inderdaad besmet was, dan zou ze haar direct in haar auto laden en persoonlijk naar het dichtstbijzijnde ziekenhuis brengen. Ze wist met welke bacterie ze te maken had, dus konden ze direct met de behandeling beginnen.

De remlichten van de auto's voor haar sprongen weer aan en de rij waarin zij reed kwam volledig tot stilstand. Verkeerde rij, dat gevoel had ze altijd in de file. Verdorie, altijd die A12 die voor problemen zorgde, en ze kon niet anders rijden zonder een enorm tijdrovende omweg te maken. Ze had zin om tegen al die mensen te gillen dat ze aan de kant moesten gaan omdat er een levensbedreigende situatie was. Zou ze gewoon over de vluchtstrook rijden? Maar ook dat had geen zin. Het was nog zo'n eind tot de afslag die ze moest hebben.

Opeens bedacht ze dat ze de receptioniste van de Adéla-Hoeve kon bellen. Die wist vast wel hoe het met Marjet was. Ze zou haar toch in de gaten houden? Eventueel kon ze het ziekenhuis vast waarschuwen.

‘Hotel Adéla-Hoeve, waarmee kan ik u van dienst zijn?’

‘Hallo, je spreekt met Fenna Faassen.’ Al snel bleek dat ze het voor haar bekende meisje aan de telefoon had. Fenna vroeg direct hoe het met haar vriendin was.

‘Ik hoorde toevallig dat er bij mevrouw Houtman iets misgegaan was.’

‘Iets misgegaan?’ Fenna schrok zich dood.

‘Ja, u weet wel. Ze had het toilet niet meer op tijd kunnen bereiken,’ zei de receptioniste.

Diarree, dacht Fenna. Het ging fout. ‘Wil je mij een groot plezier doen? Wil je zo snel mogelijk een arts waarschuwen? Ik ben er hopelijk binnen een halfuur,’ zei Fenna terwijl ze naar de kruipende wagens voor zich keek.

‘Maar de verpleging houdt haar goed in de gaten,’ wierp het meisje tegen.

‘Ik wil dat je direct een andere arts waarschuwt. Niet de verpleging van het televisieprogramma. Anders loopt het met haar precies zo af als met mevrouw Ten Kate.’ Fenna kon het niet duidelijker zeggen. Nadat ze nog een paar aanwijzingen had gegeven, verbrak ze het contact. De receptioniste had aangegeven dat ze precies zou doen wat Fenna gevraagd had.

Ze voelde zich enigszins gerustgesteld. Zou ze David bellen? Zou die wat kunnen regelen? Nee, besloot ze. Ze kon de receptioniste in ieder geval vertrouwen. Toch zou de spanning pas echt uit haar lijf verbannen worden als ze met eigen ogen zag dat Marjet in orde was.

* * *

Ruim een uur later reed Fenna eindelijk Oosterbeek in, kwam hard de heuvel af en moest flink in de remmen gaan om de bocht naar links te kunnen nemen. Direct rechts, boven op een heuvel, lag de indrukwekkende Hoeve. Ze reed met grote vaart de oprit op en nam niet de moeite naar de achterkant te rijden om haar auto te parkeren. Alle tijdwinst was meegenomen. Juist nu ze zo veel tijd verloren had door de frustrerende file. Ze haalde haar mobiel uit de handsfree en stak hem in haar broekzak, graaide haar tas van de bijrijdersstoel en sloot de auto af.

De balie was onbemand. Vreemd. Maar ze wist waar ze moest zijn. Met twee treden tegelijk nam ze de trap naar de bovenste verdieping. Nog nahijgend liep ze door de gang naar de laatste kamer. Ze ademde een paar keer diep door voordat ze de kamer van Marjet binnenging.

Marjet lag op bed en het enige wat Fenna zag was verband. Pas toen ze zich over haar heen boog, zag ze de spleetjes in haar gezwollen ogen.

'Marjet, hoe voel je je?'

Ze zag dat Marjet haar lippen bevochtigde voordat ze antwoord gaf. 'Rot. Uitzending moet maar wachten.' Haar lippen leken bijna open te barsten toen ze een zielig lachje produceerde.

Dappere Marjet, dacht Fenna. Ze pakte het bekertje water dat naast haar bed stond en liet haar voorzichtig een slokje drinken.

'Is er een dokter gewaarschuwd?'

'Weet niet.'

'Is de receptioniste dan niet langs geweest?'

'Ja, samen met Raoul. Hij controleert me elk uur.'

'Het is een schatje,' mompelde Fenna cynisch.

'Ja,' zei Marjet, aan wie de ondertoon volledig ontging. 'Morgen vast beter, zegt hij. Tweede dag berucht.'

Ja, ja, dacht Fenna, dat zal wel. Ze moest haar vriendin nu direct meenemen naar een ziekenhuis. Dat kon niet langer wachten. Ze moest echter eerst bewijsmateriaal verzamelen. Ze had de pillen aan Julie gegeven, maar niets meer gehoord.

'Ik ben zo terug,' zei ze tegen haar vriendin, die haar ogen alweer gesloten had. Ze liep de gang in naar de trap en gluurde over de balustrade. Niemand. Dit was haar kans. Het zou haar niet meer dan een paar minuten kosten, schatte ze in. Dat moest kunnen. Daarna zou ze Marjet helpen.

Fenna snelde naar beneden en greep de sleutelkaart. Binnen een minuut stond ze voor de opslagruimte. Ze glipte naar binnen en sloot de deur met een zachte klik achter zich.

Ze liet haar ogen aan het donker wennen. Licht kon haar verraden. Ze liep op de tast verder. Vage schaduwen markeerden de badkamer. Midden in de ruimte zag ze de contouren van de behandeltafel. Daarachter was de kast. Ze schuifelde voorzichtig naar voren. Bang om ergens tegenaan te stoten. Voetje voor voetje. Ze kwam bij de behandeltafel en legde haar handen erop.

Er ging een schok door haar heen. Ze voelde iets zachts! Ze slaakte een gedempte gil en deinsde terug. Er lag iemand op de tafel! Haar hart ging als een razende tekeer.

Ze wachtte op een reactie en ze probeerde met haar ogen te onderscheiden of er enige beweging kwam in het lichaam. Niets. Shit! Geen reactie, dat betekende... Fenna durfde de gedachte niet toe te laten.

Ze moest licht hebben. Wat was er aan de hand? Ze knipte het licht aan. Vol afschuw staarde ze naar het toegetakelde lichaam voor zich op de behandeltafel. De receptioniste lag doodstil, haar kleren doordrenkt met bloed. Haar gezicht vertrokken van angst. Ogen die star omhoog staarden.

Fenna raakte haar opnieuw aan, maar trok direct haar hand weer terug. Het lichaam was warm. Zou ze nog...? Ze legde haar vingers in de hals.

'O nee,' bracht Fenna fluisterend uit. Hoe kon dit gebeurd zijn? Wie had dit op zijn geweten?

Ze onderzocht de zakken van het meisje. Een bos sleutels, een zakdoekje en een mobiele telefoon. Had iemand haar gebeld? Was ze in de val gelokt? Ze duwde op de beltoets van de mobiel van de receptioniste. Wie had als laatste met haar gebeld?

'Dit is de voicemail van David Cohen, spreek uw...'

'Geef die telefoon nu maar aan mij,' donderde opeens een stem door de ruimte.

Fenna draaide zich zo snel om dat ze wankelde. De gsm van de receptioniste glipte uit haar vingers en kletterde op de grond. In een verre uithoek van de kamer stond Raoul en hij stak zijn hand uit, een glimlach om zijn lippen. Hij moest daar al die tijd al gestaan hebben.

'Verbaasd? Dit gebeurt er als iemand haar mooie neusje in andermans zaken steekt,' zei hij, terwijl hij op haar toe liep.

'Wat heb je gedaan?' fluisterde Fenna schor. 'Heb je haar vermoord? Jij vuile klootzak! Je hebt haar vermoord!' Ze stormde op de man af, maar haar armen verdwenen in een ijzeren greep. Haar bril gleed van haar neus toen ze hard meegesleurd werd. Hij gaf een trap tegen de gsm aan, die daardoor als een wilde tol door de ruimte stuiterde.

'Laat me los, jij vuile moordenaar!' Fenna worstelde om los te komen. Ze wilde zijn ogen uitkrabben, zijn lichaam verminken, alles, als het hem maar raakte. Maar ze vocht machteloos tegen de spierkabels die zich spanden in zijn bovenarmen. Veel te veel kracht om tegenop te kunnen.

Toen stootte ze haar knie omhoog. Ze raakte hem volkomen onverwachts in zijn kruis. Ze zag zijn gezicht vertrekken tot een afzichtelijk masker, maar zijn greep verslapte geen moment. Daarna trapte ze hard tegen zijn schenen, maar ze bereikte niet wat ze wilde. Integendeel. Hij verkleinde de afstand tussen hen en legde zijn arm strak om haar middel. Minutenlang vocht ze tegen de overmacht van kracht, totdat ze begreep dat het zinloos was. Ze moest haar hersens gebruiken en op een onverwachts moment toeslaan, dat was haar enige kans.

54

De band knelde om haar buik en voorzichtig probeerde ze wat te verschuiven op de tafel waarop ze vastgebonden was. Maar de band zat te strak.

Raoul was weggegaan met het slappe lichaam van de receptioniste en had haar in het donkere hok achtergelaten. Maar dat leek al uren geleden. Zou hij nog terugkomen? En wat dan? Ze durfde niet verder te denken. De angstige blik in de starende ogen van het meisje kwam steeds opnieuw in haar gedachten. Zou het door haar opdracht zijn gekomen om een andere arts te waarschuwen? Zou zij zelf indirect schuldig zijn?

Ze dacht aan Marjet, die een verdieping hoger lag te vechten tegen die gevaarlijke bacterie. Waarom had ze haar niet direct meegenomen naar het ziekenhuis? Waarom moest ze nou toch zo nodig die pillen uit India gaan halen? Die eeuwige nieuwsgierigheid van haar kon ze nu alleen maar vervloeken.

Maar al snel kwam ze weer bij zinnen. Ze had niets anders kunnen doen. Stel dat de medicijnen uit India echt de oorzaak waren, dan moest iemand ze veiligstellen. Anders konden er nog veel meer slachtoffers vallen. Voordat de officiële instanties hier konden zijn om samples te nemen, zou het misschien wel te laat zijn. Dan waren die middelen allang verdwenen.

Ze dacht terug aan Ben, zijn olijke ogen achter die dikke brillenglazen, zijn steeds kaler wordende hoofd, waar je niets van mocht zeggen. Ben had een neus voor onrecht. En die neus had de goede kant op gewezen. Ze voelde zich tegenover hem verplicht om te zorgen dat de mensonterende praktijken met onwetende proefpersonen in India zouden stoppen. Die lui waren niet bij de grens gestopt. Zelfs hier hadden ze de middelen gewoon aan hun patiënten gegeven. Patiënten die een privékliniek vertrouwden en niets wisten van de gevaren waaraan ze blootgesteld werden. Er was hun niets gevraagd!

Onvoorstelbaar, vond Fenna nog steeds. Nee, ze had niet anders kunnen handelen, daar was ze van overtuigd. Ze was alleen te laat geweest. Ze had direct bij mevrouw Ten Kate al in moeten grijpen. Ze had nooit moeten toelaten dat Marjet opgenomen werd. Ze kon zichzelf wel voor haar kop slaan dat ze haar niet tegengehouden had.

Was Raoul degene die al die doden op zijn geweten had? En werkte hij samen met David? Die had de receptioniste in de val gelokt. Dat leek haar wel duidelijk. Bovendien wist David dat zijzelf terugging naar de Adéla-Hoeve. Raoul had dat toch niet kunnen weten? Haar nieuwsgierigheid werd nu afgestraft op een harde manier. David had Raoul ingeseind en hij hoefde alleen maar te wachten. Gewoon een kwestie van geduld. En zij was er met open ogen ingetuind. Stom, stom, stom.

Nu lag ze hier, vastgebonden op een behandeltafel in het bloed van een ander, wachtend op… Verdomme, nee! Ze schrok van haar eigen gedachten. Een behandeltafel? Hij zou toch niet…? Fenna rukte wanhopig aan de strakke banden, maar kon zich nauwelijks bewegen.

Denk na, Fenna, dwong ze zichzelf. Ze moest haar hersens gebruiken. Kon ze niet op een of andere manier iemand waarschuwen?

Ze voelde de wanhoop steeds verder omhoog wellen. Wat moest ze nou toch doen?

Opeens wist ze het. Haar mobiel. Die had ze nog in haar broekzak zitten. Die had Raoul niet ontdekt. Als ze nou bij haar telefoon kon komen… Ze wrikte haar armen heen en weer onder de strakke banden. Ze balde haar hand tot een vuist en duwde met alle macht tegen de band aan. Het lukte. Haar rechterhand schoot in haar broekzak en ze voelde haar telefoon. Maar op geen enkele manier kon ze haar hand met daarin haar mobiel uit haar broekzak krijgen om te kunnen bellen. Bovendien was ze als de dood dat haar telefoon uit haar vingers zou glippen en onbereikbaar voor haar op de grond zou vallen.

Een sms. Dat was het! Nu kwam het erop aan. De techniek die ze van Tara had geleerd kwam haar nu van pas. Eerst moest ze het toetsenbord ontgrendelen. Toen het geruststellende piepje klonk, wist ze dat dat gelukt was. Nu het bericht. Geconcentreerd tastte ze de knoppen van haar telefoon af om een beeld te krijgen van de nummers. Ze dacht terug aan Tara's aanwijzingen toen ze samen spelenderwijs berichtjes hadden geschreven en verstuurd. 'Als je van elke toets de eerste letter weet, mam, dan weet je ook de rest. Een kwestie van logisch nadenken,' hoorde ze de stem van Tara alsof ze naast haar zat. Fenna sloot haar ogen en begon de toetsen in te drukken. Ze dacht bij elke toets na welke letters er stonden en kwam zo letter voor letter aan een alarmbericht aan Tara. Kort en krachtig. Maar ze raakte volledig de tel kwijt. Ze drukte wanhopig een aantal malen op de toets waarmee ze dacht weer in het beginmenu terug te komen. Waarom kon ze het schermpje dan ook niet zien? Het leek haar onmogelijk om ooit op deze compleet blinde manier een sms te versturen.

Ze zuchtte zo diep mogelijk, waarbij de band om haar borst knelde, en begon opnieuw. A, een keer drukken. D, was dat dezelfde toets? Nee, de volgende, dus ook één keer drukken. De E was dus twee keer. Waar zat de L? Ze pijnigde haar hersens en concentreerde zich op de toetsen, maar ze kon het zich niet herinneren. Ze gokte op de vijf en drukte er twee keer op. Toen twijfelde ze. Nee, ze moest terug, dit klopte niet. Ze drukte op een toets, maar merkte dat ze een rij te laag zat. Wat had ze nu gedaan? Er zat niets anders op dan weer opnieuw te beginnen. Voor alle zekerheid zette ze haar telefoon uit en daarna weer aan.

Haar vingers werden zweterig en glipten van de toetsen, ze wist ook niet zeker meer of ze ze nou wel of niet indrukte, ze kon het zachte tikgeluid niet horen. Hoe kon Tara dit in een tempo alsof ze blind een tekst op een tekstverwerker aan het typen was? Daar had elke letter tenminste een aparte plek. Dat was haar misschien ook nog wel gelukt. Maar niet op een gsm met slechts tien toetsen. Maar ze ging dapper verder, ook al had ze nog geen idee hoe ze het nummer van Tara in haar adresboek kon opzoeken om het bericht te verzenden.

Er schoten tranen in haar ogen toen ze besefte dat ze zo dicht bij een levensreddend contact zat, maar dat ze er waarschijnlijk niet in zou slagen om iets te versturen. Ze moest het risico maar nemen om haar toestel uit haar broekzak te manoeuvreren zodat ze misschien enig zicht zou krijgen op het oplichtende scherm.

Haar vuist was met ingeklemde telefoon veel te dik om te bevrijden, dus probeerde ze de telefoon langs haar pols omhoog te schuiven. Dat lukte. Ze voelde dat opluchting de plaats van de spanning innam. Zie je wel, als je maar na bleef denken en je hersens bleef gebruiken, dacht ze. Op dat moment schoof haar telefoon verder en opeens had ze geen grip meer op het toestel. Wanhopig klemde ze het apparaat tussen haar onderarm en haar middel, haar hand vreemd verwrongen in haar broekzak. Denk, denk na, wilde ze zichzelf toeschreeuwen. Wat nu? Haar spieren hielden vast, maar haar vingers hadden alle houvast verloren. Hopeloos, moest ze aan zichzelf toegeven. Dit kon ze nooit winnen. De kans op alarm was verkeken. Ze ontspande haar spieren en de telefoon gleed omlaag. Het geluid waarmee haar mobiel op de harde grond terechtkwam deed bijna lijfelijk pijn. Het krakende geluid zei haar genoeg.

Op dat moment werd de gelatenheid die ze gedurende een kort moment had gevoeld omgezet in pure vertwijfeling. Ze lag hier te wachten op een wisse dood, maar had zich de enige kans om alarm te slaan laten ontglippen. Het was om gek van te worden. Hoe was ze in deze waanzin terechtgekomen?

En voor ze het wist gilde ze haar frustratie eruit. Alle opgekropte angst en woede knalde ze langs haar stembanden naar buiten. Er moest ergens iemand in dit fucking klotehotel zijn die haar zou horen en die haar zou bevrijden. Ze krijste als een waanzinnige, hoog, lang en vooral zo hard als ze kon.

Op dat moment ging de deur open.

55

Het plotselinge licht verblindde Fenna.

'Wat krijgen we nu?' hoorde ze een bekende stem.

'Jezus, Rachel. Gelukkig dat je me hoorde. Je moet me helpen.' Pas toen zag ze de vage glimlach om de lippen van de psychologe.

'Ik zie dat je het begint te begrijpen,' zei de vrouw zalvend. Rachel stak haar vingers onder de band en trok er even aan. 'Tja, Raoul kent soms zijn eigen kracht niet. Lekker strak zeker?'

'Rachel, ben jij...?' Fenna voelde alle hoop wegzakken. Ze las in de donkere ogen enkel leedvermaak.

'Ja, Raoul is mijn maatje, maar dat had je al begrepen. Na al die jaren dat hij met die zatte geldwolf heeft samengewerkt begreep hij wat echt belangrijk is in het leven. Hij kwam tot inkeer en zocht hulp. Ik heb Raoul van die verslaving genezen. Hij is niet meer afhankelijk van de drank en in ruil daarvoor heeft hij me geholpen om deze zooi aan te pakken.' Ze glimlachte onheilspellend.

'Wat bedoel je met "zooi aanpakken"?'

'Deze zooi. Al die zieke zielen. Mensen die zonder enige reden in hun lichaam laten snijden. Chirurgie is bedoeld om zieke lichamen beter te maken, niet om zieke zielen te genezen. Daar is de psychologie voor.'

'Maar het televisieprogramma dan?' Fenna was volledig overdonderd.

'Wat wil je weten? Of ik het televisieprogramma ondersteun? Of ik vind dat mensen mooier kunnen worden door in zich te laten snijden? Dan krijg je twee keer "nee" als antwoord.'

Fenna walgde van de voldane blik. 'Maar jij zou toch juist als psychologe deze mensen moeten begrijpen? Een cosmetische behandeling is een droom die ze al jaren hebben.'

'Ja, een droom, een fantasie. Ze jagen een beeld na dat er nooit zal zijn. Ze huizen nu eenmaal in een lichaam, maar het gaat om de geest. De geest is de mens, het uiterlijk is een omhulsel. De waanzin van al die make-overprogramma's moet gestopt worden. Daarom heb ik mezelf aangeboden voor *Bodymorfose*. Zo kan ik een daad stellen.'

Even leek het alsof Fenna zichzelf hoorde praten. De woorden waren voor een deel identiek. Het bracht haar in verwarring. 'Oké, die waanzin moet stoppen, maar niet op deze manier. Niet door mensen te vermoorden!' Fenna hoopte dat ook Rachel dat zou inzien. Zou ze wel weten van de dood van de receptioniste?

'Tja, Raoul gaat soms wat ver. Dat is het mannelijke in hem. Het testosteron druipt van zijn lichaam. Maar we moeten de aandacht van de landelijke pers zien te trekken. En toen kwam Raoul met het idee om het risico van een cosmetische operatie wat te verhogen. Lekker aangedikt. Genoeg om media-aandacht te krijgen.'

'Risico verhogen? Hebben jullie die besmetting veroorzaakt?'

'Ja, Raoul kon wel aan een lekkere zieke bacterie komen. De *Clostridium difficile*, een moeilijke bacterie om te detecteren, lekker complex.' Rachel liet een lach rondgalmen. 'Elk verbandgaasje van het Complex heeft hij met de hand besmet. Zijn de gaatjes in de verpakking je niet opgevallen? Hij wist dat alleen de verzwakte mensen echt gevaar liepen. Zelf kunnen we er wel tegen. Wij zijn sterk genoeg.'

Rachel zweeg. Haar gedachten leken opeens mijlenver weg. Ze liep om haar voeteneinde heen. Daar staarde ze Fenna met toegeknepen ogen aan. 'Ik heb pas echt bewondering voor mensen die een sterke geest hebben. Ondanks een lichamelijk gebrek. Een aantal jaren geleden is mijn zusje aangereden. Geschept door een dronken automobilist, weggesleurd uit een normaal bestaan. Kreupel voor de rest van haar leven. Alles kapot vanwege drank. Net als bij mijn vader. Mijn zus had met eigen ogen gezien dat de man achter het stuur zat. Maar zijn vrouw beweerde dat zij gereden had. De man bleek een te hoog promillage alcohol in zijn bloed te hebben. Hij had dus met zijn zatte kop mijn zus aangereden en liet zijn vrouw ervoor opdraaien. Gebrek aan bewijs, was de conclusie van de rechter. Hun woord tegen het woord van mijn zus. Hij ging vrijuit.'

'Wat vreselijk, Rachel,' zei Fenna.

'Vreselijk? Al haar dromen waren in één klap weggevaagd. En dat door een dronken vent! Door een zatte chirurg die zijn geld verdient met uiterlijke schoonheid. Haar schoonheid was in één klap vernietigd. Op dat moment heb ik me voorgenomen om WéJé van Zanten kapot te maken. Zijn kliniek zal na deze hele geschiedenis geheid gesloten worden. Dan zijn ook zijn dromen weg. Zijn toekomst als arts is geen cent meer waard. Dan pas zal hij voelen hoe het is als je toekomst weggevaagd wordt. Mijn zus heeft laten zien wat ze waard is. Ze heeft nu weer een fantastische toekomst. En dat komt doordat ze een sterke geest heeft. En geestelijke kracht is uiteindelijk sterker dan uiterlijke schoonheid.'

'Je hebt je doel bereikt. Zijn kliniek zal na al deze sterfgevallen gesloten worden, daar ben ik van overtuigd. Maak me los, zodat we in ieder geval mijn vriendin nog kunnen redden.'

Rachel lachte, maar haar ogen stonden strak. 'Dat kun je toch niet menen? Kom nou toch, mevrouw de journaliste.'

Het kleinerende toontje was afschuwelijk.

Maar Rachel ging verder. 'Ik maak mijn werk af. Ik wil hem zien lijden. Zijn winnares zal de andere patiënten volgen. Juist zijn winnares, met wie hij veel eer wilde behalen, zal als een afzichtelijk gehavend monster sterven. Allemaal dood. Het televisieprogramma zal keihard onderuitgaan. En nu kan hij niemand anders daarvoor op laten draaien, hij zal zijn eigen verantwoording moeten nemen. Eindelijk moet hij laten zien wat hij waard is, en ik ben ervan overtuigd dat hij zichzelf naar de verdoemenis zal helpen, getrouwd met zijn fles.'

Wraak, dacht Fenna. Daar moest zij niet het slachtoffer van worden. En Marjet ook niet. Marjet een afzichtelijk gehavend monster? De woorden striemden haar hart.

'Maak me eerst eens los, dan kan ik op een gelijkwaardige manier met je praten. Dit is geen basis voor een gesprek. Dat moet jij als psychologe toch weten.'

'Praat me niet over wat wel of niet goed is in de psychologie! Wat weet jij daarvan? Ik hoefde maar een enkele opmerking te maken over je oogleden of je ging overstag en bezocht die dronken vleessnijder. Denk je nu werkelijk dat je daardoor gelukkiger was geworden? Nee! Uiterlijk schoon levert alleen maar ziekte en dood. Iedereen zal zich voortaan wel tien keer bedenken voordat ze in hun gezonde lichaam laten snijden. En dan is ons doel bereikt. En tegelijkertijd is mijn zus gewroken.'

Fenna had geen idee meer wat ze moest doen. Haar aan de praat houden leek de beste optie. Ze klampte zich, tegen beter weten in, vast aan de gedachte dat haar sms goed doorgekomen was. Of zou Tara haar al missen en hulp mobiliseren?

'Rachel, een slimme vrouw als jij weet dat iemands zelfverzekerdheid groeit als haar uiterlijk goed is. Kleren, make-up, mooi haar, dat is toch belangrijk voor een vrouw. Je gezicht is je uiterlijk en geeft weer wie je bent,' zei Fenna.

'Nee,' gilde Rachel uit. 'Je uiterlijk geeft niet weer wie je bent. Dat is dus het grootste misverstand. Je begrijpt er echt niets van! Kijk naar mijn zus, ze is kreupel en haar schoonheid heeft een knauw gekregen, maar toch is ze mooier dan ooit. Denk eens na! Wat doe je de hele dag? Waar ben je mee bezig?' Ze boog zich over Fenna heen en dwong haar om haar aan te kijken. 'Je bent de hele dag aan het denken, luisteren, kijken wat er om je heen gebeurt. En daar doe je iets mee omdat je dat wilt. Allemaal zaken die te maken hebben met je geest. De menselijke geest is de levenskracht die je hebt. Die is niet te zien, maar wel te voelen. Je geest geeft weer wie je bent.'

Rachel liep van haar weg en begon door de ruimte te ijsberen.

'De menselijke geest is zo verschrikkelijk sterk. Mensen die positief zijn ingesteld, leven langer. Dat is bewezen. Positief denken is vele malen sterker dan welk medicijn ook. Mensen kunnen genezen door de kracht van het positivisme. Je geest kan je lichaam versterken, overwinnen zelfs.' Rachel draaide zich opeens naar haar toe. 'Ben je nooit uitzinnig geweest van geluk?'

Fenna kon niets anders doen dan knikken.

'Had dat met je uiterlijk te maken?' Ze wachtte even, maar gaf toen zelf het antwoord. 'Nee, natuurlijk niet. Het had te maken met iets wat zich in je hoofd afspeelde. Je geest laat dat geluk toe.' Toen fluisterde ze opeens dicht bij Fenna's hoofd: 'Maar diezelfde geest kan je ook breken en ervoor zorgen dat je volledig doordraait. Hij kan je knettergek maken. En dát...' ze wees met haar vinger in de lucht, '... is ook een studie waard.'

Knettergek, dacht Fenna.

Op dat moment ging de deur open. Fenna draaide hoopvol haar hoofd. Maar toen ze Raoul zag, wist ze dat ze een nog groter probleem had. Er was nu een combinatie van geestelijk en lichamelijk vermogen om haar te breken. Hoe kon ze zich daartegen wapenen?

'Het meisje is verborgen,' zei Raoul simpel. Hij liep op Rachel af en duwde zijn mond op haar lippen, die als vanzelf om de zijne sloten. Fenna draaide haar hoofd af. Minnaars in crime.

'Zo te zien heb jij in het bos gespeeld,' zei Rachel. Ze streek met haar vinger over Raouls kin, alsof ze een kind aanhaalde.

'Zal ik haar ook maar...?' Raoul gaf een knikje in Fenna's richting.

Fenna schrok en slikte een dikke brok weg die opeens haar ademhaling belemmerde.

'Nee, ik ben bereid haar een kans te geven. Ze mag bewijzen dat ze over een sterke geest bezit, dan kan ze blijven leven.'

Rachel liep op Fenna af, haalde de tafel van de rem en reed haar met tafel en al naar de badkamer.

Wat gaat er gebeuren? Fenna's keel zat nog steeds dicht. Ze kreeg nauwelijks lucht.

'Als je een krachtige geest hebt, kun je dit goed weerstaan,' fluisterde Rachel, terwijl ze ver over haar heen boog. 'Maar laat je geest je in de steek, dan word je gek!' schreeuwde ze terwijl ze haar hoofd in de nek gooide. 'Je lichaam is uitgeschakeld. Nu ervaar je alleen nog maar je geestkracht.'

Na die woorden voelde Fenna dat Rachel een soort houder in haar nek schoof, waarna haar hoofd met een band werd vastgezet. De machteloosheid was afschuwelijk. Haar spieren probeerden weerstand te bieden, maar verkrampten volledig.

Opeens zag Fenna de douchekop boven zich verschijnen. Geheel onverwachts vielen er druppels naast haar op de tafel.

'De druppende kraan, ook wel bekend als de Chinese watermarteling. Een klassiek voorbeeld van psychologische krachtmeting.' De stem van Rachel kwam ergens van opzij.

Fenna werd verschoven totdat de druppels op haar voorhoofd terechtkwamen. Ze schrok en kneep haar ogen samen. Elke druppel gaf opnieuw een schok met dezelfde reactie. En dat in een continue aaneenschakeling.

56

Hoeveel druppels er al gevallen waren, wist Fenna niet meer. Ze was alleen gelaten in de eenzame duisternis, maar had dat nauwelijks geregistreerd. De intensiteit van het vallende water bleek overweldigend. Haar reflex die elke keer weer reageerde. En elke druppel die uiteenspatte en in straaltjes van haar gezicht liep. Alles begon te jeuken. Haar gedachten die heen en weer begonnen te springen en die ze niet langer dan een druppel bij elkaar kon houden. Het was hondsvermoeiend. Haar dichte ogen waren kleine poeltjes geworden. Al binnen een paar minuten was haar gezicht nat, waren haar haren doorweekt en liep het water verder naar de rest van haar lichaam.

Splatsj. Het geluid werd met elke druppel sterker en holler. Concentreren op andere zaken was onmogelijk. Telkens weer werd haar aandacht opgeëist. Minutenlang was ze gaan tellen, om haar geest bezig te houden met iets anders dan die terugkerende klap.

Er ontstond een druk op haar hoofd. Ze voelde dat ze haar spieren bij elke vallende druppel samentrok met een gelijktijdige verkramping van haar schouders. Heel bewust probeerde ze haar spieren te ontspannen, en zelfs haar schouders in hun beperkte bewegingsvrijheid te draaien.

Splatsj. Het deed zeer. Haar huid raakte dusdanig geïrriteerd dat de druppels als korte hamerslagen aanvoelden. Hoewel haar geest haar in de steek begon te laten, kon ze nog wel bedenken dat Rachel het helemaal fout had. Het was niet slechts een psychologische marteling, niet slechts een kwestie van een sterke geest. Hoe lang kon ze dit nog volhouden? Een vervelende druk op haar blaas begon haar parten te spelen.

Splatsj. De pijn trok door haar hoofd. Ze trok haar voorhoofd in een frons om het oppervlak te veranderen. Haar huid leek beschadigd door de vallende druppels, een soort huiderosie. Ze spande haar nekspieren, die ze op voelde zwellen, en draaide haar hoofd slechts een millimeter. Haar huid schuurde langs de band om haar hoofd. Het verminderde de pijn. Zodra ze haar spieren liet verslappen, schoof haar hoofd automatisch terug in de oude positie en werd de plek weer gegeseld die al zo veel te verduren had gehad. Wanneer kreeg ze eindelijk rust? Hoe lang lag ze hier nu al te lijden? Haar ogen begonnen te branden toen ze tranen voelde opwellen. Ze verlangde naar stilte in haar hoofd. Even geen stekende klap op haar voorhoofd, geen uiteenspatten van het water, geen reflex van toegeknepen ogen. Rust. Alsjeblieft!

Splatsj. Waren het tranen of waterdruppels die langs haar gezicht naar beneden drupten? Alles was doorweekt en vloeide samen in haar nek. Ze lag inmiddels in een plas water en probeerde zich te concentreren op Marjet. Ze had haar vriendin in de steek gelaten. Zou ze nog wel gered kunnen worden? Was de strijd al beslecht in het voordeel van de bacteriën?

Kon ze maar bewegen, alleen het vastliggen zorgde al voor een schreeuwende beperking. Al haar spieren deden zeer door de banden die haar lichaam immobiliseerden. Het was gewoon niet waar wat Rachel had gezegd. Het had niet alleen met haar geest te maken. Haar geestkracht kon deze marteling niet overwinnen. Het was ook een lichamelijke marteling, werkelijke pijn elke keer dat een druppel als een kogel op haar voorhoofd afgevuurd werd. Deden ze dit op Guantanamo Bay?

Splatsj. Haar blaas hield het niet meer vol. De druppels waren te veel. De aandrang werd te sterk. Ze moest zo nodig dat er pijnlijke krampen in haar buik op kwamen zetten. Krampen als bij de bacteriebesmetting? O, Marjet, hou jij het nog vol? Is er nog tijd? Ze moest zo ontzettend nodig plassen. Maar ze kon het toch niet zomaar laten lopen?

Splatsj. Ze wilde haar gedachtestroom leiden, maar deze werd elke keer weer uiteengeslagen. Weggezogen naar een volgende druppel, naar een volgend hol geluid in haar hoofd. Daar galmde het door tot de volgende spat de klankkast van haar hoofd aansloeg. Haar concentratie duurde niet langer dan een enkele druppel. Was David dan toch onschuldig? Of werkte hij met dit tweetal samen? Ze kon niet nadenken!

Splatsj. Weer weggerukt uit haar gedachten. Het galmde na in haar hoofd. De pijn werd bijna ondraaglijk, alsof ze met een scherpe spijker op een blauwe plek aan het drukken waren. Haar lichaam spande onder de strakke banden, het was een afgrijselijke ervaring om niet te kunnen bewegen. 'Aaaagh!' gilde ze, terwijl ze haar lichaam in wanhoop leek te krommen. En weer schreeuwde ze. Het was pijn met pijn bestrijden, zoals ze vaker had gedaan door haar nagels in haar vlees te duwen. 'Neeee!' schreeuwde ze tegen de galm in, die daardoor geen invloed leek te hebben.

Splatsj. Ze kon het niet langer ophouden. Ze voelde haar warme urine langs de binnenkant van haar dijen lopen. Het was een verademing dat de krampen wegvloeiden. Maar de opluchting werd tenietgedaan door een walging van zichzelf.

De pijn in haar hersens werd heftiger. Alsof er een mes diep in haar hoofd werd geduwd, er weer uit werd getrokken om opnieuw in haar pijnlijke hersenpan gepriemd te worden. Alle aandacht manifesteerde zich op de druppels, die in een onhoudbaar tempo haar voorhoofd teisterden. De klank was als een kerkklok die naast je oren heen en weer zwaaide, en die je hersens in een niet te dragen trilling bracht.

Haar gedachten kolkten door elkaar heen. Alle gebeurtenissen van de afgelopen tijd draaiden met een niet te stoppen snelheid voor haar ogen. Mevrouw Ten Kate draaide haar verbonden gezicht naar Fenna toe. Het verband viel eraf en ze toonde haar afzichtelijke grijns onder een stel opgezwollen ogen. Fenna wilde haar hoofd heen en weer gooien om aan die vreselijke beelden te ontkomen. Maar ze lag vast. Het mishandelde gezicht van Marjet dook op. Haar stem galmde door Fenna's hoofd. 'Waarom heb je me niet tegengehouden? Jij wist dat die vent niet te vertrouwen was.' De beschuldigingen sneden in haar hart en ze kneep haar ogen sterker dicht om niets meer te hoeven zien. Kleuren draaiden door elkaar heen als op een schilderspalet. Het rode bloed, vastgeplakt op Marjets gezicht, werd paars en zelfs blauw. Het gezicht vervormde. Fenna herkende Ben. Hij had zijn ogen opengesperd in doodsangst. Levensreddende lucht ontsnapte en borrelde langzaam naar boven. Een verstikkende benauwdheid nam bezit van haar. Ze kreeg geen lucht. Al dat water. Ze zat er middenin en verdronk in de draaikolk die haar gedachten meesleepte. Ze voelde de lucht uit haar neus sijpelen, alsof het leven haar langzaam verliet. Ze werd naar beneden getrokken. Lucht!

'Neeeeee!' schreeuwde ze haar longen open. Ze wilde dat het ophield. In de kracht van haar eigen stem dacht ze haar naam te horen, maar de klank vibreerde weg in de klankkast van haar hersens. Riep iemand haar naam? Zou er iemand komen om haar uit deze martelkamer te bevrijden? Ze opende haar ogen en probeerde in de korte tijd tussen de druppels om zich heen te kijken. De duisternis vervormde de douchekop boven haar tot een gapende muil die zijn kwijl over haar uitstortte. Het smerig ruikende speeksel sloeg traag uit elkaar op haar hoofd. Walgend rook ze de zure lucht. Ze voelde de speekseldraden over haar gezicht naar beneden glijden.

'Ga weg. Laat me met rust! Neeeee! Weg!' Haar stemgeluid kaatste tegen de tegels en galmde rond. Haar naam klonk door het laatste woord heen. Haar naam? Riep iemand haar? Weer opende ze haar ogen. Het douchegordijn hing naar beneden en leek traag te bewegen op de klanken die ze uitstootte.

'Laat me niet alleen! Heeeeelp!' Weer bewoog het gordijn, dat nu vervormde tot een lichaam dat tegen de douchewand geleund stond. Fenna knipperde met haar ogen om het vocht weg te krijgen dat haar zicht vertroebelde.

'David?'

De vertrouwde gestalte van David leunde ontspannen tegen de muur en zijn blauwe ogen keken haar aan, zelfs de lachrimpeltjes kon ze plotseling onderscheiden. Waar kwam hij opeens vandaan? Hoe wist hij dat ze hier lag?

'Maak me los, David.' Eindelijk voelde ze een hoop opvlammen. Ze werd bevrijd.

Maar de gestalte bewoog niet. De druppels knalden op haar hoofd en maakten dat ze haar ogen moest sluiten. Waarom hielp David haar niet? Was hij niet gekomen om haar te bevrijden? Zou hij toch...?

Ze probeerde te draaien, maar de banden sneden in haar lichaam. Druppels bleven als hamerslagen vallen. Toch dwong ze zich om naar hem te kijken. De ogen van David draaiden om elkaar heen en zijn lachende mond kronkelde er als een slang onderdoor. Zijn lach resoneerde met het geluid in haar hoofd tot een vreemd klinkend muziekakkoord. Hij vervaagde.

'David? Ga niet weg. Je moet blijven, je moet me helpen!'

Maar de gestalte loste op in de duisternis en zijn silhouet deformeerde tot de figuren op het douchegordijn. Hoorde ze het gordijn ritselen? Was David alleen maar even weggedoken om zo weer op te duiken om haar te bevrijden?

'David? David! Je mag me niet alleen laten. Die lui zijn levensgevaarlijk!' Fenna schreeuwde weer. Ze moest haar hersens afleiden van de immense pijn die nu door haar hoofd sneed. Ze begon zich af te vragen of ze inderdaad David had gezien. Er was nu geen geluid meer, behalve de dreunende druppels. Zouden haar zintuigen haar voor de gek houden? Was er geen David, maar waren er ook geen druppels? Lag ze niet vastgebonden te vechten tegen die snijdende pijn? Welke van haar gewaarwordingen was waar? Wie hield wie voor de gek?

Het enige wat ze kon doen om zichzelf sterk te houden was praten en schreeuwen. Ze moest zichzelf hardop moed inspreken. Ze moest gillen om aandacht te trekken. En als een waanzinnige voegde ze de daad bij het woord. Maar weer echode haar naam door haar stem heen. Geen aandacht aan besteden, dacht ze. Als ze eraan toegaf dat ze stemmen hoorde, werd ze gek. Ze moest haar hersens erbij houden. Geestkracht, positivisme, dat moest ze vasthouden, probeerde ze de woorden van Rachel te herhalen.

Maar weer hoorde ze een kreet. Nu veel duidelijker dan al de voorgaande. Het klonk vragend en doordringend. Het kon niet, dacht ze vertwijfeld, ze werd echt gek. Hoe kon haar naam door die druppels gevormd worden?

'Fenna!'

'Mam!'

De stem klonk nu boven alles uit. Vragend en dwingend om antwoord.

'Tara!' riep ze boven de geluiden in haar hoofd uit. Tara was er. En weer schreeuwde ze. Ze bleef schreeuwen om de holle galm in haar hoofd te laten zwijgen. Schreeuwen om de pijn niet meer te hoeven voelen. Huilen om de druppels niet meer te hoeven onderscheiden.

57

'Mam, je bent gewond.' Tara schoot verschrikt op haar af.

'Maak me los. Zet de kraan uit!'

Eindelijk was ze los. Ze bewoog voorzichtig haar hoofd en voelde iets kraken in haar nek.

De continu eisende druppels waren gestopt. Fenna probeerde haar gedachten te ordenen. Maar de chaos dreunde door.

'Fenna, kom effe zitten.' Een sterke arm hielp haar overeind. Het bezorgde gezicht van John werd zichtbaar.

Fenna glimlachte naar hem. 'John. O, John.'

'Mam, wat is er gebeurd?'

Fenna bewoog haar armen en draaide haar schouders. Ze veegde met haar hand over haar voorhoofd waar een bonkende hamer door bleef slaan.

'Wat een waterballet, hiero,' zei John, terwijl hij de kamer rondkeek. 'Wat hebben ze met je uitgehaald? En wat een bloed. Waar ben je gewond? Ik zie geen wond.' John bekeek haar aan alle kanten.

'Nee, geen wond. Ik niet.' Toen besefte ze pas hoe vreemd het was dat Tara en John er opeens waren. 'Hoe wisten jullie...? Ik kreeg het niet voor elkaar,' bracht ze wanhopig uit.

'Wat niet, mam?'

'Sms'en. Het lukte niet.'

'O, mam,' klonk het zacht.

'Hoe komen jullie hier?'

John begon een heel relaas, dat Fenna slechts voor een deel kon volgen. Bij de naam 'David' sprongen haar gedachten opeens in het gareel. 'David? We moeten de politie waarschuwen. Er zijn hier een aantal gekken die mensen ombrengen. En ik moet naar Marjet,' fluisterde ze. 'We moeten Marjet helpen.'

‘Meidje, ik heb alle verkeersregels overtreden. We zijn een aantal malen op de foto gezet, met flits. We zijn er om jou te helpen en jij vraagt naar Marjet? Laat nu eerst eens naar jou kijken. Waar komt dat bloed vandaan?’

‘Maak je geen zorgen, mam,’ onderbrak Tara. ‘David is er ook en zorgt voor Marjet.’

Fenna probeerde haar dochter aan te kijken, maar de ogen van Tara draaiden voor haar gezicht. Ze dacht terug aan de kolkende ogen van David naast haar bij de douchewand. Fenna sloot haar ogen om haar gedachten niet te laten verzuipen. David was er, zei Tara. David was hier? Was hij dan toch bij haar geweest? Waarom had hij haar dan niet geholpen? Waarom had hij haar gewoon alleen gelaten?

‘Dit is de voicemail van David Cohen…’ hoorde ze de melding in de gsm van de receptioniste weer. Hij had dat meisje in de val gelokt! Hij had vast ook Raoul geholpen! Daarom was hij in het hotel en had hij haar laten liggen. Ze spanden met z’n drieën samen in hun oorlog tegen de privéklinieken. Ze wilden samen WéJé ruïneren.

‘Nee!’ schreeuwde Fenna toen. Ze wist wat ze moest doen. Zij was de enige die hem kon tegenhouden. Ze moest Marjet redden!

Ze greep de arm van John om steun te hebben en draaide van de behandeltafel af. Ze zakte direct door haar benen, die tintelden onder haar lijf. Het was maar goed dat John haar vastgreep, anders was ze direct plat gegaan. Een suizende toon dwong haar om rustig te gaan zitten. Het zwarte waas trok langzaam weer weg.

‘Mam, rustig! Je bent gewond. Je hebt veel bloed verloren,’ zei Tara dwingend.

‘Nee, nee. Bloed van het meisje. Niet van mij. Ik moet Marjet helpen. David mag er niet bij. O shit! John, help me!’

‘Zeg maar wat ik moet doen, meidje?’

‘We moeten naar Marjet. David mag haar niets doen. Ik moet een ambulance bellen voor het te laat is.’ Ze voelde dat ze op haar benen geholpen werd. 'Kom, Tara, pak mijn andere arm. Wij moeten hier weg. En we moeten de politie waarschuwen. Straks komen die engerds terug.'

Tara ondersteunde haar. Het water droop van haar kleren en een zure urinestank verspreidde zich door de kleine ruimte. Fenna voelde dat haar spieren protesteerden, maar ze moest doorzetten. Ze moest zorgen dat Marjet hulp zou krijgen.

'Wacht mam, ik pak een rolstoel. Ik zag dat er eentje op de gang stond.'

Tara kwam binnen een paar seconden met een rolstoel aanlopen en Fenna liet zich dankbaar zakken. Daarna reden ze in een noodvaart door de gangen naar de lift. Fenna hoefde alleen maar aanwijzingen te geven en zich vast te houden aan de leuningen. Voor ze bij de lift waren had John de politie al aan de lijn. Fenna had hem nog nooit zo bondig een uitleg horen geven.

'Ze komen zo snel mogelijk hierheen,' zei hij.

In zeer korte tijd waren ze bij Marjets kamer. John gooide de deur open en Fenna werd naar binnen gereden. Ze had moeite de situatie direct te overzien. Ze zag Marjet op bed, en David, die zich met een injectiespuit in zijn handen over haar heen boog.

'Weg daar, David! Blijf bij Marjet weg,' zei Fenna.

'Fenna! Is alles in orde?' vroeg David. 'En waarom ben je zo nat? En de rolstoel? Ben je gewond?' Hij liep op haar af.

'Wacht, David,' weerde ze hem af. 'Later. Eerst dit.' Fenna wees op de injectiespuit.

David keek naar de spuit en toen naar haar. Hij leek verbijsterd door haar kille afwijzing. 'Fenna, wat is er gebeurd? De angst om jou wurgde me bijna, toch ben ik eerst nog langs de apotheek van het ziekenhuis gereden. Dit is een speciaal antibioticum tegen die gevaarlijke bacterie. Je vriendin moet dat zo snel mogelijk krijgen. Toen ik doorkreeg dat jij in de problemen zat, was het voor mij direct ook duidelijk dat je vriendin doodziek moest zijn.'

Fenna's kuitspieren vormden nu een stekende bron van pijn. De bloedtoevoer was te lang afgekneld geweest. Haar gedachten waren direct weer afgeleid. 'David, ik begrijp het niet. Vertel me wat jíj hier doet. Hoe wist je…?'

David strekte zijn armen in de lucht. 'Jeetje, Fenna. Dat zeg ik je toch net. Ik heb dat antibioticum tegen die gevaarlijke variant opgehaald. Dit hier is vancomycine, een van de allerzwaarste antibiotica. Ik moet het zo snel mogelijk injecteren.'

Fenna streek over haar ogen. Haar hoofd was niet helder, ze kon niet nadenken. Was het waar wat David zei? Maar waarom had hij haar dan laten liggen? Wilde hij Marjet iets anders toedienen? Ze moest nu beslissen wat er moest gebeuren. Ze keek naar Marjet, die volledig onwetend van alle consternatie in bed lag. Fenna stelde zich voor hoe die gevaarlijke bacterie zich aan het vermenigvuldigen was met een exponentiële snelheid. Hoe langer zij zou twijfelen, hoe zieker Marjet zou worden en hoe dichter ze zou komen bij het *point of no return*.

'Waarom heb je me alleen gelaten? Ik had hulp nodig! Je hebt me in de steek gelaten,' huilde Fenna nu bijna.

'Waar heb je het over? Alleen gelaten? We hadden toch afgesproken dat ik naar mijn spreekuur ging en jij naar je vriendin?' De ogen van David drukten onbegrip uit.

Fenna diepte in haar hoofd naar de herinneringen die veel te ver weg waren gezakt. Het leek eeuwen geleden dat zij en David uit elkaar waren gegaan. Dat ze in de file had gestaan. Maar het feit dat hij haar niet had bevrijd, drong steeds naar de oppervlakte.

'Waarom liet je me liggen, overgeleverd aan de pijn? Waarom heb je me niet bevrijd? Je wist toch dat ik hulp nodig had?'

'Ja, natuurlijk wist ik dat je hulp nodig had. Maar dat kwam door de receptioniste.'

Fenna kon hem niet meer volgen. Ze wreef over haar voorhoofd, maar schrok van de pijn die dat opleverde. David ging verder.

'Ik zal het je rustig proberen uit te leggen, want volgens mij ben jij behoorlijk de kluts kwijt. Ik weet niet wat er allemaal met je gebeurd is, maar ik zal eerst mijn verhaal doen, zodat ik daarna je vriendin zo snel mogelijk kan helpen. Ik was, zoals we afgesproken hadden, naar mijn spreekuur vertrokken. Ik neem aan dat je je dat nog kunt herinneren?'

Fenna knikte, wat haar een nare steek in haar nek opleverde.

'Daar kreeg ik een telefoontje van de receptioniste. Ik had haar mijn telefoonnummer gegeven op die avond dat ik jou uit het bos redde. De medische wanorde die ik op die avond aantrof was dusdanig dat ik haar had gezegd dat ze me altijd kon bellen als ze medische hulp nodig had. Daar zijn artsen namelijk voor.' De cynische ondertoon was onmiskenbaar. 'Voordat ik met mijn spreekuur begon belde ze me. Ze gaf door dat ze het idee had dat je vriendin snel achteruitging. Ik heb haar aangeraden een ambulance te bellen. Die kon er sneller zijn dan ik. Ik kon bovendien mijn patiënten niet in de steek laten.'

De informatie die David uitspuugde kwam te snel achter elkaar. Fenna's hoofd was warrig, maar ze dwong zichzelf op te letten. Het was te belangrijk.

'Een uurtje later bleek dat ze nog een keer had gebeld,' ging David verder. Het was duidelijk dat hij ongeduldig werd. 'Ik zag dat ik een voicemailbericht van haar had. Maar toen ik dat afluisterde, hoorde ik alleen maar een heleboel herrie. En toen opeens klonk jouw stem ertussendoor, hoog schreeuwend op de achtergrond. Toen wist ik dat je in de problemen zat. Ik heb je nog op je gsm gebeld, maar die had je uit staan. Daarom heb ik maar naar je huis gebeld, en kreeg je dochter aan de telefoon. Zij beloofde me dat ze zo snel mogelijk naar Oosterbeek zou gaan om te kijken wat er aan de hand was. Ik heb mijn assistente de rest van de patiënten af laten zeggen en ben direct het antibioticum gaan halen. Daarna ben ik als een razende hiernaartoe gereden. In de hal kwam ik je dochter tegen. En deze man,' hij wees op John, die met open mond stond te luisteren. 'Ze waren ook net in het hotel, maar hadden je nog niet gevonden. Ik wist ook niet waar je was, maar wel waar je vriendin moest liggen. Dat had je me verteld. Ik besloot dat ik eerst je vriendin moest onderzoeken en daarna mee kon helpen zoeken naar jou. Gelukkig hebben ze je snel gevonden. Zo is het dus allemaal gelopen. Geloof je me nu?' Het gezicht van David stond kwaad. Zijn ogen flonkerden en hij had zijn armen demonstratief over elkaar geslagen.

'Dus je hebt niets met Raoul en Rachel te maken? Je hebt ze niet geholpen bij hun oorlog tegen de privéklinieken?'

'Ik? Natuurlijk niet. Ik voer geen oorlog! Ik probeer alleen maar mensen te helpen.'

'Sorry, David. Maar waarom...?' Fenna dacht terug aan het vage beeld van David, die naast haar had staan lachen. Was hij dat wel geweest? 'David, nog een vraag. Ben je bij me geweest toen ik op die behandeltafel lag?'

'Jij, op een behandeltafel? Was je ook ziek geworden?'

Opeens drong het tot Fenna door dat haar geest vreemde trucjes met haar had uitgehaald. Haar wens dat iemand haar zou helpen had waanbeelden opgeleverd van de man die ze zo graag naast zich had gezien. En het wantrouwen dat toch nog ergens in haar gedachten had gezeten had die waanbeelden omgetoverd tot een nachtmerrie. Haar geest had haar voor de gek gehouden.

'Sorry,' zei ze opnieuw. 'Ik wist niet meer wie ik kon vertrouwen. Sorry,' zei ze zacht.

'Mag ik nu alsjeblieft die injectie gaan geven?' vroeg David met een scheve glimlach.

Fenna knikte.

Toen David klaar was, kwam hij naar Fenna toe en gaf haar een kus op haar wang.

'Ik wil heel graag weten wat er nou allemaal gebeurd is. En wat zich in jouw hoofd heeft afgespeeld.'

Fenna knikte. Ze voelde zich vreselijk moe.

'Maar eerst moet je maar eens een douche opzoeken om je een beetje op te frissen. Je ruikt niet echt lekker.'

58

Fenna zat onderuitgezakt achter in de auto van John. Ze keek naar haar dochter, die als een reservepiloot naast haar buurman zat en sloot toen haar ogen. Eindelijk naar huis, kon ze alleen maar denken. Haar lichaam voelde zwaar, en alles in haar hoofd leek beurs. Ze had nauwelijks kunnen volgen wat er na haar bevrijding allemaal was gebeurd, het enige wat ze in de gaten had gehouden, was dat Marjet opgehaald werd door een ambulance.

Zou ze het halen? Schuld sneed als een scalpel door haar hart. Had ze nou maar eerder... De gedachte aan het onnodig lange lijden van Marjet werd haar te veel. Er zat een dikke brok in haar keel en ze hoestte om lucht te kunnen krijgen.

'Gaat het, mam?' hoorde ze haar dochter zeggen. Ze keek op en zag dat Tara haar in de gaten hield.

Ze knikte, waarbij de pijnscheuten door haar hoofd striemden. 'Ik ben bang dat ik het allemaal verknald heb,' bracht ze uit.

'Maar je hebt juist gevochten als een leeuw om tante Marjet te beschermen!'

'Ik heb het geprobeerd, maar...' Ze zag de beelden weer opdoemen. 'Ik weet het niet meer. Alles lijkt een nachtmerrie.'

'Denk je dat de daders opgepakt worden?'

'Je bedoelt Rachel en Raoul? Vast wel. Ik denk dat Marjet wel aangifte zal doen.'

'Jij ook? Ze hebben jou behoorlijk mishandeld.'

'Nee, ik denk het niet.' Ze zette een schamper stemmetje op: 'Douchewater, mevrouw? Noemt u dat mishandeling?'

Tara schoot in de lach. 'Rust nog maar even, mam. Over een halfuurtje zijn we thuis.' Tara draaide zich weer naar voren.

Gehoorzaam sloot Fenna haar ogen. Ze probeerde rustig te ademen. Ze vroeg zich af hoe mooi Marjet eruit zou zien als haar wonden geheeld waren. En vooral of die uiterlijke schoonheid haar dan ook gelukkiger zou maken. Of had Marjet al die jaren een beeld nagejaagd dat er nooit zou zijn, zoals Rachel beweerde. 'De geest is de mens, het uiterlijk is een omhulsel.' Fenna's gedachten begonnen weer akelig rond te draaien. En nu haar oogleden het zicht afschermden kwamen de beelden ook terug. De verbonden gezichten van mevrouw Ten Kate en Marjet die steeds in elkaar overvloeiden. Het beeld van Ben die verdronk. O, Ben, waren we er maar nooit aan begonnen… Tranen prikten als spelden in haar ogen. Ze dropen langs haar gezicht, alsof ze de druppels van het geselende water waren. Alle vragen kwamen terug. Had Marjet het juiste antibioticum nog op tijd gekregen? Waarom heb ik haar niet eerst naar een ziekenhuis gebracht? Ik wist niet wie ik kon vertrouwen. 'Ik wist het niet,' zei ze hardop.

'Je kunt er niets aan doen, mam,' kwam het zachte antwoord van Tara.

'Ik had haar zélf naar het ziekenhuis moeten brengen. Dat was de enige manier om te zorgen voor de juiste behandeling.'

'Rustig maar, mam. Tante Marjet is in goede handen. David is met haar meegegaan. Hij zei dat hij voor haar zou zorgen.'

Een beangstigende gedachte drong steeds dieper door. Juiste behandeling. Ziekenhuis. David? Hij zou voor haar zorgen? Een scheut adrenaline waaierde door haar lichaam. Ze schoot recht overeind. 'Is Marjet wel naar het ziekenhuis?'

Epiloog

Fenna legde de telefoon neer. De opluchting drong diep door. Marjet was aan de beterende hand. Nadat ze dagenlang in een zeer kritieke toestand in het ziekenhuis had gelegen, in gevecht tegen de bacterie, trad nu eindelijk een verbetering op.

'Wie was dat?' Tara stak haar hoofd om de deur.

'David. Marjet begint wat op te knappen. Het antibioticum slaat gelukkig aan,' zei Fenna opgetogen.

'Zie je wel, ik heb het je toch gezegd? Tante Marjet is een taaie.'

'Ik zal blij zijn als ze weer thuis is.'

'Ik ook, want nu zemel je alleen maar aan míjn hoofd.' De plagerige lach was duidelijk.

'Wees dan maar blij dat Marjet een taaie is. Maar nu zeur ik nog lekker even door. Heb je trouwens dit gelezen?' Fenna pakte de krant. Een korte aankondiging verwees naar een groter artikel verderop in een bijlage.

COSMETISCHE OPERATIE VAAK COMPLEX
door onze verslaggever

Het televisieprogramma Bodymorfose heeft aangekondigd zijn uitzendingen niet te zullen voortzetten. Aanleiding is een reeks ziektegevallen in de privékliniek die de omroep voor zijn chirurgische ingrepen had uitverkoren.

De vrouw die in de live-uitzending van het programma de hoofdprijs had gewonnen, was een van de onfortuinlijke patiënten. Ze bleek na de door haar gewonnen operaties een levensbedreigende infectie te hebben opgelopen. Een bacterie, waar vooral verzwakte patiënten gevoelig voor zijn, dreigde haar fataal te worden. De zo vurig gewenste cosmetische operatie werd een nachtmerrie. Door snel ingrijpen van een bevriende arts is een dramatisch einde afgewend. De vrouw werd direct overgebracht naar een regulier ziekenhuis. Haar toestand is nog steeds zorgwekkend. De programmaleiding is erg geschrokken en heeft toegezegd alle extra kosten te zullen vergoeden.

Dubieus is de relatie van betreffende privékliniek met medische ontwikkelingen in India. Eerder gaf het werk van een Nederlandse onderzoeker ter plaatse aanleiding tot een lovend artikel in het blad *Ogen-blik*. Nu is bekend geworden dat de man Indiase sloebers misbruikt heeft om zijn medische experimenten uit te kunnen voeren. Door de getuigenissen van de Indiase medewerkers in het hospital hoopt de politie een einde te maken aan deze mensonterende praktijken.

Ook wordt er een onderzoek ingesteld naar de chirurg van de betrokken privékliniek. Naar later bleek waren er al eerder patiënten van hem onder dubieuze omstandigheden overleden. Ook de betrokkenheid van een aantal medewerkers van het televisieprogramma wordt nagegaan. De programmaleiding heeft alle medewerking toegezegd. De privékliniek is gesloten en de chirurg is tot nader orde op non-actief gezet.

Lees verder op pagina 12

'Heftig,' zei Tara slechts, nadat ze het artikel aandachtig had doorgelezen.

'Ja, het heeft allemaal nogal wat teweeggebracht. Gelukkig gaat het met Marjet een stuk beter. Maar de kliniek is gesloten en WéJé van Zanten is op non-actief gesteld.'

'Denk je dat ze genoeg bewijzen hebben?' Tara liet zich languit op de bank vallen.

'Vast en zeker. In het grote artikel verderop in de krant schrijven ze veel meer over deze zaak. Alle Collageen-Complex-gaasjes zijn in beslag genomen. En ze melden dat de receptioniste is gevonden. Ze was in het bos begraven. Echt afschuwelijk. Vooral al die details die de journalisten menen te moeten beschrijven. Gelukkig zitten Rachel en Raoul vast.' Fenna vouwde de krantop. Ze dacht terug aan de vreemde praktijken in India die nu ook onderzocht zouden worden. Misschien dat er dan toch nog duidelijkheid zou komen over de dood van Ben.

'Weet je wat ik me afvraag? Waarom hebben ze bij de televisie niet alles zorgvuldig gecheckt voordat ze met bepaalde mensen in zee gingen?'

'Dat is inderdaad de vraag die veel mensen nu stellen. Bovendien is ook de discussie opgelaaid over dit type programma. Eerst vond iedereen het prachtig. Alles werd tijdens de koffiepauze uitgebreid besproken. Maar opeens schijnen mensen te vallen over de manier waarop het programma *Bodymorfose* met de kandidaten is omgegaan.'

'En jij doet zeker lekker mee met die discussie?' Tara stelde het vast.

'Natuurlijk. In plaats van dat artikel over cosmetische chirurgie ga ik nu over de huidige televisieprogrammering schrijven. Beetje stoken. En dan natuurlijk hopen dat de commercie in televisieland wat naar de achtergrond zal verdwijnen.' Fenna voelde de verontwaardiging al oplaaien.

'Je doet je best maar, mam, als ik maar naar mijn series op tv mag blijven kijken.' Tara pakte de afstandsbediening en zapte langs de kanalen.

Fenna liep weg. Ze wist dat er heel wat meer dan een artikel in *Ogen-blik* voor nodig zou zijn om die veranderingen in televisieland voor elkaar te krijgen. Ze opende haar la in de keuken. Ze stak een stukje chocola in haar mond, waar het langzaam begon te smelten. Net zo langzaam kwam het besef dat Marjet over een tijdje gewoon weer lekker bij haar op bezoek zou komen. Haar nieuwe uiterlijk zou wel even wennen zijn. Als ze er maar gelukkig van zou worden, dacht Fenna, terwijl ze genietend de bittere smaak van de chocola liet doordringen.

De Vertrek-serie van Marelle Boersma

Enkele reis naar de Algarve

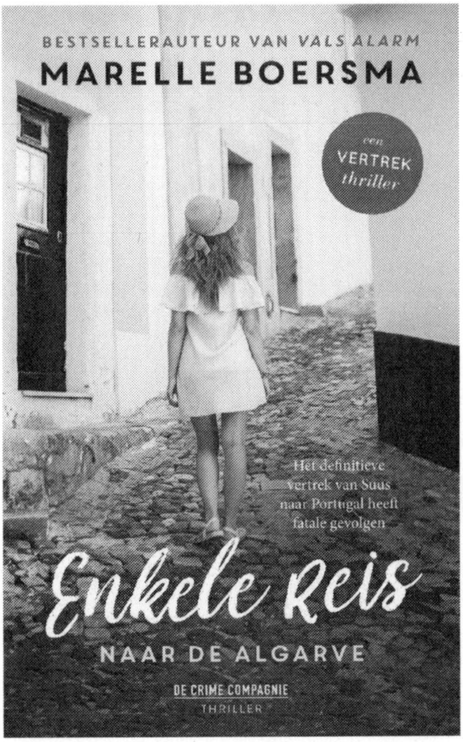

Het geluk lacht Suus toe als ze haar droom volgt en naar het buitenland verhuist. Samen met zus Anouk en dochtertje Sterre settelt ze zich in een oude boerderij op het platteland van Zuid-Portugal. Maar dan slaat het noodlot toe: Sterre verdwijnt spoorloos. Tijdens haar zoektocht merkt Suus dat er zaken voor haar verzwegen worden. Wie kan ze nog vertrouwen?

Chateau de Provence

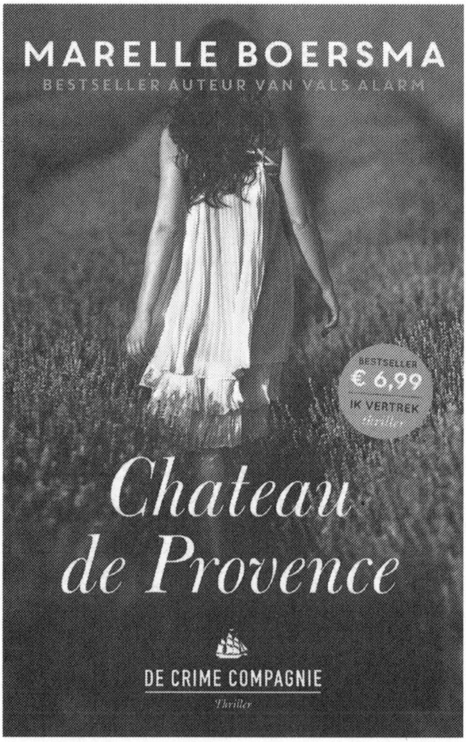

Na een moeilijke periode in hun huwelijk willen Julia en haar man Luuc een nieuwe start maken. Als Luuc een Frans kasteel met een grote olijvenboomgaard kan kopen, vertrekken ze naar de Provence. Hun droom om beautyvakanties te gaan organiseren wordt werkelijkheid. Als Julia korte tijd na Luuc arriveert is de plaatselijke bevolking in mineur: de geliefde kunstenares Cherie is vermist. Dan wordt in het kasteel een lijk van een jonge vrouw ontdekt...

Ciao Sicilia

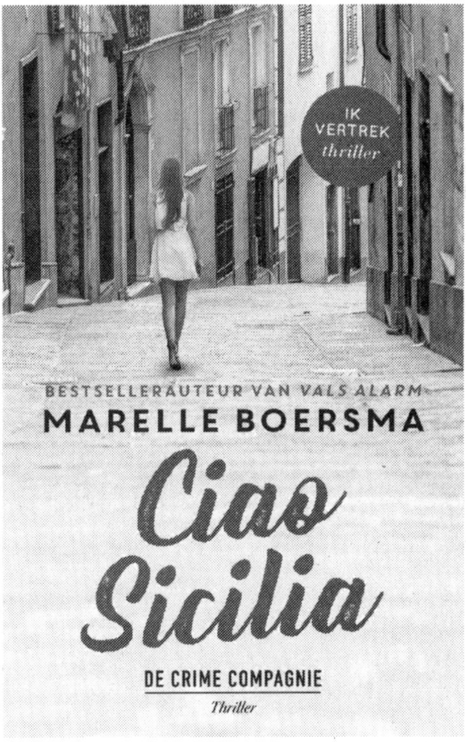

Op het moment dat Anne de envelop in een brievenbus laat vallen, weet ze dat ze nooit meer terug kan. Haar werk als chocolatier, haar echtgenoot Benny en haar vriendschap met Daan, alles moet ze achterlaten. Haar leven zal nooit meer hetzelfde zijn. Ze vertrekt naar het Italiaanse eiland Sicilië in de hoop dat ze daar niet gevonden wordt…

Terug naar Cornwall

Vlak na de dood van haar vader ontdekt Jill een raadselachtige notitie die hij voor haar heeft achtergelaten. Ze vertrekt naar haar geboortegrond in Cornwall op zoek naar haar familie. Daar blijkt dat haar hele leven gebaseerd is op leugens. De tattoos die ze in de loop van de jaren op haar vaders lichaam heeft gezet, krijgen ineens een bijzondere betekenis. Kan Jill op tijd ontdekken welke belangrijke boodschap haar vader voor haar heeft achtergelaten?

Verschijnt in 2020